EX
LIBRIS

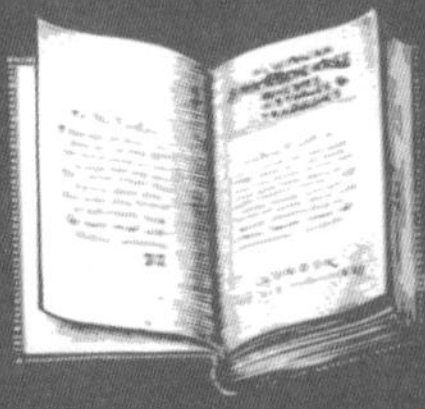

編按：本書中「摩根大通」實指初始創辦人J.P.摩根，此係考量大眾認知度較高，並與「摩根士丹利」（Morgan Stanley，俗稱大摩）區隔。現今的摩根大通公司（JP-Morgan Chase & Co., 俗稱小摩）主要由J.P.摩根公司（J.P. Morgan & Co.）與大通曼哈頓銀行（Chase Manhattan Bank，創立於1955年）於2000年合併而成。

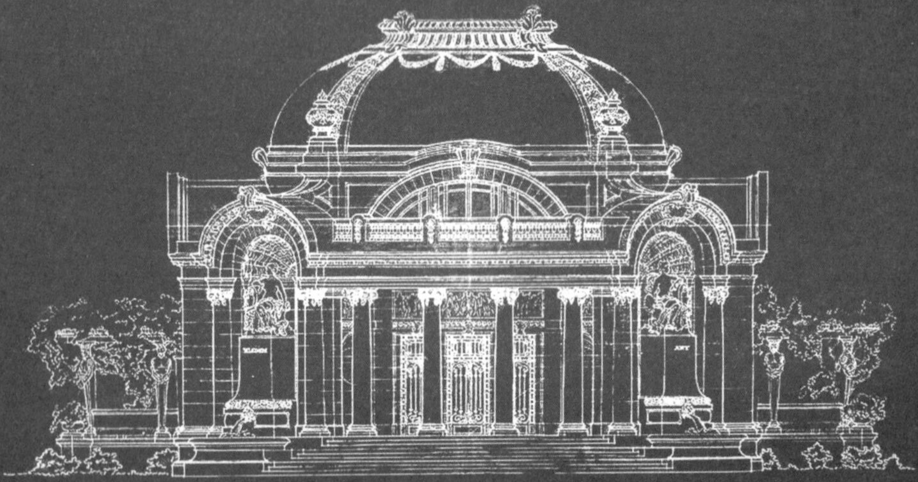

FRONT · ELEVATION ·
· SCALE · 1/4 · INCH to 1 FOOT
· PROPOSED · LIBRARY · MVSEVM · FOR ·
· J · PIERPONT · MORGAN · ESQ · · NEW · YORK ·
· WARREN · WETMORE & MORGAN · ARCHITECTS ·

私人
圖書館員

貝兒與摩根大通

The Personal Librarian

Marie Benedict

Victoria Christopher Murray

瑪莉・班尼狄克、維多利亞・克里斯多弗・莫瑞──著

蕭季瑄──譯

野人

故事盒子 70

私人圖書館員｜貝兒與摩根大通
The Personal Librarian

作　　者　瑪莉・班尼狄克 Marie Benedict、
　　　　　維多利亞・克里斯多弗・莫瑞 Victoria Christopher Murray
譯　　者　蕭季瑄

野人文化股份有限公司
社　　長　張瑩瑩
總 編 輯　蔡麗真
主　　編　陳瑾璇
責任編輯　李怡庭
專業校對　林昌榮
行銷經理　林麗紅
行銷企劃　李映柔
封面設計　萬勝安
內頁排版　洪素貞

出　　版　野人文化股份有限公司
發　　行　遠足文化事業股份有限公司（讀書共和國出版集團）
　　　　　地址：231 新北市新店區民權路 108-2 號 9 樓
　　　　　電話：（02）2218-1417　傳真：（02）8667-1065
　　　　　電子信箱：service@bookrep.com.tw
　　　　　網址：www.bookrep.com.tw
　　　　　郵撥帳號：19504465 遠足文化事業股份有限公司
　　　　　客服專線：0800-221-029
法律顧問　華洋法律事務所　蘇文生律師
印　　製　博客斯彩藝股份有限公司
初版首刷　2023 年 12 月

私人圖書館員

野人文化
官方網頁

野人文化
讀者回函

線上讀者回函專用 QR CODE，你的寶貴意見，將是我們進步的最大動力。

｜jacket & flyleaves background｜
Black Hours © Wikimedia Commons
Drawing, Front Elevation, Proposed Library Museum for J. Pierpont Morgan, Esq., New York © Cooper Hewitt, Smithsonian Design Museum
Ornamental bookplate png sticker illustration, transparent background © 2023 Rawpixel Ltd.

國家圖書館出版品預行編目（CIP）資料

私人圖書館員：貝兒與摩根大通 / 瑪莉・班尼狄克 (Marie Benedict)、維多利亞・克里斯多弗・莫瑞 (Victoria Christopher Murray) 著 ; 蕭季瑄譯 . -- 初版 . -- 新北市 : 野人文化股份有限公司出版 : 遠足文化事業股份有限公司發行 , 2023.12
　面；　公分 . -- (故事盒子 ; 70)
譯自 : The Personal Librarian
ISBN 978-986-384-975-9(平裝)
ISBN 978-986-384-973-5(PDF)
ISBN 978-986-384-972-8(EPUB)

874.57　　112018479

獻給兩位貝兒

貝兒・達科斯塔・格林
Belle da Costa Greene
&
貝兒・瑪莉安・格林爾
Belle Marion Greener

1

一九〇五年十一月二十八日
紐澤西州，普林斯頓市

舊北樓傳來報時的鐘聲，我知道自己快遲到了。我本想雙手提起寬鬆的裙襬急速奔跑，讓腳步飛揚於普林斯頓大學的廊道。但就在我抓起厚實的衣料時，耳邊迴盪起媽媽的話語聲：貝兒，隨時都要有淑女的樣子。我嘆了口氣，淑女是不會拔腿狂奔的。

我鬆開裙襬，放慢腳步穿梭於普林斯頓綠樹成蔭、仿造劍橋與牛津的哥德式景觀之中。我知道絕對不能做出任何引來額外關注的舉動。走過布萊爾拱門後，我邁開步伐加快腳步，但仍符合一位淑女的標準。

從紐約市的公寓搬到這座寂靜的大學城距今已經過了五年，但這樣的寂寥依舊令人不安。每逢週末，我都希望能回歸紐約的活力之中，但一趟六十美分的火車票超出了家庭預算。所以，我選擇把錢寄回去。

踏入建有城垛的塔樓時，我調整腳步，才不至於在抵達時氣喘吁吁。你可是在普林斯頓大學。在這個全是男性的機構裡，你必須格外注意。小心點，千萬不要做出太顯眼的舉動。即使身在將近六十英里之外，媽媽依舊悄悄潛入了我的思緒。

慢慢推開厚重的橡木門，盡量降低吱吱作響的噪音時，我盡可能讓小牛皮靴悄無聲息地踏過大理石門廳，接著側身進入和另外兩位圖書館員共用的辦公室內。裡頭空無一人，我鬆了口氣。被好脾氣的麥肯娜小姐撞見我遲到不打緊，但若是內雙眼皮、多管閒事的亞當斯小姐，那我永遠也說不準她會不會在未來某個時刻跟上級報告我的缺失。

脫下大衣和帽子，我仔細撫平亂翹的捲髮，將海軍藍色的裙子壓在身下後陷進自己的椅子內。才過幾分鐘，辦公室的門就轟然敞開，砰一聲撞上了木板牆，我倏地跳起。來者是我唯一一位摯友，也是圖書館員同事兼室友——葛楚・海德。身爲値得尊敬的圖書館採購經理夏洛特・馬丁斯的外甥女，她可以不計後果地打破圖書館神聖大廳的寧靜。這位眼眸透亮、熱情洋溢的二十三歲紅髮女郎，是唯一一位能令我敞開笑顏的人。

「抱歉害你嚇到跳起來，親愛的貝兒。我想，我現在應該欠你兩聲道歉，不只是預料之中的這句。首先呢，今天早上我們拋棄你，無疑害你遲到了，」她面帶一抹惡作劇的笑容，邊說邊瞅著牆上的時鐘，「再來呢，我剛剛嚇到你了。」

「別傻了，都是我不好。我應該把寫給媽媽的信先擱置一旁，和你跟夏洛特一起走來學校才對。我是說，馬丁斯小姐。」我糾正自己。

大多時候，夏洛特、葛楚和我都會一起從她們位在大學街上的大宅一起出發，我在那兒租了個房間，經常和她們以及住在大宅裡的其他家庭成員共進餐點。打從一開始，夏洛特和葛楚就大方又熱情地邀請我加入她們的家庭及社交圈，並在工作上提供我大量的指導。我無法想像，要是在普林斯頓的日子少了她們，那會是什麼模樣。

「貝兒，你怎麼老是糾結於夏洛特阿姨的稱呼啊？這裡除了我倆之外沒有別人。」葛楚語帶戲謔地責備我。

我沒有說出心裡的話。葛楚並不需要依據社會規範，好評估自己每一天每一刻的行爲是否合乎標準。她不需要分析自己的話語、步伐、儀態，但我不得不這麼做。就算是和葛楚在一起，我也必須小心戒備地行事，特別是在這座審查森嚴的大學城，其運作方式彷彿位於種族隔離的南方，而非據稱更爲進步的北邊。

亞當斯小姐那獨一無二的鞋跟聲響喀噠喀噠從辦公室外的門廳傳來，葛楚轉身離開時裙子發出沙沙聲。她對這位同事的觀感和我一樣，被困在動彈不得的談話前就會趕緊逃開。

完全踏出辦公室前，她回頭低聲問道：「你今晚還是有空參加哲學講座嗎？」

自從三年前伍德羅・威爾遜[1]就任普林斯頓大學校長以來，便著手進行各種校內改革，增加了開放給教職員與社區成員參加的講座。當葛楚和我陶醉在校園的學術生活時，我同時也厭惡威爾遜的其他決策，比方說，當常春藤聯校的其他成員都招收有色人種時，普林斯頓仍是一間只招收白人的大學。但我永遠不會說出這些想法。

相反地，我回答道：「不可能錯過的。」

層層書架彷彿柔軟的毛毯一般裹著我。讀者翻閱紙頁的細微聲響和皮革裝幀的氣味令我心神鬆弛。我在中世紀手稿和早期印刷書的陪伴下度過漫長時日，感到既放鬆又愉悅。想像一下，第一批使用印刷機械的工人，他們做工精細地將一個又一個字母放置於正確的位置，紀念英文這門語言的同時也將其文學廣泛宣揚出去，讓空白的紙頁化身爲啓發崇拜者與讀者的美麗文字，引領我跨越時空的限制，正如同爸爸一直以來的信念。對他來說，書面文字是通往自由思想與更廣闊世界的請柬，在印刷文字的拂曉時期，這點尤爲眞實，那時候——史無前例——這是一封發送給大眾、而非特定人士的邀請函。

「格林小姐。」輕柔的嗓音自書架後方傳來。只是簡單四個字，但和緩的語調和獨特的口音出賣了我的訪客，我一直在等他。

「哈囉，摩根先生。」我回應，轉身面對他。

儘管我輕聲細語，還書櫃檯後方的史考特小姐仍然抬起了頭，不以爲然地皺眉。惹惱她的原因，與其說是我講話的音量，不如說是我和這位圖書館員暨館藏贊助者之間的友好關係。

朱尼厄斯．摩根先生表面上是位銀行家，卻也同時慷慨地捐贈數十份古代與中世紀手稿給大學，這正是他掛名圖書館副館長的原因。我想，史考特小姐肯定認爲我們之間的任何關係——就算是她也享有的眞摯、專業的關係——都是上對下的從屬關係。

一位瘦小、有著稀疏棕髮的男人出現，圓框眼鏡後方的神情和藹可親。「你今天還好嗎，格林小姐？」

「我很好，先生。您呢？」我的語調專業且內斂。他比我們預先約定的晚了二十分鐘，我本來以爲他會不會是忘了跟我有約。但我從來不敢提及他遲到的事。

「正如昨天討論的那樣，我打算去看一下味吉爾（Virgil）的著作。不知道你是否還願意同行。當然了，以你的工作和興趣爲優先。」

摩根先生（在隱密的私人思緒中，我都稱呼他朱尼厄斯）知道我對圖書館中最價值連城的珍藏的熱忱同他一樣強烈，且任何其他任務都阻止不了他承諾過的私人參訪行程。

---

1 Woodrow Wilson，美國總統、進步主義（Progressivism）領袖人物，曾獲諾貝爾和平獎，一九〇二至一九一〇年間擔任普林斯頓大學校長。

我們都醉心於古羅馬詩人味吉爾，圖書館內收錄有五十二冊他的詩集。和朱尼厄斯討論《伊尼亞斯紀》（*The Aeneid*）和《奧德賽》（*The Odyssey*）中的暗黑旅程是我生活中最光亮的時刻。朱尼厄斯欣賞奧德賽，我則一心欽佩伊尼亞斯，這位特洛伊難民竭盡全力在一個沒有容身之處的世界中履行自己的命運。伊尼亞斯受到責任的驅使，爲他人的福祉犧牲自我。

「我特別空出時間了，先生。」我微笑道。

「太好了。隨我來吧。」

我的裙子在橡木地板上摩擦出沙沙聲響，一路跟隨朱尼厄斯來到珍藏味吉爾作品那窄小但精美的房間。等待他從口袋裡掏出沉重鑰匙圈的時候，我得屏住氣息，並按捺住輕輕跺踏的衝動。

他終於推開門了，映入眼簾的是擺有稀世典籍的玻璃櫃。現今世上僅存大約一百五十冊味吉爾詩集的印刷本，全都是於十五世紀印製而成。大多數都是朱尼厄斯捐贈的。

我以前只有在修復團隊的陪同下看過這些書本幾次。這是至高無上的一刻。

摩根先生的嗓音悄悄鑽進了我虔誠的思緒中。

「你想拿一下我最喜愛的收藏嗎？」

朱尼厄斯手捧著所有味吉爾典藏中最稀有的版本——思韋海姆和帕納茨的印刷本。德國神職人員康拉德・思韋海姆（Conrad Sweynheym）和亞諾・帕納茨（Arnold Pannartz）是十五世紀第一批採用印刷術的人，他遞過來的是印刷廠最初始的版本。

「可以嗎？」我這麼問，不敢相信眼前的機會。

「當然。」他鏡片後的雙眸閃閃發光。我猜想，和同等重視這份珍藏的人分享自己的寶物，他應該非常興奮。

我套上他遞過來的白色手套。這本書比我想像得還重。我在敞開的書頁前坐下。爸爸該會多麼憧憬這一刻呢，我想起父親，在我還是個小女孩時，是他帶領我進入藝術與手稿的精妙世界。

有一天，你的心靈之美與藝術之美將合而為一，爸爸曾經這麼說。

翻閱泛黃的書頁時，想起爸爸的話語讓我不由得嘴角上揚。我細細欣賞用以標示頁面開頭、精緻的手繪字母T，讚嘆著那金箔透出的光澤。朱尼厄斯開口說話前，我渾然忘卻他就在旁邊。

「昨天傍晚我見了我舅舅。」

朱尼厄斯不須說明他舅舅是誰。圖書館裡沒有人不知道他是那鼎鼎大名的金融家J. P.摩根的外甥[2]，這正是我從來不提及他舅舅的原因。我希望朱尼厄斯能明白，我單純是欣賞他的博學才識。

「是嗎？」我禮貌地應答，雙眼完全沒有離開書頁。

「是的，就在格羅里爾俱樂部（Grolier Club）。」

我知道他說的這間俱樂部，畢竟它聲名遠播。大約二十年前，一八八四年這間私人俱樂部由有錢的書籍收藏家所創立，目的是爲了提倡學術研究與珍藏典籍。我很想一探東三十二街羅馬式聯排別墅那一扇扇緊閉的門扉之後。但身爲一個女人，我從來都沒有資格，且對那些男人來說，我的性別並非唯一的原罪。

「你聽了什麼有趣的演講嗎？」我試圖閒聊帶過。

「事實上呢，格林小姐，有趣的並不是演講本身。」朱尼厄斯的語氣有點不太尋常，似乎有點俏皮。

我的好奇心被勾起，注意力離開了味吉爾典藏。朱尼厄斯那張總是親切卻也嚴肅的臉龐咧開了大大的笑容。這著實令人有點不安，我稍微退後了一點，疑惑究竟發生了什麼事。

2 朱尼厄斯・摩根（Junius Spencer Morgan II）的母親莎拉・摩根（Sarah Morgan）為J. P. 摩根的妹妹，父親喬治・摩根（George Hale Morgan）則為J. P. 摩根的遠房堂親。

「什麼意思？」我問道。「演講不好聽嗎？」

「還行，但整個傍晚我和舅舅之間最迷人的話題是關於他私人的藝術與手稿收藏。我有時候會針對這些收藏，還有他爲了這些蒐藏在紐約市的家隔壁打造的圖書館提供一些建議。」

「噢對了。」我輕點一下頭。「他想蒐集新的珍品嗎？」

朱尼厄斯遲疑了一下才開口。「這個嘛，可以算是在找新的寶物。」他會心一笑。「我建議他面試你，爲了新設立的私人圖書館員一職。」

2

一九〇五年十二月七日
紐約州，紐約市

百老匯電車踉蹌地駛進上城區，紐約市的夜幕時刻在我周圍揭開面紗。傍晚時理查德森先生來到我的辦公室，使我不得不延後到八點鐘才搭上火車，這我倒是挺高興的。午夜藍的夜空沒有月光照耀，但紐約市仍鮮亮又有活力。我看見衣著整齊的情侶手挽著手在路上閒逛，一旁還有剛從圖書館出來或是正前往酒吧的男學生，報童大喊出頭條標題，賣力販售報紙。雖然我搬到令人昏昏欲睡的普林斯頓前在這座城市生活了十年，應該已經習慣夜晚時分的喧囂，但每次回到家，生動的夜生活還是令我驚喜萬分。

家。這個字打斷了我所有的思緒。紐約市眞的是我的家嗎？我自八歲起便在這裡成長，但我所記得的家是搬來紐約前的那個地方，那裡乘載了所有最溫暖的回憶。

電車駛入百老匯之時，我陷入了過往的追憶中，對著心中所見的小女孩露出微笑。我想像小時候的自己站在老家的前院草地，那是棟位在華盛頓特區西北邊T街的兩層樓排屋。我們家兩邊都住著媽媽的家人。右邊的是弗利特外婆、詹姆斯舅舅和貝里尼舅舅，左邊住的則是莫札特舅舅夫婦和他們的兒子。在那裡，我無時不感到安全、愉快，甚至有完滿的感覺。

還記得有個炎熱過頭的夏天，我在榆樹下找到了一塊適合乘涼的珍貴樹蔭。很久以前我說這棵榆樹是我的，當時沒有人敢反抗我這個最受外婆疼惜寵愛的孫女，外婆是全家族的大家長。那天我背靠著樹幹，掀開素描本勾勒出榆樹那錯綜複雜的枝葉。樹根扎在外婆家的前院底下，但枝葉橫跨過我們家，直抵莫札特舅舅的房子。我才畫上幾筆，就聽到媽媽呼喊我進屋吃晚餐。

一直到第三聲呼喊，我才把素描本和鉛筆擱在草皮上快步進屋。即使是在那個年紀——當時約莫五六歲——也知道若是媽媽不得不叫喊到第三次，我就等於是打破了弗利特家族的規矩之一：從不提高嗓門，從不做任何讓長輩不得不對我們提高嗓門的事。這只是我們生活中的諸多教條之一。弗利特這個姓氏等同於良好的教育（我的所有阿姨與舅舅都有上大學）以及勤勉刻苦（女性全部都是教師，男性則是工程師）。不論我們在自己的生活小圈圈外受到什麼樣的對待，弗利特家族的人永保穿著與行事低調，與社區保持連結，且舉止得體端莊。

「我的寶貝來了。」外婆一看到我就這麼說，一如往常。她敞開雙臂將我摟入懷中。我壓在她圍裙上的鼻子嗅聞到總是殘留在上頭的麵包酵母香氣。外婆擁抱我的方式讓我想永遠被包裹在她的臂彎中。

「快去坐下吧。」她邊說邊指著桌子。

我坐下，享受著一天當中這個特別的時刻，尤其這回爸爸也在家，實屬難得，因為他總是在忙些我不懂的東西。我們在兩張桌子旁坐下後——一張坐有十位大人，另一張小桌子則由我和我的姊妹露易絲和艾瑟爾、哥哥羅素，以及莫札特舅舅的兒子克萊夫頓表兄圍繞著——爸爸會開始唸禱文，而後高舉酒杯站起身。

「敬弗利特家族，願你們永遠能在這座小伊甸園中感受到繁榮與和平。敬我的摯愛，吉妮維芙，你永遠是我的力量之源，也總是原諒我想要拯救世界的渴望，願你永遠知曉我的愛意有多深。敬我親愛的孩子們，你們永遠也想像不到自己擁有多少關愛，願在座所有人都感謝良善的上帝，感謝祂的慷慨和偶有的任性無常。」

大家都笑了，我也不例外，雖然我搞不清楚什麼事情那麼好笑。接著爸爸俯身親吻媽媽，只要一有機會他就會這麼做。我摀住雙眼咯咯笑，不過他們牽手和親吻的方式讓我感覺有股暖流竄過全身。

電車的轟隆聲響將我從過往的思緒抽離，我嘆了口氣。距離那時候已經過了將近二十年，雖然一開始我們偶爾會在逢年過節時團聚，但離上一次聚首也已經十年了。現在，弗利特外婆寄給大家的生日卡片，還有莫札特舅舅偶爾的來信，成爲我和華盛頓特區唯一的聯繫。剛搬到紐約時舅舅會來拜訪，他和爸爸是好朋友，甚至是他介紹我的父母認識。但他很久沒來了，現在所擁有的都是追憶。即使這些回憶都已陳舊且模糊，我仍珍視著記憶所及的每一天，也知道華盛頓特區永遠是我的家。

電車顛簸前行，我望向窗外。到站了。下車後，被冬日呼嘯冷風包圍的我還得走四個街區才能抵達老家。眼下氣溫徘徊在冰點，若能從中央車站乘坐馬車就好了，但這趟返家之旅實屬計畫之外，家中經濟負擔不起車費。

我試著加快腳步，但裝有我最好的灰色套裝和全新綁帶跟鞋的包包沉甸甸的。離開百老匯進入西一一三街後，我努力用凍僵的手指打開門牌號碼五〇七的赤褐色砂石大門，然後發現門又壞了，根本不需要鑰匙。真希望能搬到所有東西都完好的地方。

進屋後，我邊揉搓戴著手套的雙手邊走樓梯上樓。在我頭頂上方懸掛著一個球形吊燈——至少壞掉的燈具已經換好了。令人慶幸的是，鑰匙順利插入了門把，我隨即踏入老家公寓。

兩年多前哥哥羅素開始攻讀哥倫比亞大學工程學系研究所，媽媽、我和兄弟姊妹們便搬到這裡。在那之前，我們住在遠離市中心的西九十幾街一個舒適的中產階級社區，那裡住滿了職業爲木匠、警察、簿記員和店鋪老闆的男性，以及從事裁縫、擔任店員或教師的女性，大多數都是德國人、愛爾蘭人或斯堪地那維亞人的後代。現在這個社區住的是學生、教授和不同背景的大學職員，距離哥倫比亞大學僅三個街區，這是我們能找到最便宜的公寓之一。我哥哥在學校攻讀採礦、電氣工程和蒸汽工程等多個研究所學位，此番努力將改善整個家族的經濟狀況。我們非常以他爲榮。

我本來以爲兩間臥房的門晚上都會關著，公寓裡應該會很暗且羅素會睡在沙發上，因爲他們全都得早起——露易絲和艾瑟爾是老師得早起，羅素得起來上課，而我最小的妹妹席朵拉也要早起上學。沒想到我看見媽媽坐在客廳裡她的搖椅上，就著旁邊的一盞小桌燈。她看起來就像一束溫室裡妥善栽種的花朵，腳踝交叉、雙手相疊放在大腿上。她的面容如花卉一般精緻美麗，有著高高的顴骨、我一直很嫉妒的筆直細窄的鼻子，以及形狀如玫瑰花苞的雙唇。只有深棕色秀髮中的幾縷灰絲透露出她今年五十五歲。和往常一樣，她穿著刺繡蕾絲睡袍，是爸爸早在我出生前就送給她的禮物。

「晚安，媽媽。」我輕聲說，不想吵醒羅素。

她睜開那榛果色的雙眸，過了一會兒才察覺我的存在。「噢，瑪莉安，」她睡眼惺忪地回應，聲音跟我的一樣放輕，「你終於到家了。」

我肯定打斷了媽媽最深沉的睡眠，所以她才會呼喚我的中間名，過去有很多年我都是被這麼稱呼的。她已經禁止家裡所有人叫我瑪莉安，因爲我已經搬到普林斯頓了。我只能是貝兒，她總會這麼提醒我。

我輕輕吻了下她的臉頰。「你不應該等我的，媽媽。很晚了。」我將目光轉向哥哥，但他沒有醒來。

「迎接女兒不嫌晚的。」她拿出腕錶說：「天哪，已經超過十一點了。想到你這時間自己走在街上眞是難受。」

「我本來想早點回來的，預計搭五點鐘的那班火車。但我必須完成一項任務才能離開。」

「看到你這張美麗的臉龐眞是太高興了，貝兒。明天是你的大日子。」即使燈光昏暗，她的雙眸仍閃閃發光。這是屬於全家族的重要日子。一人受雨露之恩，則有福同享。

媽媽起身，我跟著她穿越客廳去到廚房。她盡可能安靜地從桌邊拉把椅子，我跟著坐在旁邊。就算廚房裡只有我們兩個人也顯得很擁擠。六人座的餐桌被放在勉強塞進冰箱和灶台中間的櫥櫃前面，整間兩房公寓感覺被塞得滿滿的。對五個人來說太狹小了，但我們只負擔得起這些。我姊妹的教師薪水加上媽媽教中小學生小提琴的微薄鐘點收入，剛好足夠付帳單和羅素的學費。我盡量寄錢回家，但因爲我也必須支付自己在普林斯頓的房租和伙食，所以寄的並不多。

「那麼，」媽媽很嚴肅，「說說你的面試準備。」

見到媽媽我眞的很開心，但現在覺得有點煩。她的問題和語氣皆在暗示我沒有做足準備。即使我將公開的實際年齡減去幾歲，也已經二十六歲且事業有成了——雖然圖書館員不如教師賺得多——但媽媽仍堅持把我當成十九歲那樣對我說話。然而，我們都在相互尊重的言行中成長，所以我並不會顯露自己的怒氣。

「朱尼厄斯——」我糾正自己，「摩根先生。」媽媽不會贊同直呼他的名諱。「當然了，摩根先生，年輕的那位，幫了點忙。他給了我一份摩根先生的館藏清單。我針對他的藝術品、書籍和文物做了研究，這不僅是爲了替它們妥善編目，也是爲了增加品項讓整份清單更完整且有連貫性。還有，我看了新圖書館的建築設計圖，可以針對陳列和保存收藏品的方式提供建議。」

「很好、很好，聽到你準備好要討論他的新建築眞是太好了。當然了，如果他不覺得那樣做很狂妄的話，畢竟他還沒有僱用你。但你知道的，貝兒，他根本不會問你這些。」媽媽這麼說，通常很輕微的南方腔調抑揚頓挫變明顯了，這代表她很嚴肅。

「什麼意思？」

「這位 J. P. 摩根先生問起你的教育程度時，你打算怎麼說？他有親自挑選的圖書館員，我猜大部分都有不凡的學歷。你必須證明自己才行。」媽媽抬高右眉，每次她焦慮或懷疑時都會這樣。

我很不想承認，但媽媽擁有指出我自身盲點的神奇能力。我想不到該如何爲我所受的正規教育找到最佳說法，因爲成爲圖書館員並不需要特定的背景，而且在普林斯頓工作的五年間沒有人問過我的求學經歷。「我讀的是師範學院。」

「你申請的是教師職位嗎？」媽媽交叉雙臂，彷彿是我的面試官。

「不，當然不是。」我努力掩飾怒氣，我知道她是在替所有可能發生的情況做準備，但她的語氣讓我想起了六年前的那次對話。當時媽媽希望我和端莊的姊妹露易絲和艾瑟爾一樣，選擇一條安全的道路。*你需要一份像教書這樣的職業，無論遇到什麼挫折，隨時都能重新來過*，她這麼說。但當有位同學提到普林斯頓大學圖書館有職缺時，沒人勸阻得了我去面試。成功錄取後，媽媽的態度變得和緩多了。

「所以說，若你不是應徵教師職位，應該怎麼回答？」

起初我的腦袋一片空白，但接著靈光一閃。「我知道自己會怎麼說——我在普林斯頓的時光就是世界上最好的教育。」

媽媽開心地笑了，又趕緊用手摀著嘴唇，因爲沙發上的羅素動了一下。「嗯，要是這麼說還行不通，就眞的不知道該怎麼辦了。」她低語。「幾乎可說是完美。而且小摩根先生也會在場，他會很高興你提到他的母校，會在他舅舅面前大大表揚你一番的。」

我們朝彼此點點頭，媽媽的眉頭隨即又皺起。「如果他問到你在普林斯頓的老師和訓練怎麼辦？如果問到你所說的『教育』呢？畢竟那是一所屬於男性的大學。」

我又回到了安全地帶。「我會提及圖書館館長理查德森先生提供的額外訓練，還有夏洛特．馬丁斯小姐給予的指導，她是負責採購部門的圖書館員。當然了，不能忘記我在紐約公共圖書館系統的學徒經驗，以及阿默斯特學院弗萊徹暑期圖書館學校的編目課程，如果他眞的問起的話。」

「太棒了，親愛的。」她發出一聲宛若輕柔哨聲的嘆息。「太難以想像了，竟然有機會直接替J. P.摩根先生工作。他是紐約、甚至全國最舉足輕重的人。」她不可置信地搖搖頭。我想，經過媽媽這輪盤問，我和摩根先生的面試應該會很順利。

她準備再次開口之前，我就知道她要說些什麼了。「這正是我們選擇這條道路的原因。」又來了，彷彿她不只是要解釋，同時也是要說服我。「名叫貝兒·瑪莉安·格林爾的黑人女孩不可能有機會替J. P.摩根先生工作。這是名爲貝兒·達科斯塔·格林的白人女孩才有的機會。」

過往的回憶因這番話語排山倒海而來，使我不再是個成年女性，而是變回那個十七歲的女孩。那天傍晚，熱騰騰的烤麵包和燉雞香氣撲鼻而來。大約十年前，爸爸找到了在格蘭特紀念碑協會[1]的新工作，我們便搬離華盛頓特區，從此開始享受紐約這座城市，特別是我們位在中央公園轉角處、西九十九街的公寓。搬進這個寬敞的空間，我和兄弟姊妹們都激動不已。四間臥室緊挨著長長的走廊，走廊的一側是客廳，另一側是廚房和飯廳，廣闊得像座公園一樣。

那天晚上，我坐在廚房桌邊教泰迪[2]寫作業，突然一陣吼叫聲傳來。我以爲噪音是來自隔壁吵雜的鄰居，那裡住著一位銷售員和他的妻子，以及五個總是吵吵鬧鬧的金髮小男孩。

「我早該知道這就是你的目的。打從一開始，我就應該看清這些正是你想要的。」爸爸吼叫著。「從你選擇這個社區、誤導房東那一刻開始，我就應該知道了。」

「我所做的一切，都是爲了我們的孩子，爲了我們。」媽媽的聲音通常都是略高於呢喃的音量，現在幾乎跟爸爸的一樣震耳。

聽到他們這樣吼叫著實令人震驚。當然，我已注意到，隨著時間流逝，他們之間越來越少深情凝

1 Grant Monument Association，美國總統格蘭特（Ulysses S. Grant）紀念館的營運機構。格蘭特原為美國陸軍總司令，率領聯邦軍在內戰中獲勝，成為總統後更大力支持平權運動，過世後仍廣受人民愛戴。

2 Teddy，席朵拉（Theodora）的小名。

視、越來越少牽手，且再也沒有偷偷摸摸地接吻。我父母的關係越來越緊繃了，我猜是因爲爸爸總是出門在外替格蘭特紀念碑協會募款，以及發表提倡平等權利的演說。但我從未聽過他們拉高嗓門。弗利特家的人從不吼叫。

我愣住了。直到泰迪在椅子上挪動才回過神。當我望向桌子的另一端，只見我十歲的妹妹瑟瑟發抖。她將手肘撐在桌面緊摀雙耳。我匆匆抱了她一下，隨後穿越走廊來到飯廳，才能更清楚地聽見父母的爭執內容。

「還有，孩子們的學校，」爸爸繼續道：「你要他們進去全是白人的學校。」

「因爲我想給他們最好的。」媽媽哭吼。

「不是的，吉妮維芙，你只是爲了你自己。這就是你一直想要的生活。」

「你怎麼能對我說這種話？」媽媽的嗓音因悲痛而打顫。「這不是我想要的。而是我必須這麼做。我是弗利特家的人，我以我的血統爲傲。」

爸爸發出一聲苦笑。「你的血統！喔對，你是偉大的弗利特家的女兒，而我只是個卑微的奴隸後代。你嫁給一個格林爾，一個身分地位遠不如你的人。」

「理查，拜託別這麼說。你知道我有多愛你。」

「愛？」

「我愛你。而且我知道你也愛我，這正是我希望你理解的原因。你指責我背棄自己，但事實並非那樣。」

「你就是在背棄自己。」我聽到紙張的沙沙聲響，緊接著是爸爸的怒吼。「證據就在這裡。你跟人口普查的職員報告我們是白人。」

爸爸大發雷霆，但我不明白其中的原因。既然我們的膚色跟這個社區裡的所有人一樣白皙，那媽媽怎麼向人口普查報告又有什麼差別？我們的膚色甚至比我見到的曼哈頓下城新移民還要白，而那些義大利和地中海地區的後代也被認爲是白人，雖然是較低等的白人。我敢肯定爸爸不希望我們住在滿是黑人的社區——五分區、格林威治村、油水區和哈林區。在那些罪行猖獗的住宅之中，有些衛生狀況慘不忍睹、隨時都有疾病橫行，有些甚至沒有廁所或自來水。

所以，當我們的生活跟白人一樣時，報告自己是白人有什麼壞處呢？不過話說回來，這個議題從未被討論過，至少在小孩面前從未被提起。很久以前，弗利特家中的大量禮儀課程讓我學會，種族就跟政治及宗教一樣，永遠不會在公開場合討論，就連私底下也很少提及。

媽媽壓低了聲音。直到爸爸再次開口前，我沒辦法聽清楚任何話語。

「你怎麼會不明白這將招來多少後果，吉妮維芙？你正式宣稱我們是白種人，就在我爲黑人與有色人種倡導平等權利所做的一切努力之後，就在我於法庭、報紙、期刊和講台上奮力爭論所有公民——不分黑、白或其他膚色——都應該被一視同仁之後。我們不應該被血管中流淌著多少非洲鮮血所定義，應該取決於我們的品格與行爲。我們不應該因血統而羞愧，所有人，不論黑人或其他有色人種，都應團結一心對抗歧視。你的行爲與我所代表的一切、與我付出的所有努力背道而馳……」

我聽到一連串氣急敗壞、斷斷續續的話語，但那是我父親嗎？一位以演說技巧聞名的人——**那位**理查·格林爾，第一位從哈佛大學畢業的黑人、前南卡羅萊納大學教授、前霍華德大學法學院院長、在全國發表演說的人——現在似乎啞口無言了？

「我做的是對所有人最好的選擇，理查，你不明白嗎？特別是在紐約，這座城市並不像老家那個保護著我們的社區。即使是在那裡，法律也正在改變。華盛頓特區不再安全了。在這裡，融入他人將替孩子們帶來最好的機會。」她的聲音現在聽來冷靜又清晰，彷彿沒有任何滔滔雄辯或邏輯演說可以撼動她。

「融入他人？你根本不是在融入他人。你不只是想要融入並提供孩子更好的教育、給家人更乾淨的住所——你是想**變成**白人！」我從來沒有聽過爸爸這麼憤怒。「你知道這些行爲正是我的行動夥伴躲避我的原因嗎?你知道正是因爲這些行爲，芝加哥的共和黨西部有色人種辦公室才會在聘請我報導麥金利（William McKinley）競選總統的消息後，又回頭質疑了這項決定?謠言滿天飛，因爲我住在一個白人社區，而且在格蘭特紀念碑協會裡專門和白人合作，所以有傳言說我正試圖跨越種族的界線。他們認爲我和白人已經相處融洽，拋棄了自己的同胞。要是有人聽聞你在人口普查報告中將自己歸類爲白人，我就會被視爲叛徒，再也不會有人僱用我，也不會再讓我發表或撰寫有關種族的議題了。**這些**是我畢生的志業，吉妮維芙。」

「家人永遠是第一順位，理查。我、你的孩子們，我們才是最重要的。」媽媽提高音量。

「你什麼時候才能明白我們是大家庭內的一分子，吉妮維芙?」他近乎咆哮起來。「有色人種社群?你應該引以爲傲，就像你身爲弗利特家族的一分子一樣。你應該要明白，鼓舞那個家庭就跟撫育自己的親人一樣重要。」

不論他的言辭或行爲有多激動，由於膚色淺而經常被誤認成白人的爸爸肯定已經冷靜下來了，雖然音量仍大，但再次開口時語調已經緩和下來。「宣告自己和孩子們是白人，就像是轉身背棄自己的同胞。背棄自己。」他停頓良久，氣若游絲地加上一句話。「最重要的是，你背棄了我。」

媽媽忍不住一聲嗚咽。「爭取平等的戰鬥已經結束了，理查。你輸了。十五年前最高法院推翻了本應賦予黑人及有色人種平等權利的《民權法案》[3]，那時候**我們**就輸了。然而你還相信事情有轉機。希望的時日已經過去了，事態只是每況愈下。世上只有黑人和白人——沒有中間地帶——這兩種人永遠會被區隔開來，沒有平等的那一天。種族隔離說明了一切。」

爸爸的語音透出一絲順服。「或許是這樣沒錯，吉妮維芙，但不代表我們得投降。我們需要戰鬥下去，盡己所能提供援助。」

「我不同意。**是時候**投降了。反對平等的力量強大到無法克服。但我們有優勢，我們的膚色淺，理查。這是上帝賜予我們的禮物。」

「你將我們的淺膚色當作上帝的禮物？」爸爸壓抑不住怒火。「你有想過爲什麼我們的膚色這麼淺嗎？你從沒想過白人對我們的祖先犯下的暴行嗎？」

這番話令我倒抽一口氣。我當然知道所謂的暴行，但在我們家，沒有人敢大聲說出這件事。

然而，媽媽的回覆和她最初的立場一樣斬釘截鐵。「在這個國家，身爲有色人種，我們必須善用所有優勢。我們淺白的膚色提供了選擇。」停頓後，她這麼宣告：「我替孩子們和我自己選擇身爲白人，我沒辦法替你做決定，理查。但求求你，求你和我一樣。就這麼做吧。爲了我們和孩子們。」

寂靜之中，他們之間的緊繃滲出客廳飄向了廚房，落在我身上。

我屏住呼吸，直到沉重的腳步聲在走廊迴盪，爸爸模糊的身影經過飯廳。他像是一抹雜揉著灰色、黑色和象牙色的汙痕，身上的衣物與膚色融合在一塊。前門嘎吱一聲打開，砰一聲關上，留給我滿腔的困惑、憤怒和從未消逝過的單純渴望。

事已至此，一切都成定局。我不再是貝兒．瑪莉安．格林爾，不再是律師、平等倡議家、「有才能的十分之一」[4]一員的理查．格林爾和菁英華盛頓特區、自由的有色人種社區一員的吉妮維芙．弗利特．格林爾的驕傲女兒。再也不是了。不久之後，我接受母親的安排，彷彿是我自己的決定一般，成爲一位名叫貝兒．達科斯塔．格林的白人。

3 *Civil Rights Act*，此指一八七五年由格蘭特總統簽署通過的《民權法案》，旨在保護所有公民的公民權與法定基本權利不受侵害。

4 the talented tenth，指有色人種社群中有能力為社會帶來影響與改變的菁英。

3

一九〇五年十二月八日
紐約州，紐約市

「那是林布蘭[1]的作品嗎？」我問朱尼厄斯，雙腳在一幅精美的裱框蝕刻[2]版畫前徘徊。金光閃閃的肖象畫裡是一位頭髮花白的老人，而這幅畫就擺放在圓形大廳錯綜複雜的大理石鑲嵌地板上散落的其中一堆書本上頭。我得跨過書堆，才能跟隨朱尼厄斯穿越宏偉的走廊。朱尼厄斯說過，摩根先生的收藏中有超過一百五十幅林布蘭的蝕刻版畫，都是於一九〇〇年從一位名叫席爾多·艾爾文（Theodore Irwin）的收藏家手中購入，但現在這幅應該不是其中之一。沒人會將一件無價的藝術品放在地上。

朱尼厄斯檢視著版畫。接著他狂笑出聲，我永遠不會相信這個聲音是出自一位溫文儒雅的文物收藏家。「我相信這是林布蘭的作品，格林小姐。只有皮爾龐特舅舅會把林布蘭當成昨天的報紙一樣扔在地上。」朱尼厄斯把握住每個能將摩根先生稱呼為熟悉的皮爾龐特舅舅的機會。事實上，他應該是世界上唯一一個隨心所欲稱呼這位商業巨頭的人，他用的是皮爾龐特，而非J. P.這個綽號。

此前我們穿越三十六街上一道道華麗得不可思議的青銅門扉，這才進入摩根先生的全新圖書館。

入口圓形大廳的奢華程度令我不知所措。據朱尼厄斯所說，牆壁和大理石地板仿造梵蒂岡花園，色澤深淺不一的大理石和青金石閃爍著絢爛的色彩。古典人物畫像、陶甕和莨菪葉妝點著藍白相間的灰泥天花板，在圓形大廳上空架起三層樓高的鑲金穹頂，不過仍有梯子矗立在未完工的角落。即使尚未落成，皮爾龐特・摩根圖書館的門廊依舊令人歎爲觀止。

一陣如雷的回音響徹圓形大廳，從一根柱子彈射到另一根柱子上，彷若閃電在尋找攻擊的目標。我嚇了一跳，疑惑聲音來自何方。有三扇緊閉的門通往入口處，分別位於東邊、西邊和北面。

朱尼厄斯望向我。「別怕，格林小姐。是皮爾龐特舅舅。」

但我真的很害怕。據說這位金融家暨鋼鐵、鐵路及電力巨擘十分善變，希望面試的時候他心情不錯。咆哮聲迴盪不止，原來是從西邊的門後傳來的，我猜那裡是摩根先生的書房，而這肯定不是心情好的人會發出的聲音。

「告訴過你多少次了，」那聲音怒吼，「我人在圖書館的時候不想看到任何有關美國鋼鐵公司的報導。」

雷鳴般的吼叫再度響起之前，聽不清另一個男人的咕噥話語。

「除非我特別要求，否則這些文件都應該放在我華爾街的辦公室。」

等待那長篇大論結束之時，我懷疑自己是否想繼續這場面試。我無法想像替一個這樣對人說話的人工作。門終於打開了，一個高個子禿頭男士走出來，並未看往我們的方向。不過我幾乎沒有留意

1 Rembrandt，十七世紀荷蘭畫家、歐洲巴洛克繪畫代表人物，作品著重光影對比，以自畫像、肖像畫和聖經主題作品等畫作聞名於世。

2 etching，一種凹版技法，在金屬版敷上保護層後以尖針雕刻圖像，再用化學藥劑進行酸蝕製成凹版。

他，因爲看到摩根先生華麗雙層樓書房的第一眼已經令我震驚得瞠目結舌了。

我跟隨朱尼厄斯進門，欣賞著眼前的壯麗美景之時，緊繃感瞬間被拋諸腦後。席捲圓形大廳的混亂在這裡被有效馴服。混亂的跡象猶存——幾落皮革裝幀的書籍等著被塞進房裡成排深色胡桃木書櫃中的縫隙，還有兩幅文藝復興時期的聖母瑪利亞畫像倚靠著牆壁——但幾乎不被察覺。除了被鮮紅色絲綢覆蓋的牆壁外，很難留心房裡其他物品。不只牆壁覆滿緋紅色毛毯，天鵝絨沙發、翼狀靠背椅、大理石鑲邊的窗戶，甚至是摩根先生華麗辦公桌後那張氣勢磅礴如王座的椅子，也全都覆蓋著鮮紅織物。書房裡無疑閃動著紅色光芒，令我頭暈目眩。直到我看見房間中央那位抽著雪茄的男人。

靠在足以容納整個人的大壁爐邊上的是J. P.摩根先生。在那濃密的黑色眉毛下，他凝視我們的眼神明亮、銳利、冷峻，仿若一把磨得鋒利的刀刃——那目光如此嚴峻，我甚至沒注意到他那出名的球根狀鼻子，那是無數有關他的政治漫畫的焦點。

兩位摩根先生截然不同。換成別種情境，這樣的差異可能顯得逗趣——年輕的這位身高中等、體型苗條，年長的那位魁梧高大。但此時開不得玩笑。事關重大。

朱尼厄斯清了清喉嚨才開口。「皮爾龐特舅舅，很高興爲您介紹貝兒·達科斯塔·格林小姐。」他帶著一絲驕傲的神情向我點點頭。

「我的榮幸，先生。」我微笑著拎起裙子，行一個今天早上練習過的小半屈膝禮，當時媽媽講解了我的舉止可能需要有更細緻的動作。摩根先生朝我的方向頷首，但還沒完全準備好要接待我。

他轉向朱尼厄斯。「你有時間講解范德比夫婦想賣給我的林布蘭版畫嗎？」

「有的，皮爾龐特舅舅。」

「嗯，說來聽聽。我不保證你的研究會讓我想接受他們的報價，但我一向都很樂意傾聽。」摩根先生開始在他偌大的書房裡來回踱步。

在舅甥兩人討論喬治·范德比[3]先生那一百一十二幅林布蘭版畫的價值時，我端詳著較年長的摩根，好釐清自己對他的看法。儘管他以無禮著稱，我剛剛也親眼目睹了粗魯的咆哮，但摩根先生對朱尼厄斯很有禮貌，甚至在外甥過於冗長地詳述研究結果的全程中顯得——在我看來——非常殷勤。

「舅舅，相較於繪畫，我相信林布蘭在他的蝕刻版畫作品中更能表現出人性這個主題，如此一來，它們具有的獨特價值就不僅僅局限在金錢層面……」朱尼厄斯繼續道。

摩根先生顯然對外甥的長篇大論感到厭煩了，他在辦公桌後方轉身看向我。「來看看你這位格林小姐吧，朱尼厄斯。」語畢吸了一口雪茄。

站直、挺胸，目光沉著，儀態堅定。在摩根先生的注視之下，彷彿媽媽也在房裡一般，我回應著她的指示，迎上對方的視線。摩根先生必須明白，我不會就此畏縮。無論他如何看待我的膚色和我那比兄弟姊妹寬大的鼻子，他都必須相信我是個自信、能幹的白人。

摩根先生繞過書桌、在我面前停步時，我並沒有開口。他開始緩慢地繞著我打轉，彷彿是在評鑑一幅昂貴的洛可可繪畫。我在腦海中複誦媽媽的話，面對他的審視始終保持自信的沉默，心知這是考驗的一部分。

他像是自言自語般說道：「好嬌小。」

這是個顯而易見的觀察結果。他比我高了超過一英尺，光是一隻手掌就寬大到足以量測我的腰。再次站到我面前時，儘管他的目光緊鎖不動，鬍鬚下的嘴角卻向上揚起。「如此獨特的眼睛。灰色，介於煙灰和銀白之間的色澤。太迷人了。」

我沒有說話。該說什麼呢？

3 George Vanderbilt，美國收藏家、范德比家族成員，美國最大私人宅邸比爾摩莊園（Biltmore Estate）擁有者。范德比家族以鐵路及航運等產業致富，是美國鍍金時代（Gilded Age，一八七七至一九九〇年）的代表性家族。

「貨眞價實的美人。」他依舊像是在讚揚一件藝術品，我不確定這位著名的花花公子是把我當成女人還是圖書館員來審查。他的評論並非問句，所以我仍舊沒有作聲。但接著他又補了一句：「達科斯塔。非比尋常的名字。」

我以演練過的話語答覆：「是家族姓氏。我外祖母是葡萄牙人。」

「啊。」他點頭，但緊盯我的眼神沒有移動。面對他的審視，我吸口氣，集中心神維持著自信心。

他突然轉過身去。「我已經知道朱尼厄斯對這些蝕刻版畫的看法了，但我想聽聽你怎麼說，格林小姐。**你**覺得收購范德比的林布蘭作品如何？」

我鬆口氣，感謝這突然的轉變，以及這個能向 J. P. 摩根先生證明自身專業的機會。

我聚精會神搜索腦海中的大量資料。「不同於其他同時代的藝術家，林布蘭親自完成了版畫的所有蝕刻工作——從用各種不同的針在銅版上雕刻線條，到將銅版浸泡在必要的化學藥劑裡頭皆然。他認爲蝕刻版畫是一種重要的藝術媒介，而非和其他同年代的人一樣，僅將版畫當作用來宣傳昂貴油畫的手段。從這個角度來看，林布蘭的蝕刻版畫實屬他這位天才的傑作，題材的廣泛程度更勝較爲著名的油畫。」我停頓一下。「這些蝕刻版畫卓越非凡。倘若**我**是這裡的館員，皮爾龐特・摩根圖書館也將如此。」

我用餘光瞥見朱尼厄斯瑟縮了一下。

摩根先生饒富興味地盯著我，有很長一段時間，我感覺他似乎**看透**我了。然後他的鬍子抽動了幾下，一抹微笑出現在他那腫脹歪曲的鼻子，以及厚重垂落的黑鬍鬚的陰影之下。頃刻間，這抹笑容和自信的神情令我想起了父親。這剎那間的相似使我平靜，就在我準備回應摩根先生這樣的表情時，他的臉色大變，如風暴來臨般陰沉。

我看向朱尼厄斯，他已呆若木雞，等待舅舅的審判。我想起他是我的盟友——我敢說，是我的朋友——重要的是，需要和他連成一氣並表達出我們的看法相似。

「若您購買了范德比的收藏，便是印證了摩根先生的看法，您將擁有世界上最多的林布蘭蝕刻版畫珍藏。如果全部一起展出，將提供學者及收藏家史無前例的機會，得以研究這位偉大名家風格與技巧的演變。這將替您的收藏帶來獨一無二的聲譽及關注。」最後這句話顯得自以爲是。這是摩根先生的私人圖書館，他從未公開表示要將此機構開放給學者。但我想暗示一些可能的機會，也藉此喚醒他的自傲。

在這個寬敞的雙層樓書房內，唯一的聲響是巨大石造壁爐上方的金鐘所發出的震耳滴答聲。這樣的沉默代表什麼？欣賞？或者，更有可能是對我的自以爲是感到憤怒？他會不會像對待那個進門前看到的紳士一樣，衝著我大發雷霆？在我的思緒飄到太遠的地方之前，摩根先生吼道：「爲什麼你覺得我應該聘用你當我的私人圖書館員，而不是我面試過的其他的應徵者？他們都比你年長且更有經驗，你要怎麼讓皮爾龐特．摩根圖書館無與倫比？」

我朝他邁進一步。「摩根先生，很高興您點出我與其他應徵者的不同，經驗、年紀，以及——」我停頓了下，以便接著強調，「性別上的差異。這些正是我獨一無二的特點，使我成爲皮爾龐特．摩根圖書館的**完美**候選人。我相對缺乏經驗，意味著我可以拋開那些古板、阻礙皮爾龐特．摩根圖書館發展的舊有成見；同時，我對圖書館的遠見和野心毫無設限。我的年輕說明我有無限的時間和心無旁騖的精力能奉獻給您和您的珍藏。我對珍稀手稿和古籍的熱忱代表我將不懈地收購理想的珍品，使您的典藏無可匹敵，當然了，我也會學習您在協商和市場方面的專業知識。而身爲女人這項事實，代表著每一次我踏入一室，都將吸引眾人的目光，這正是皮爾龐特．摩根圖書館應得到的關注。」

他點點頭。「那你要怎麼讓我的圖書館無可匹敵？」我還來不及回答，他便接著說道：「我希望收購印刷商威廉．卡克斯頓（William Caxton）的湯瑪斯．馬洛禮《亞瑟王之死》[4]有在你的目標成就清單上。」他凝視著我，貌似在等我回應，而我很確定他臉上掛著一絲得意的笑容。「因爲**我**想要的就是卡克斯頓版本。」

「這是非常珍稀的搖籃本[5]，世上僅有兩冊，如果我沒弄錯的話。」他的眼裡寫滿驚訝。「如果有機會，我會盡己所能將它納入您的收藏。」

現在，他的笑容變明朗了。這冊古書是由知名印刷商暨出版商威廉．卡克斯頓於一四八五年印製而成，他同時也是將印刷機帶入英國的人。書名《亞瑟王之死》，內容講述亞瑟王和圓桌武士的傳奇故事，以及他們對神祕聖杯的追求。獲得這本可遇不可求的古籍，是摩根先生自身的神聖追求嗎？

「你値得欽佩，貝兒．達科斯塔．格林小姐。」

他的雙眼再次打量我，但我毫不閃躲。「摩根先生，若我有幸得到這個機會，我將確保您的圖書館無可匹敵。我會讓皮爾龐特．摩根圖書館成爲您應得的瑰寶。」

4 *Le Morte Darthur*，歐洲騎士文學代表，在西方文學中影響力僅次於聖經和莎劇。湯瑪斯．馬洛禮（Thomas Malory）約於一四七〇年在牢獄中寫就。

5 incunabula，指一四〇五年德國人古騰堡（Johann Gutenberg）發明活字印刷術後最初五十年間出版的相關印刷書。

4

一九〇六年一月八日
紐約州，紐約市

我到底承諾了什麼啊，當我踏上寬闊的台階，朝著皮爾龐特・摩根圖書館那閃閃發亮的鑲板青銅大門前進時，不禁這麼問自己。站在門扉面前，我明白自己必須兌現諾言。從今天開始，我必須向名聞遐邇、**同時**也臭名昭彰的J. P.摩根先生證明，我有辦法將他的世界級手稿和藝術藏品，以及這棟爲了珍藏藝品而打造的壯麗建築，全部化作一片傳奇領地。我，一個**有色**的圖書館員。

一股壓抑不住的笑聲在我心中迴盪，對眼前的前景和荒謬的諾言感到興奮。但我得忍住。我強迫自己想著家裡的媽媽和兄弟姊妹，專注於自摩根先生提供我聘書以來一直在做的計算，月薪七十五美元、年薪九百美元是筆相當大的數目。扣掉每個月房租六十美元、羅素的學費、雜貨、其他帳單和雜費，還有我理當留用來爲這個職位治裝的金額後，我的收入和姊妹教書的薪資——一個月四十美元——加起來還有點喘息的空間。自從爸爸離開後第一次如此。事實上，我的薪水可以讓媽媽不必再當音樂老師。

但我盼望的不只是財務方面。我期待J. P.摩根先生提供的職位能讓我有機會進入更高的社會層級，這將鞏固我們的白人地位，讓迄今爲止身爲白人的生活和工作條件更好。

恢復鎮定且佯裝自信後，我踮起腳尖，用戴著手套的手敲響右側門扉的中央鑲板，朱尼厄斯說這塊鑲板曾經屬於一座中世紀的佛羅倫斯別墅。叩門聲太小了，管家或女僕大約聽不見，所以我脫掉手套，用指關節敲響冰冷的金屬表面。

等待的時候，我猜想誰會來應門。摩根先生有黑人員工嗎？媽媽的話語聲響起了。若你看見任何有色人種，抬頭挺胸，不要有眼神接觸。若接觸了，點個頭就離開。永遠、永遠不要交談。

大門敞開，一位高大、光頭、板著臉的老年**白人**出來迎接，一身剪裁考究的羊毛西裝顯示他是祕書，而非管家。他上下打量一番後才開口：「您一定是格林小姐。」

「是的。」

我猜他就是我面試那天跟摩根先生講話的人，但他既沒有親切問候，也沒有自我介紹，所以我不敢肯定。「我們都在等您。」他簡潔地說道。

等我？我遲到了嗎？朱尼厄斯最近的訊息說他舅舅希望我八點鐘報到，我看了眼懷錶，指針顯示七點五十九分。我非常準時。

我跟著祕書進門，看見先前還未完成的天花板壁畫已經大功告成，入口處閃閃發光，綴有鍍金裝飾的穹頂繪畫，地板和柱子則是色彩斑斕的紅、白、黃、褐大理石及青金石。大廳邊緣處依舊放有幾堆書，但整體空間差不多已經裝修完成。整座圖書館都整頓好了嗎？若這個機構已經組織妥當，那我的職責是什麼呢？

「請隨我來。」他指示道。

在他的帶領下我穿過圓形大廳，來到應該是圖書室的地方。一進門我便驚呼出聲。這間豪華的房間——看起來就和舞廳一樣寬闊——四周是分爲三層樓、設有露臺的胡桃木書櫃，全都空著等我去塡滿。圖書室右側是一座雕花大理石壁爐，它巨大無比，顯得我在摩根先生書房看見的壁爐相當渺小。

我猜這應該只是裝飾用的，因爲沒有一團火焰能溫暖如此寬闊的空間。天花板閃耀著金箔和一系列錯綜複雜的半月形壁畫及彩繪三角牆，似乎述說著兩個截然不同的主題，月牙形壁畫上有偉大的歷史人物和他們的靈感繆思，三角牆上則繪有黃道十二宮。我彷彿置身於珠寶盒的中央。

那位還不知名號的紳士清清喉嚨，手指著堆放在房間中央的木箱子——我現在才留意到，剛剛注意力全都放在令人目眩的景觀上了。「你是專家，當然了，而摩根先生也很有主見，但我猜你的首要任務之一就是整理並分類木箱裡的書本，然後決定它們的所屬位置，」他一邊說，一邊指向大書櫃，「樓下的保險庫裡有更多箱子，因爲圖書館只會陳列一部分的館藏。你應該會輪流陳列出這些寶藏吧？」他這麼問。我還來不及回答，他就接著說：「你的辦公室裡也有幾箱書。」

我的辦公室？

我本以爲這位紳士會帶我到旁邊一個擺著搖搖晃晃小胡桃木書桌的小房間，但他正指著一座可以存放大衣和帽子的隱藏式壁櫥。「我猜你應該想立刻開工吧，格林小姐。」說完這句話他就離開了。

門一關上，我馬上難以置信地在原地打轉，這個宏偉的空間竟是我的工作場所。待會得找到我的小房間才行。

有個箱子已經打開了，就從這裡開始吧。我從包包裡拿出空白的編目紀錄卡，從箱裡拿出第一本皮革裝幀的書。檢查完外皮後，我在卡片上記錄下綠色的摩洛哥羊皮革上有些微裂痕，且沒有書名。輕輕翻開第一頁後，我發現這是本稀有的十八世紀《唐吉訶德》（*Don Quixote*），內文看上去像是西班牙文。它就這樣被放在地上，在一個木箱裡頭。

「天哪。」我輕呼，迷失在古老的書頁中。

「看來你發現《唐吉訶德》了。」一個低沉的聲音響起，隨後是一陣笑聲。至少我把那尖銳的叫喊聲當成笑聲了。「一八九九年，我以圖維（Toovey）系列的一部分買下它。他們永遠無法理解自己的收藏眞正的價值。」

我驚恐地仰頭，看向高大的摩根先生那炙熱的雙眼。「先生，很抱歉。我、我開始……」我結結巴巴，但他打斷了我。

「千萬別為了求知欲或欣賞藝術而道歉，格林小姐。」

「是的，先生。」我回答，忍住行屈膝禮的衝動。我在幹麼？我自信的舉止跑哪去了？我已經決定，要以笑鬧又不失敬意的態度和摩根先生交流，好讓他隨時保持警惕。當我與這個男人建立全新的關係時，必須找到方法展現這種風格，他可能從未擁有過這種人際關係——尤其是和女人。

「我剛看到金向你介紹圖書館。」他的傲氣顯而易見，也無可厚非。「若他很無禮的話，我替他道歉。我的商務祕書很善妒，不樂見你和這座圖書館可能會讓我無心於商務活動。」

「那絕非我的本意，先生。」我大膽地打趣道。「至少一開始不是。」

他好像還以微笑？

「當然不是了，格林小姐。」他說，明確地露出了笑容。「儘管如此，這可能是我們待在一起的必然結果。」

他這番話是否暗示了什麼？等等，我心想，這番話不見得代表他正如其名聲。

「金肯定沒有帶你去看辦公室吧？」

「沒有，但他有提到。」

「很像他的作風。他就是個乖戾的老人。要不是他對數字很擅長，我早就解僱他了。」他停頓一下，眼神依然沒有從我身上離開。「這個嘛，別擔心，等到一切準備就緒，你就不必每天見到金了。他會根據我的需求，在商務辦公室和圖書館間來回移動。當然了，這裡有全職的工作人員，兩個女傭、必要時負責餐飲的服務生，以及負責保護館藏的保全人員；之後你還會有專屬助理。」

我努力維持表情鎮定，彷彿我一直都知道會有專屬助理。「聽起來很棒，先生。不亞於您館藏應得的對待。」

他轉身離開房間，我知道自己必須跟上去。我趕忙追上，在他離開圖書室回到圓形大廳、穿過門扉進入他書房隔壁的房間時，總算跟上了腳步。走到他身邊時，他問道：「你喜歡麥金、米德與懷特建築師事務所[1]幫我們做的設計嗎？幸虧我們是和麥金而不是懷特合作，對吧？」他瞥向我，右眉挑成問號的形狀。我猜這是一個新的考題。

但這題並不難。麥金、米德與懷特建築師事務所是近期新聞的焦點。知名建築師、瘋狂富豪、著名女演員，這些人都具備了記者期盼的所有醜聞元素。史丹佛・懷特，一位以打造華盛頓廣場拱門而知名的建築師，已經不在人世。美麗的伊芙琳・奈斯比（Evelyn Nesbit）的瘋狂前夫哈利・索（Harry Thaw）在麥迪遜廣場花園朝他開了三槍。當然了，朱尼厄斯並沒有告訴我是哪間建築師事務所設計了皮爾龐特・摩根圖書館。他肯定認爲史丹佛・懷特謀殺案的訴訟過程不適合講給女人聽。顯然摩根先生並不覺得女性如此脆弱。

「能和麥金先生合作確實很幸運。」我毫不猶豫回答。

他點頭走向房間中央，隨後又走回我面前，用銳利的目光再次審視我。我有點緊張，避開了他的視線，將注意力放在這間胡桃木打造的挑高雙層樓書房。鍍金的灰泥天花板上鑲嵌著九幅精美的文藝復興風格希臘諸神畫作。寬敞的房內矗立著一座義大利式石造壁爐，上頭裝飾用的小天使起了畫龍點睛之效。

「這是我的辦公室？」我忍不住這麼問，暗自希望把話吞回去。我面試時表現出的是一位膽大無畏的圖書館員，才不會因爲被賜予這間辦公室而震驚呢。

1 McKim, Mead & White，美國知名建築師事務所，在紐約等地打造了許多融入古典風格的指標性建築，是當時建築界的領導者與創新者。

他咧開大大的笑容，嘴角超出了他的鬍鬚。

「你覺得還行嗎？」

我鎮靜住自己。「摩根先生，在我看來，這將是打造無與倫比的皮爾龐特・摩根圖書館最完美的基地。」

5

一九〇六年一月八日
紐約州，紐約市

我好想三步併兩步跳過台階直衝到家門口，幾乎沒意識到從電車下來後，我已冷得瑟瑟發抖。時候確實不早了，到家時應該已經六七點了。沒錯，除了每天晚上負責保護圖書館寶藏的保全人員外，我在所有人都離開後仍留在館內。即使如此，我一點都不覺得累。坐在雕花胡桃木書桌後那張天鵝絨椅子上——正對著J. P.摩根先生無價的手稿和藝術典藏——想到這我就感到無比的輕盈和狂熱的活力。

我忍不住要告訴媽媽和兄弟姊妹第一天上班的所有細節了。像往常一樣費力地轉動鑰匙後，我推開門，期待會看到羅素坐在餐桌旁複習工程學或其他考試，或者會看見露易絲和艾瑟爾在沙發上爲明天早晨的課程備課。

然而，門口和客廳一片漆黑，廚房和臥房也毫無一絲光線。太令人失望了，真不敢相信媽媽和其他人竟然沒有等著聽我今天的遭遇。

一盞煤氣燈緊接著亮了，隨後是震耳的「驚喜！」喊叫聲。媽媽、露易絲、艾瑟爾、羅素和泰迪全站在餐桌後頭，圍繞著一個商店買來的現成蛋糕，這是相當難得的盛宴。

好幾雙手臂環抱住我時，此起彼落的祝賀聲和歡欣的叫喊聲在我耳邊迴盪不止。兄弟姊妹們相互交談，空氣中滿是節慶的氛圍，他們的熱情仿若香檳中狂冒不止的氣泡。

「他怎麼樣？」

「他跟報紙上的照片一樣嚇人嗎？」

「他的鼻子長怎樣？」

我笑了，很高興能在家人的庇護下放鬆，歡慶這振奮人心的事件，畢竟我已經壓抑了一整天。

「他眞的那麼有錢嗎？」

「你有看到他的錢嗎？」

「等一下，」我說：「首先，先來說說他是什麼樣的人吧。」露易絲分發蛋糕時大家各自坐下，我試著模仿摩根先生宏亮的嗓音和令人不安的凝視。我學得挺彆腳的，但足夠逗大家開心了。

接著我說起皮爾龐特．摩根圖書館。現在，每個人都睜大眼睛安靜下來，像是大口吃甜滋滋的蛋糕般狼吞虎嚥下所有細節。這兩個話題都沒辦法滿足他們的胃口，但即使他們迫切想了解一切，我仍舊隱瞞了某些細節。

我完全不想透露自己的興奮感被焦慮給削弱了。一整天我都必須設法平息腦海中的聲音，因爲我懷疑自己針對這份工作所做的準備尙嫌不足，也沒把握能和摩根先生這樣喜怒無常的人一起工作。

我不想和他們分享這份恐懼，因爲他們已經計畫好了，要根據我帶回家的薪水來改變生活。我必須獨自承受這驚惶失措的重擔。

「你還願意和我跟媽媽共用一間臥室嗎？」泰迪低語。雖然她語帶笑意，但我從她眼中瞧見了這個問題的嚴肅性。

某方面來說，我已經開始想念在普林斯頓享有的空間和獨立性，也懷念和葛楚及夏洛特的友誼，我和她們之間有強烈的學術連結且笑語不斷。但回到紐約市狹窄公寓的共用臥室，其中的樂趣就是能和我的小妹妹多親近些。在所有手足當中，就屬泰迪和我感情最好。我比她大七歲，她剛回到家時，是我幫媽媽替她餵奶、換尿布及更衣。對我而言她就是個活生生的洋娃娃，我會將她摟在懷中，唱歌給她聽，看著她的睡顏好幾個鐘頭。這份親密感並沒有隨著年歲增長而減少。

「別傻了，泰迪。」我說。「我回來時沒有戴著皇冠吧？」

「沒有，當然沒有。」她咯咯笑，皮膚白皙得像是蛋糕上的香草糖霜。其他人則不然，露易絲和艾瑟爾可以算是白皙，但羅素和我不同。我們是手足中唯二在姓氏中加上達科斯塔的，用以解釋較深的膚色。

「我還是原來那個我。」我跟著笑出聲。

這時我才注意到，其他人都在閒聊享用蛋糕時，媽媽卻默不作聲。通常她都是提出最多問題的那個人，但今晚她只問了一個問題。開口前她先抹了抹嘴角。「你依然是**貝兒**嗎？」

「是的，我依舊是貝兒。」眞希望媽媽沒問這個問題，因爲現在一切都改變了——兄弟姊妹的眼神、他們的活力、整場歡慶活動的氣氛都變了。就連空氣也因爲隨之而起的煩憂變得沉重，這個煩憂隱晦地提醒我們必須冒充白人身分這件事。

他們紛紛避開目光，轉而盯著眼前的蛋糕，笑聲頓時無影無蹤。除了叉子刮擦盤子上最後一點蛋糕屑的聲響外，廚房一片死寂。

我感受到手足的沮喪和同情，特別是露易絲和艾瑟爾。我所有的手足，就連泰迪也依稀知道，即使我們全都生活在這個不屬於我們的世界，但這個決定帶來的影響沒有人比我承受得更多。

我輪流看著每個人，露易絲和艾瑟爾這兩位勤奮的老師多年以來支持著我，她們漂亮、順從，同時也像透明人般善於隱沒於人群中。羅素，我那意志堅定、聰明、未來的工程師哥哥，膚色較深的俊俏臉龐和我的面容與特徵相呼應，儘管事實證明，身爲一個男人，這樣的表象並不若身爲女人一般成為阻礙。接著是泰迪，我們當中膚色最白皙的人，名副其實是大家的寶貝。我們所有人之上，是永遠得體、時刻警惕、總是和善的媽媽。

她是改變我們的守門人，雖然我身上為此有多個巨大轉變留下的傷疤。兄弟姊妹們面臨的轉變無非是姓氏末尾的 r 被去掉。但從格林爾變成格林，對我來說有更深層的含義。我不得不捨去瑪莉安這個中間名，而達科斯塔這個葡萄牙姓氏只被加到我和羅素的姓名中，因為我們倆的橄欖膚色更加顯現我們與非洲的連結。因此媽媽替我們虛構了一位葡萄牙籍外祖母，好避開懷疑和進一步的檢查。

但我的膚色並不是媽媽詢問是否「還是貝兒」的原因，也不是為此盯著我看，彷彿我與白人身分相距最遠。事實上，我比任何人都要更適應這個世界，且我的新職位可以帶領我們進入這個領域中最無懈可擊的階層。她的顧慮源於我最像父親——固執又膽大。雖然我從未公開質疑過母親的決定，但她看得出來我對我們所選的世界抱持著懷疑和迷茫。最重要的是，她能感覺到我對父親的思念。

我很確定，今天令她想起了另一場驚喜派對，當時我們聚集在一間更寬敞的公寓，圍繞著一張更大的桌子，如今晚一樣歡慶。

「吹蠟燭囉！」露易絲、艾瑟爾和羅素為了祝我生日快樂把我嚇得魂飛魄散，然後站在餐桌邊大喊。兄弟姊妹們又唱又跳的同時，我感到興奮不已。十枝蠟燭微光閃爍，火苗將空氣染成一片金黃。

「吹熄它們。」他們歡笑不止。

大家都熱烈期盼生日派對中這個重要的時刻，但我想再等一會兒，想要數蠟燭、許願、深吸一口氣再吹滅它們。但我還是妥協了，純粹是因為蠟油滴到了我最愛的糖霜上。在媽媽再次點燃煤氣燈之前，房間陷入剎那的黑暗，大家拍著雙手，但沒人的鼓掌聲比爸爸更響亮。

「你許了什麼願望？」羅素問。

「不能告訴你，這是最高機密。」爸爸戲弄他。接下來，他雙臂摟著我，將我拉進懷中。「眞不敢相信你十歲了，我的貝兒。」

我咯咯笑著。每次爸爸特別關注我時，我總會這樣。

「理查！」媽媽的語氣帶著訓斥。他不喜歡爸爸總是特別偏愛我。

聽到媽媽再一次告誡，爸爸帥氣的臉龐閃過一絲不悅，但隨後就抬起頭笑了出來。那聲熱情的大笑令所有人——除了媽媽——笑得更燦爛了，雖然沒人知道什麼事情這麼好笑。然後他說道：「噢，吉妮維芙，慶祝貝兒的生日吧。我們漂亮的女兒有著美好的外表和心靈，總有一天將成爲舞會的焦點。」

大家開始鼓掌，而我則因父親的關注和稱許露出笑靨。「該打開你的卡片和禮物了。」大家享用蛋糕時，他這麼說。

他首先遞給我一個信封，看到弗利特外婆的信我興奮極了。過去兩年每逢生日她都會寄賀卡，我知道裡面會有一美元。我已經在考慮要在史瓦茲玩具商場買些什麼了。

接著爸爸遞給我一個用漂亮的藍色包裝紙包裹的禮物。

我撕開包裝角落，裡頭是一本書，但一直到完全撕開包裝，我才看出這本書有多美麗——是伯納德．貝倫森（Bernard Berenson）的《文藝復興時期的威尼斯畫家》（*Venetian Painters of the Renaissance*）。我一邊翻著書頁一邊驚嘆，這本書就和我跟爸爸週末在大都會藝術博物館[1]看到的繪畫一樣精美。爸爸

1 Metropolitan Museum of Art（The Met），世界上面積最大、參觀人數最多的博物館之一，容納超過二百萬件館藏，設有十七個策展部門。

知道如何描述一幅畫的涵意與作家的個人生活，每當我仔細聆聽時，總感覺自己彷彿穿梭到了作品問世的那一刻。

沒有媽媽那警惕的眼神，這些博物館之旅讓我更加了解爸爸及欣賞到的藝術。我聽他說起就讀於菲利普斯學院和哈佛大學的故事，在那裡，他是常春藤聯校開放有色人種入學名額實驗的一分子。他講述了和好友奧立佛．溫德爾．荷姆斯一同在查爾斯河划船的故事，說著說著不禁大笑出聲。然而，他的雙眸透出了悲傷，因為我知道，在他父親——一位前奴隸所生的自由黑人——離開家人前往西部的金礦區之後，他的青春歲月幾乎都花在努力掙錢和追尋機會上頭。要是他在家裡談論這些話題，特別是和弗德瑞克．道格拉斯（Frederick Douglass）等民權提倡者一同寫作和演講的話題，媽媽就會把我們趕進房間，似乎不希望國家事務玷汙了我們年幼的雙耳。

「謝謝你，爸爸。」我闔上書，雙臂摟著他的脖子。

他微笑。「我們一起讀這本書。我知道裡面有些畫作就在大都會藝術博物館裡。貝兒，希望你能記住這位作者。貝倫森先生是義大利藝術的專家。」

我點點頭，再次打開書本。內頁有一段題詞：「獻給我的寶貝貝兒的十歲生日禮物。有一天，你的心靈之美與藝術之美將合而為一。送上我全部的愛，爸爸。」

「這本書對小孩子來說似乎太深奧了。」媽媽從我們後頭看向書本，這麼說道。我趕緊闔上書，不希望她看到題詞。這份禮物已經足夠惹議了。

父親搖搖頭。「對這個孩子來說不會。」他捏捏我的鼻子，我忍不住笑出聲。「我們的貝兒將來會是藝術學者或歷史學家。她具有欣賞與理解藝術的天分，尤其是藝術史，這本書對她來說只是入門而已。」

我點點頭，若爸爸覺得我會成為藝術學者或歷史學家，那肯定沒錯。

但當我抬頭看見媽媽沮喪的表情時，笑容頓時無影無蹤。「你為什麼教她滿腦子都是這些想法，理查？瑪莉安不會是什麼藝術學者。她是黑人女孩，她需要專注在一份正當的職業上，比如教書。她將來會是老師。」她如此宣布，彷彿這件事已經經過討論並達成共識。

「噢不，吉妮維芙。」他再度搖頭。「等著看貝兒未來的職業吧。」他向我眨眨眼，接著說道：「現在，誰還想要蛋糕？」

手足們盯著我，無疑想知道我會不會繼續分享摩根先生的故事。但今晚的故事到此爲止了。

自從格林家變成六名成員以來，已經過了八年的時間，然而我每天都將缺席的第七位放在心中，這一刻，我比往常都要思念爸爸。當我看見手臂交疊、雙唇緊抿的媽媽時，這份思念更加濃烈。我不只希望他能在場保護我免受媽媽責備的眼神，也渴望能一起慶祝。畢竟，這是爸爸的預測，是他爲我成爲貝兒·達科斯塔·格林、J. P. 摩根先生的私人圖書館員打下根基。

我穩住手裡的書、關上身後的臥室門，躡手躡腳地走過睡在沙發上的羅素。我在餐桌邊坐下，從搖搖欲墜的書堆裡抽出一本課本。我翻到標記過的課程段落，將《拉丁語入門》打開攤平。雖然摩根先生沒有把這點納入我的職責範圍，但我已經開始學拉丁語和其他語言，因爲往後我將替圖書館購入的許多書籍都是以這些語言撰寫而成。爲了評估其正統性，我需要了解書中內容。所以今晚要上第一堂課。

但在開始之前，我聽到媽媽、泰迪和我的共用臥室門打開了。媽媽走近時我嚇了一跳，因爲離開房間時我以爲她已經睡著了。她洗過臉，頭髮編成一路垂至後腰的長髮辮，只穿著長及腳踝的天藍色睡衣。很少看到媽媽只穿睡衣而沒有披上刺繡睡袍，她幾乎每次離開房間都會穿著它。

我笑了，但媽媽的嘴唇緊閉，表情跟稍早的時候一樣。「我希望你看看這個。」她低語。

我從她手中接過信封，但還來不及開口詢問，媽媽就轉身離開了。她抬頭挺胸地走回房間。我看著這封寄給媽媽的信，馬上認出是莫札特舅舅的筆跡。我很驚訝，雖然我知道莫札特舅舅會單獨寫信給媽媽和我及兄弟姊妹，但我們從未與彼此分享過。

我抽出信紙開始閱讀。

我最親愛的吉妮維芙：

我想我應該用平常的方式作為開頭，寫下家族的所有消息並報平安。但我要說的事情相當急迫。我希望你是從我口中得知理查的消息，而非透過其他人。我一定告訴過你，麥金利總統被刺殺前任命理查擔任印度的外交官。因為腺鼠疫的關係，理查沒有去，在那之後，我想你應該知道他被轉調至海參崴。但你不知道他在俄羅斯發生了什麼事，吉妮維芙。理查娶了一位日本女性為普通法妻子[2]，且他們有兩個小孩……

我的雙手和雙唇都在顫抖，沒有讀完就將信紙放在桌上。爸爸結婚了？住在俄羅斯？有小孩？怎麼會這樣？儘管莫札特舅舅似乎會告訴媽媽爸爸的近況，但寫給我的信中從未提及爸爸的海外任命。不過，我猜莫札特舅舅不會對此保持沉默，因爲他想保護媽媽，不讓她因爲從別的管道得知而大受打擊。

現在，我明白媽媽今晚的悲傷，以及問那個問題的原因了。我看向房間，好奇門後方的媽媽在做些什麼。她是不是將哀傷訴說給枕頭聽，無聲啜泣以免吵醒泰迪？

想起媽媽和爸爸緊握雙手、偷偷親吻的畫面，我的眼眶盈滿淚水。雖然已經過了八年，但我知道媽媽仍舊愛著爸爸。我相信這就是她從未提出離婚的原因。也許她內心的某部分曾將那扇門敞開，而現在已經永遠關閉了。

我站起身，有股奔向媽媽抱住她的衝動，但隨即又慢慢坐了下來。我了解我的母親。若她想讓我知道這個消息，就代表她不想討論。我要把這件事深埋在心底，如同其他事情一般。我猜這件事除了我之外，她沒有告訴任何人。

我抹去滑落臉頰的一滴淚水，盯著眼前的書本。現在這些課程更重要了。今晚，媽媽明確表示我不可能再次成爲瑪莉安·格林爾，其實我本來也不相信有這個機會。現在這個家的幸福取決於我的升職，我現在是貝兒·達科斯塔·格林，再也不是別人。

拾起《拉丁語入門》時我稍微頓了一下，因爲羅素在沙發上翻動，等他安靜下來後才輕聲翻閱書本。我因父親的消息感到疲憊，但不能就此休息。以前的我渴望成功，但是現在，這已不再是個單純的願望。成功是我必然的使命。

2 common-law wife，普通法婚姻中的妻子。普通法婚姻一般指事實婚姻，是未向政府機構登記或依循宗教儀式的非正式婚姻。

6

一九〇六年五月二十四日
紐約州，紐約市

「格林小姐。」摩根先生的聲音自他的書房穿過圓形大廳，直抵我的辦公室。在他的吼叫聲震撼我的雙耳之前，我已經撫平頭髮、拉攏新買的翡翠綠裙子，並抄起筆和紙張。我已經算得出來，幾乎精確到秒數，自己什麼時候會被叫喚。

其實沒有什麼技巧可言。摩根先生呼喊我之前，總是會先將椅子推離書桌，發出很好辨認的刮擦聲，聽起來像是胡桃木製的獅爪椅腳緩慢且思慮縝密地摩擦過大理石地板。這陣聲響會在整棟建築內迴盪，讓我有足夠的時間從桌上堆積如山的工作中抽身，準備好摩根先生可能需要的東西。如果我願意，甚至可以在吼叫聲發出前就穿過圓形大廳出現在他門口，就好像我是某種雜耍魔術師一樣，但我不會這麼做。即使我的職涯興衰取決於他的一時衝動，也不能表現得太過急切。相反地，我滿心期待地起身，直到聽見自己的名字，才會真正出現在他面前。

「格林小姐！」他再次吼叫，然後才發現我已經站在書房門前。

「是的，先生。」我應答，知道他——一如往常——會驚訝地抬頭看我，對於我如此迅速抵達門口感到驚奇。受聘幾個月來，他不斷出現這樣的反應實在有趣。比較不吸引人的是每次和摩根先生會面都很傷神，因爲每次互動我都得想辦法展現合宜的舉止，且要準備好面對他所要求的越來越多的工作。從編目整理他的珍藏、提供採購建議、檢索提供給各機構的藝術品及書籍、處理瀏覽收藏品的請求、與拜訪他的商人會面，到後續與這些商人聯繫。我的職責似乎隨著他對我的賞識跟著增加了。我曾經相信，我在大庭廣眾之下隱藏眞實身分的這些年——加上隨之產生的警覺和自我約束，確保自己能融入大眾——能幫助我隨時準備好應對摩根先生可能提出的變化萬千的要求，很大程度上，我確實辦到了。但是機智、才華洋溢、反覆莫測的摩根先生跟我見過的其他人不一樣，他的要求也是如此。

他鎮定下來後大吼：「那本該死的卡克斯頓有進展了沒？」我還來不及回答，他就接著說下去：「你什麼時候才會把它納入我的收藏?!」

除了其他要求外，摩根先生會定期質問我卡克斯頓的《亞瑟王之死》下落。我知道他眞的很渴望這部稀世珍品，同時我也感覺到——通常他都是因爲某些事生我的氣才會問這個——他把這件事當作威脅的武器，透過這個未完成的任務來提醒我誰才是掌控一切的那一方。

「我已持續詢問所有重要古書收藏家及博物館，試著查出它的下落，」我說道，然後補上一句：「如果它眞的存在的話，我會找到的。」

從他扭曲的雙唇和瞇起的雙眼看來，我敢說他很不高興，但至少他繼續問起別的事情。「萊諾克斯圖書館[1]的包裹到了嗎？」在皮爾龐特．摩根圖書館落成之前，摩根先生將大部分藝術及典籍收藏借給世界各地的博物館，作爲儲存這些藝品的方法。現在我面臨的棘手任務是要取回部分物品，讓它們安全回到圖書館，然後安置在這裡或其他地方。

「據了解，明天就會到了，摩根先生。」

他噴出一聲不滿的鼻息，跟馬的嘶鳴聲相似得不可思議，接著說道：「要求別人及時歸還東西眞的有那麼過分嗎？」他指著書櫃上唯一一個空下的角落繼續道：「那裡有個很大的空位，我要你用借給萊諾克斯圖書館的書補上。明天有個……」他頓了一下。「特別的朋友會來拜訪，我要我的書房看起來完美無瑕。」

我不需要知道這位特別朋友的身分，因爲我知道這些特殊的「朋友」是可以替換的，是短暫的友誼。他有幾位「特別的朋友」——目前他的情婦是紐約兩位著名商人的妻子，以及一位英國金融家的遺孀——而我已經習慣她們輪流出現在圖書館裡。這種要圖書館看起來更完美的急迫感說明了館內可能會出現一位新的情人，我很好奇我在八卦專欄讀到摩根先生和戴蒙德·吉姆·布雷迪[2]爭奪知名演員暨歌手莉莉安·羅蘇（Lillian Russell）的謠言是否屬實。要是名聞遐邇的羅蘇小姐踏進圖書館，我可能會違反自己立下的規矩，告訴媽媽摩根先生有女訪客的事情。

「摩根先生，您約了幾點呢？圖書館館長說這些雕刻非常精緻，必須要用特別打造的箱子才能運輸，但即使如此，明天早上應該會送達。」

「她應該會在……」

一聲「爸爸」在門口處響起，打斷了他的話。或者該說使他噤聲，因爲聲音的來源是他最年幼的孩子，三十二歲、還未出嫁的女兒安妮。

摩根先生的風流韻事並非完全是祕密——有時他甚至會要不情願的安妮作爲掩護，參與他和情婦的旅行——但公開討論這些關係並不妥。謹愼行事是當今的規矩，因此我知道這段談話已經結束了。

「爸爸！」安妮再一次呼喊父親。

「在書房！」他大喊回應。

雖然家就在隔壁，但摩根夫人很少出現在圖書館，然而，四位孩子就不一樣了。除小女兒安妮之外，美麗的朱麗葉和最受寵愛的路易莎都已經結婚，三位都經常來這裡。但只要父親在圖書館便幾乎每天都造訪的是兒子小約翰．皮爾龐特，更喜歡被稱作「傑克」，他已經開始接管家族企業，經常向父親請教。我有時會不小心聽見他們的對話，發現自己會因他們之間關係緊張而忍不住皺眉——傑克總是畢恭畢敬，而摩根先生一直都很專橫，還經常挑三揀四。

雖然朱麗葉、路易莎和傑克已經接受我，也接受了我和他們父親的接觸對於他的藝術與書籍收藏工作至關重要這項事實，反應亦相當友好，但安妮對此僅是尚可容忍，即使我已經證明了自己之於摩根先生的價值，她仍不樂見父親聘用這位女圖書館員。知道她爲支持眾多女性所付出的努力後，這樣的冷漠著實令我震驚。她是凡爾賽宮附近特里亞農別墅（Villa Trianon）的所有人之一，藉此協助推進好友艾西．德沃夫（Elsie de Wolfe）的室內裝修事業。她協助組織了紐約市第一個女性社交俱樂部「殖民地俱樂部」（Colony Club），最近還對支持各行各業的女性工人及婦女獲得選舉權這件事產生興趣。或許是因爲她知道父親的不忠，所以對他周圍的女性都很戒備，也可能她是嫉妒有另一個女人占據了她父親一天中大部分的時間。

安妮踏進書房，她那不論顏色和濃密程度都像極父親的烏黑雙眉揚起，墨色的雙眼閃閃發光。初見安妮時，也就是剛到圖書館幾天後，我腦海中浮現的第一個詞語是「健壯」。她身形高大，肩膀及臀部都很寬闊，但不知爲何總有辦法讓最昂貴的服裝看起來很嚴肅。比方說，她今天穿了一件泡泡袖高領襯衫搭配腰部稍微收緊的黑裙子，這身衣服可能比我一個月的薪水還貴，但卻顯得相當單調。話

1 Lenox Library，落成於一八七七年，館藏奠基於美國藏書家暨慈善家詹姆斯．萊諾克斯（James Lenox）的私人收藏，一八九五年納入紐約公共圖書館體系。

2 Diamond Jim Brady，美國金融家、慈善家，以熱愛珠寶和食欲旺盛聞名。他也是紐約市第一個擁有汽車的人。

雖如此，她令人畏懼的本質並沒有因爲女性特徵而減損。

「噢，你和格林小姐在一起呀。」她對父親這麼說，以此向我問候。「我打擾你們了嗎？」她意味深長地拉長了「打擾」兩個字。

「我們在討論借給萊諾克斯圖書館的東西，但你知道的，這裡隨時歡迎你。」摩根先生說，語調既謹慎又殷切。所有孩子之中，他對安妮最爲上心。她的政治敏感度已經接近自由主義，甚至是非正統的，因此與摩根先生的觀點相牴觸。

我感覺到他的恐懼，擔心女兒會和家庭決裂，爲此不顧一切和她保持密切關係。

雖然安妮散發出的光芒在看向我時黯淡了一些，但她對父親露出笑容。「媽媽問你要不要和我們一起跟范德比夫婦共進午餐，如果要的話，看要不要跟我一起回家。」

他看向壁爐架上的時鐘。「吃早餐時我肯定有和你媽媽說過我會參加。但范德比夫婦還要一個多小時才會到，安妮。」

在隨之而來的沉默中，我知道摩根先生正在等待一個解釋，解釋爲什麼需要爲了午餐聚會提早一小時回家。然而，安妮只是立在原地，不願意說明。我發現這兩人固執和好強的個性尤其相像。不知道現場的沉默是否是因爲我的關係。摩根先生明白這個無聲的要求嗎？無論是關乎他的事業還是私領域，我總覺得自己好像踏進了他的世界，卻不了解眼前對話的起因或幽微之處。

他嘆了口氣，這聲沉甸甸的聲響讓氣氛變得凝重。「我會在預定的時間參與午餐會，不會提早。」他指向我說：「社交之前，格林小姐和我還有公事要處理。」

「公事？」安妮的語氣像是在挑釁。見他沒有說話，她瞇起雙眼。「那好吧，爸爸。」

他這樣拒絕在某種程度上傷害了她。就在準備走出書房大門時，她以一種相當刻薄的語氣說道：「我不想把你從親愛的格林小姐身邊搶走。」

安妮離開了，很長一段時間，我們安靜地聽著她的鞋跟聲響在圓形大廳中迴盪。就在我思忖著該不該回自己辦公室時，他嘆著氣說道：「朗讀給我聽吧，格林小姐。」

這並不是新的要求，不過擔綱這個職務時我確實沒有預料到。我走近書架，探向最頂層的一小疊書。「今天您想聽什麼呢？」

他第一次要求我朗讀時，我大吃一驚。這位年近七十歲的金融家完全能夠自己閱讀，而且圖書館員通常不會對著讀者朗讀，除非對方是小孩子。然而，我聽從指示，朗讀了他收藏的《聖經》中約瑟從獄中囚變成王子的故事。這令他感到安慰，於是便經常要求我大聲朗讀《聖經》——一般都是稀有的搖籃本——或是他正在考慮購入的一本書。

「就《聖經》吧。約拿的故事如何？」

雖然我很想選擇十三世紀早期的《道德化聖經》[3]，這是本華麗的泥金典籍，但我知道裡頭沒有他想聽的故事。所以我拿了相對安全的十八世紀版本——會是其他人的重點收藏，但在這裡不是——面向他的桌子坐下。

我讀了一則古老的故事，一個名叫約拿的男子拒絕了成爲先知的使命，因此遭遇天神爲復仇製造出的猛烈風暴。聽到這裡，摩根先生的雙眼眨動又閉上。我繼續朗讀，不管他是不是還醒著，一直到最後約拿在鯨魚腹中生存，接受了自己的天命。

過了幾秒鐘，摩根先生才開口：「有時候我在想，得有一隻鯨魚把我整個人生吞，我的家人才能得救。」如果我是其他人，可能會將家人的話題視爲一個契機，藉以詢問今天他和安妮之間表面下的暗流，但我絕不會那樣做。我不得不滿足於私底下的猜測。

3 *Bible moralisée*，十三至十五世紀專為法國皇室製作的彩繪插圖聖經故事選集，內容偏重故事中的道德與教化寓意。據信目前全世界現存七本。

他倏然睜開雙眼。「衣服很漂亮。」

「謝謝您。」我說，很高興他有注意到。我謹愼管理收入，得以替衣櫥添加幾件衣裝，今天我穿了B．奧特曼[4]女店員所說的公主禮服搭配開襟無領短外套，顯然是春季最新的設計之一。

最初開始這份工作時，摩根先生稱讚了我的外表，我不知道該如何看待那些讚美，因爲有關他的風流名聲在我的腦海中揮之不去。隨著時間過去，我逐漸明白摩根先生是站在父親的角度看待我，至少有一部分是。

「你很有品味。」我笑了，因爲他的語氣顯示心情已經好轉。「要是安妮能和你一起逛街就好了。」

這不是摩根先生第一次建議我和安妮透過一些辦法交流。但在我看來，我和安妮顯然不可能成爲朋友。

摩根先生再次轉變話題。「在我離開前還有半個小時。說說你對萊奧．歐西奇那份手稿的看法吧。」

從鯨魚的肚子到女裝，再到佛羅倫斯的出版商暨商人。這種主題的急劇轉變是他一直以來的特點之一，我必須適應。

幾天前，萊奧．歐西奇的助理寄來一本極爲罕見的一四六八年西塞羅《論演說家》（*De Oratore*）手稿，且是由思韋海姆和帕納茨所印製，可以做爲摩根先生的收購項目。我檢查了手稿，很興奮能有這本排版及插圖都很精美的書籍供我長期研究。我還花了很多時間評估列有許多經銷商價目的附帶信件。

「這個嘛，裝幀和內頁狀況都很良好。當然了，思韋海姆和帕納茨的成品絕對不容輕視，這肯定能完善您在該領域的收藏。」我以幾個月來和沉著的摩根先生相處所習得的自信說道，他從不質疑我的血統——無論是直白地詢問，或是隱微地一瞥都沒有——奠定了我**白人**圖書館員的身分。所以我有一定程度的自信，但從未感到自在。

「沒錯。」他讚賞地點頭。

「您的外甥先前捐贈了一本思韋海姆和帕納茨的精美書籍給普林斯頓大學，這無疑替他帶來了美譽。」我如此評論道。

「對，確實。味吉爾的作品。」他瞇起雙眼，看著我做出評論。「但你有些反對意見，格林小姐。不用害羞，告訴我你的想法。」

他怎麼這麼了解我，我驚愕不已。「和市場相比，歐西奇先生提的報價簡直荒唐，這是在羞辱您。」

我小心地用了「羞辱」這個詞，因爲我的老闆總是以直接支付提出的賣價、從不討價還價感到自豪——他認爲討價還價很「羞辱人」，因此僅是將歐西奇的報價標記爲「過高」並無法說服他。然而，摩根先生無法容忍一丁點侮辱。

他在椅子上坐直。「什麼意思？」

「八千法郎？」我說。「因爲您是J. P.摩根先生，以財富和慷慨聞名，所以他才要求這麼高的金額。但是……」我吸口氣，讓語氣聽起來平靜且自信。「若您給我這個守門的機會，他以後就不敢如此大膽了。而您仍會得到帕納茨和思韋海姆的西塞羅作品。我們將把您打造成現代梅第奇[5]，不僅限於藏書方面——您還會得到您的卡克斯頓。」

---

4 B. Altman and Company，高級百貨公司，由奧特曼（Benjamin Altman）於一八六五年在紐約創立。

5 Medici，十五至十八世紀中期的義大利銀行家名門，以贊助藝術家聞名，其中包含波提切利、拉斐爾、達文西、米開朗基羅等人，對文藝復興發展貢獻卓著。

一抹微笑掠過他的雙唇。我看到他因爲這個想法而欣喜：一個年輕、嬌小的圖書館員，爲J. P.摩根這位名聞遐邇的巨擘站崗。同樣令他高興的還有被和文藝復興時期佛羅倫斯著名的銀行家族相提並論。

「那麼，就這樣吧，格林小姐，若你想保護我和不斷增加的收藏的話，」他自顧自笑著，然後繼續道：「你得先認識我的敵人。你得參加四天後范德比家舉辦的舞會，在那裡你會見到我的對手，都是些經銷商、專家和收藏家。」

起初我只能聽見他的默許。在圖書館上班延伸出的額外職責正是我的目標。但當我意識到他正邀請我進入他的社交領域時，我的警覺跟著欣喜一同飆升，因爲這個領域不僅有他的親朋好友，還有許多競爭對手。而若要踏入那位全美頂級富豪的家中，我更須謹言愼行。對一個名叫瑪莉安·格林爾的有色人種女孩來說，當她以貝兒·達科斯塔·格林的身分踏入更廣闊的白人世界時，敵人可能尤其危險。

7

一九〇六年五月二十八日
紐約州，紐約市

踏入范德比大宅的前廳時，我周圍全是衣著華麗的女士，緊身胸衣上都鑲著耀眼的水晶和珍珠，男士都穿著繫有白領帶的正裝，我得強迫自己不要目瞪口呆才行。我甚至還沒進入舞會現場，就已經感覺自己像個影子，是雙眼在尋找光亮時瞥到的一團暗影。

我向兩位范德比管家之一出示邀請函，他一頭栗色頭髮、身穿白色西服背心，瞇著眼打量我的樣子彷彿深棕色的雙眼配有特殊鏡片。他的凝視令我緊張，我在腦海中翻找著媽媽的指示：抬頭挺胸、目光沉著、堅定不移。我相信我已達到她的期許，但肯定有哪裡不對勁。

當我遞給管家那張鑲著金邊的壓花卡片時，他的雙眼緊盯我不放。隨後他的目光轉向邀請卡，我的心怦怦跳。

小心點，千萬不要做出太顯眼的舉動。

我做了什麼嗎？或者這是我每天都準備好要面對的，祕密被揭穿的那一刻？我等著問題襲來，並準備好表達我的憤慨。

「你一個人嗎?」

我眨眨眼,吐了口氣。他不在乎我的膚色。但當他重複同個問題時,我隨即又緊繃起來。

「是的。」我說,不滿自己聲音有些遲疑。這問題有什麼含義嗎?我做錯什麼了嗎?

他搖搖頭,明顯表示不贊同,但做出了讓我進去的手勢。我快步走進去,遠離他無聲的責備。當他告訴另一位管家我的輕率行爲時,我幾乎能聽見背後傳來的竊竊私語。至少那些耳語是關於我的社交無能,僅此而已。

踏入大廳後,我才安全逃離管家的視線。摩根先生爲什麼不告訴我要攜伴參加?還有什麼是我不知道的?我從一位經過的侍者手中接過香檳,希望能藉此撫平內心的挫敗感。然而,縱使奔騰的金色液體能幫助我安然進入會場,但我還得和那些地位高於我的陌生人交流。我能放手一搏嗎?

我不禁疑惑,佩戴著寶石的女士和牆上鑲著金框的中世紀傑作,究竟哪個比較耀眼。我從未見過這麼大量的閃爍光點——有生命或無生命的——甚至在皮爾龐特・摩根圖書館也沒有。

我阻止自己低頭看著這件媽媽、泰迪和我花了數小時修改的禮服。我想不透自己爲何要堅持在這件舊翡翠綠絲綢禮服上添加繁複的蕾絲蓋肩袖,甚至和媽媽爭辯說這袖子很時尚,也不會太花俏。我爭取到的這對衣袖在這屋裡眞的顯得很寒酸,這裡充斥著低領剪裁的華服,讓女士的胸口成爲另一種裝飾。至少泰迪想出了一個厲害的點子,要我戴這頂綴飾著羽毛的高帽。這無疑拯救了我的裝扮,替我增添一點信心。

在哪裡呢,我心想,*這些孔雀白天生活在哪裡*?還是她們會拆掉羽毛,樸素的在街上閒逛且無人識得?這念頭令人發笑,我舉起酒杯讓另一位侍者替我斟滿更多香檳。我哪裡想過要擁有一件值得穿來參加范德比舞會的禮服呢?我從未擁有過——將來也不太可能擁有——足以媲美這場盛會的華服。除非我突然獲得巨額財富,把一大部分花在治裝上。今晚我最大的奢求就是隱於無形,看樣子已經達成了,因爲還沒有人找我說話。

有那麼一瞬間，我想像著爸爸會怎麼看待今晚，但隨即停下思緒深吸一口氣。閱讀莫札特舅舅寄給媽媽的信已經是幾個月前的事了，而我的怒火和憂傷猶存。但與此同時，我對父親的愛並無減退，仍然渴望和他分享此刻的經歷。他是我站在這裡的原因。

我將對父親的念頭擱到一旁，決定這是個參觀宅邸的好時機。我在十幾對談笑風生的夫婦的簇擁下，閒逛穿過挑高五層樓的巨大米黃色石灰岩門廳，門廳處有兩座寬大的階梯，面積比我們家整間公寓還大。接下來，我進入令人歎爲觀止、展示著花園的日光浴室。一旁我看見今晚第一群有色族裔，是穿行於賓客中的黑人侍者，於是快速移開視線。就在此時，我看見安妮·摩根正全神貫注地和她姊姊朱麗葉交談。當她們看向我這邊時，我感覺鬆了口氣。

朱麗葉對我揮揮手，而我也這麼回應。她穿著一件鑲滿合襯水晶的紫紅色蓬裙，看起來很漂亮，特別是站在安妮和她那件嚴肅灰色禮服的旁邊。我笑著走過去。安妮瞪了我一眼，隨即抓起朱麗葉的手臂把她拉往另一個方向，穿過巨大的拱形雙扇門。

面對這樣的輕蔑，一股尷尬引起的熱流竄過我全身。我轉頭張望，但這間房裡的約五十名賓客都沒有看向這裡。這一刻我很感激自己如此不起眼。彷彿本來就這麼打算一般，我繼續穿梭於宏偉的廳室之中，試著別問自己哪種狀況更糟：和管家的互動還是安妮的冷落。

不過，我很快便將所受到的排擠拋諸腦後，沉浸在這棟巨大豪宅的美麗之中。離開日光浴室，我來到范德比的圖書館，但這裡當然遠不如皮爾龐特·摩根圖書館宏偉。儘管如此，這個單一空間仍舊令人驚嘆，內有深色英式鑲板、白色大理石雕花壁爐，以及擺滿數千本書、直達天花板的書櫃。接下來，我從紫色天鵝絨牆面掛滿肖像和風景畫的畫廊走往一次能接待三十人的餐廳，最後來到由大理石雕砌而成的音樂室。每個廳室都在爭奇鬥豔。這間宅邸的用途似乎不僅爲了彰顯主人的財富，也是爲了映襯出屋主的高貴。有鑑於范德比家族白手起家，從新貴躋身紐約上流社會的中心——進入所謂的「四百人」名單[1]——這並不新奇，畢竟自十七世紀以來，他們就一直處在無可撼動的地位。

相對來說，摩根先生對大型房產並不特別感興趣。他的家位在麥迪遜大道和三十六街的轉角處，是棟精巧的褐砂石建築，相較於他住在第五大道的同輩人顯得十分簡樸。我只去過一次，被要求去拿他不小心忘記的蝕刻版畫。當然，摩根先生有他自己的愛好——女人、藝術收藏，以及三百英尺長、配有七十名船員的遠洋船「海盜三世」（Corsair III）。摩根家族過得奢華舒適但不招搖，似乎是第五大道新一代富豪的規矩。話雖如此，摩根先生的財富和地位早在幾代前就已奠基於波士頓，這也解釋了他蔑視當代藝術品及手稿的原因。

我走進一間挑高兩層樓、金碧輝煌的舞廳，大多賓客都聚集在此，或跳舞或熱烈交談。家裡有個舞廳著實令我嘖嘖稱奇，但也感到困惑，考慮到空間如此巨大宏偉，建造起來想必是個困難的壯舉吧。舞廳的牆邊擺著白色鑲金椅，厚重的金色織錦窗簾垂掛在窗戶旁，頭頂上則是數不清的水晶吊燈。這間舞廳比其他房間都更令人不知所措，不知道是因爲奢華的裝飾還是熱心交際的人群，我也說不準。我只知道自己孤單又微不足道。

我走到外圍環顧，試圖尋找摩根先生，卻被舞池裡跳著華爾滋的成對身影擋住了視線。其他賓客則是輕鬆地穿越人群。

我決定要觀察賓客的舉止和交流方式。我看著女士們，發現她們說話時都會伴隨輕柔的觸碰——用扇子輕拂過男士的肩膀，或是用戴著手套的手輕觸紳士們的手臂——再加上銳利的目光，大多是睨視。這些女人——不論老少、單身與否——都在調情。媽媽絕不會贊同這種交流，但我發現，爲了融入其中，我可能必須適應。

一位女士和我對上眼，我知道自己必須離開了。我穿過舞廳找尋摩根先生。他在哪裡？他是否利用這次邀請作爲和特殊朋友見面的幌子？若是這樣，我要如何在沒有正式引介的情況下與他的敵人會面？

突然間，我覺得背後好像有道視線盯著，於是轉過身露出笑容，以爲是摩根先生，結果是位女服務員。讓她與眾不同的不僅是那身白領襯衫搭上黑裙和純白圍裙。她深棕色的皮膚獨具一格，同時卻也遁形於賓客之中。

雖然我本能地想要離開，卻依舊被對方吸引，我們緊盯著彼此的眼睛。媽媽的告誡聲響起：若你看見任何有色人種，抬頭挺胸，不要有眼神接觸。若接觸了，點個頭就離開。

我的眼神停留得太久，在這短暫的對視中，我看得出來**她知道**。今晚第二次，我的心臟狂烈跳動，並試圖從她的眼中讀出我見到的東西。我的謊言惹惱她了嗎？她會向公眾揭穿我的身分，或告訴我的老闆嗎？我會因爲沒有聽從媽媽的警告而失去努力爭取來的一切嗎？我可以求她別拆穿我的祕密嗎？讓她明白這樣被擊垮的不僅關乎我個人，而是影響到所有我愛的人。

她舉步接近時，這些問題席捲我的腦海。接著，我還未決定該怎麼做，這位女服務員就笑了。一個欣喜、**驕傲**的大大微笑。我如釋重負。這個女子被自身如同新美分硬幣的膚色，以及令人疲憊、將人民與國家一分爲二的種族隔離法所定義，她似乎很驕傲有人擺脫了仍加諸在其他人身上的束縛，而那些束縛就如同加諸於我們祖先身上的枷鎖。

她朝我點頭。我花了點時間才喘過氣並點頭回應。她替我倒滿香檳後才轉移視線，朝其他賓客走去。但我仍盯著她，並有了新的感悟。憑藉我現在所處的職位，我的責任不僅僅是媽媽和手足。我現在身處的世界可能不知道我是黑人，但有些人，比方說這位女士，將會發現我的祕密，而我希望我的成就能在某種程度上替他們帶來希望。

看著她穿梭於人群中，既可見又隱形，甚至沒有換來一個道謝的頷首時，我感到口中的上等氣泡

1 美國鍍金時代，紐約士紳貴族為確立上流階層地位而擬定「四百人」（The Four Hundred）名單，僅有部分暴發戶能受到認可並加入。范德比家族正是躋身上流的暴發戶典型代表。

酒變得酸澀，同時感到悲傷與憤怒交織。現在我腦中全是那雙斟酒的手。那雙手因為抬重物和提供服務而龜裂腫脹，而我的手卻罩著緞面及肘長手套。為什麼是她提供服務而我受到服侍？為什麼我相對白皙的膚色能有這個特權？看似難以理解，但事實就是如此。

這些念頭令我想從這個腐敗的地方抽身。我的時間應該要花在個人研究或是在圖書館完成編目工作才對。我轉身走離人群，但就在即將穿過舞廳的大門時，我聽見了自己的名字。

「哇，格林小姐，是你嗎？」我身後傳來一個聲音。「是格林小姐，對吧？」

我轉身看見J．皮爾森公司的史密斯先生。他是位藝術品經銷商，摩根先生偶爾和他有生意往來，但也經常起爭執。我們在皮爾龐特．摩根圖書館見過兩次面。「是我沒錯，史密斯先生。」

「眞高興在圖書館以外的地方見到你。」

「走出圖書館很高興，我不介意這樣說。」

他的目光掃過我，肥胖、紅潤的臉上帶著訝異的表情說：「你看起來很美。一點都不像是圖書館員。」

「別以為我身為圖書館員，就必須穿得像一名館員。」我還來不及阻止自己，這漫不經心的句子就脫口而出。這是我可能會對姊妹說的玩笑話，但從未、也永遠不會對一個陌生人這麼說。我能感覺到媽媽的不贊同。

他笑了，低沉悅耳的笑聲吸引派對賓客看向這裡。我幾乎能從他們的表情讀出心聲。

誰啊，他們心想，這位年輕女子逗樂史密斯先生了嗎？

「現在，你**的確**不像是一名圖書館員。」他這麼說。

我垂下雙眼，半掩著眼睫毛瞥向史密斯先生。「嗯，你知道他們是怎麼說的。」

他的眉毛因為期待而揚起。

我靠近一步，盡全力模仿舞廳裡的其他女士，用指尖輕觸他的肩膀、頭向後仰說道：「人不可貌相。對我來說，事情都不能只看表面。」

他咯咯笑了起來。這是我今晚第一次感到放鬆且有所領悟。想要融入這裡，我就必須這麼做。媽媽的告誡是要謹慎並隱藏其中，但現在我明白那是不對的。爲了和其他人打成一片，我必須大膽些，敢於在眾目睽睽下隱藏我的不同。

其他男士加入史密斯先生和我，聚攏過來同享歡樂，想見見這位看似非常吸引人的年輕女子。被一一介紹給每個人時，我依次與他們寒暄、接受讚美，並幽默地反駁最後一位道：「我敢說你對每個認識的女人都這麼說，但我喜歡。」男士們哄堂大笑。有那麼一瞬間我想到了媽媽。她會嚇到，但我不以爲意。要進入摩根先生的世界，這麼做有其必要。

看見摩根先生時，我身旁已經圍了一整圈的人。他身旁站著一名陌生女子，看起來很像是「特別的朋友」。他注意到我，對那位朋友說了句話就把她留在原地，嘴裡叼著雪茄大步走過來。我周圍的人群霎時在他面前散開。在圖書館之外的地方見到他，使我再次震驚於他那顯而易見的影響力。

「啊，格林小姐，我看到你正在和我的幾位敵人交談。」他的目光一一掃過在場的男子，最後落在史密斯先生身上。「尤其是這位。」摩根先生提高了音量，但語氣竟是相當愉悅。

聽到這句話，史密斯先生結結巴巴地說：「摩……摩根先生，我一直當您是值得信賴的朋友和偶爾的客戶。」

摩根先生挺直六英尺兩英寸的身子，揚起一邊粗大的眉毛，半開玩笑地說道：「你是想誆騙所有『值得信賴的朋友』嗎？」

我看得出他的把戲。摩根先生知道他必須和所有主要經銷商保持聯繫，以便充分了解進入市場的藝術品和手稿，但那些狡猾的人得明白他絕不容忍剝削。若我們想實現目標，打造出美國最重要的藝術品與手稿收藏——媲美歐洲最頂尖的典藏——那麼就必須收購所有收藏品，且不能疏遠任何一位經銷商。所以說，警告就藏在玩笑裡。

「誆騙？」史密斯先生顯得困惑又害怕。摩根先生有些更小的指控已經毀了一些人。

「啊，就是這位紳士提供您有瑕疵的莫札特樂譜手稿嗎？」我故作膽怯地說，彷彿不確定皮爾森公司的商人是否眞的將莫札特一位學生手抄的協奏曲樂譜冒充爲大師本人的原作。

摩根先生點著頭說：「就是他。」

「啊。」我看著摩根先生。「別擔心，您不會再遇到這樣的詐騙了。」

「不，格林小姐？怎麼不會？」他這麼問，好像我們事先套好招一樣。

我將視線從摩根先生轉到藝術經銷商身上。「因爲下次和史密斯先生做生意時，我會隨時檢驗進入皮爾龐特·摩根圖書館的所有古物的眞實性。若有物品未通過審查——當然了，這不是史密斯先生的錯……」我停頓一下，希望這商人明白我爲他過去應受譴責的行爲找了個臺階下。「那麼我們會在物品送達您的書桌之前解決問題，摩根先生。」

「太棒了，格林小姐。」摩根先生回答。

「可不是嗎，史密斯先生？」我甜笑著問道。

史密斯先生的表情夾雜著擔憂和解脫。被指控的同時，他也被無罪釋放了。「能再次和您交易是我的榮幸，摩根先生，而且、而且……」他又開始結巴。「還有您也是，格林小姐，我們可以用您認爲合適的方式來往。」

「很好。走吧，格林小姐。」摩根先生說，以簡短的話語打發了史密斯先生和其他人。

我朝史密斯先生點頭，便隨著摩根先生離開這位瞠目結舌的商人。

「你很懂怎麼戲弄他。」他小聲說道。

「我只是捫心自問我的老闆會怎麼處理，然後照做而已。」

摩根先生發出一聲像是海豹在吼叫的笑聲。「你對我說話的方式截然不同，格林小姐。地位高於你的人也不會如此。我兒子肯定不會。」

他瞇起明亮的淡褐色眼睛，以和面試那天一樣的方式打量我。只不過，這次我毫不懷疑他讚賞的是作爲女性的我。樂聲響起，賓客在周遭隨意打轉，但轉瞬之間，一切又變得寂靜無聲。周圍的人消失了。我感覺到我和他之間有了變化。他不再是那個父親般的形象，不再是我的老闆。

我沒有感到不安，反倒感覺到一股拉力——一種受到吸引而產生的顫慄。我的雙臂起滿雞皮疙瘩，隨後音樂再次響起，我又回到了舞廳中。那一瞬間過去，摩根先生的手臂伸了過來。

「我們繞著舞廳轉轉吧。」他輕鬆地說道，但嗓音渾厚。他也感覺到了我們之間的波瀾。「還想讓你見見其他敵人。」

8

一九〇六年五月二十九日
紐約州，紐約市

我還沒插入鑰匙，公寓大門就敞開了。我差點向前撲倒，但泰迪穩健的雙臂將我抱住。

「你在幹麼？」我故作責備口吻，低聲對她說。時間肯定已經過午夜了。

「我聽到你上樓的腳步聲……」她壓低音量，「我等不及要知道舞會的事了。」雖然她已經是個十九歲的少女了，但語氣聽起來興奮得像個小女孩。

我應該要猜到她還醒著的。所有手足當中，泰迪對我和J. P.摩根的事情最感興趣。她讀了地方報紙的社會版，彷彿準備要接受考試；《女士家庭雜誌》是她的穿搭指南。雖然我的衣袖很樸素，但她的指點無疑提升了我今晚的裝扮，特別是建議我戴一頂羽毛高帽。經過今晚的觀察，我將需要妹妹所學到的所有時尚知識。

「羅素呢？」我這麼問，坐上空蕩蕩的棕色沙發。

「他跟所上的朋友出去了。」泰迪揮揮手，好像這樣能夠將我的問題趕走。現在她只想討論一件事。

「那麼……」並肩坐上沙發後我開口說道，中途停下來打個呵欠。快早上了，不知道爲什麼有錢人要在平日晚上玩樂。傻了嗎，我罵自己。有錢人不需要早起，他們可以隨心所欲睡到中午。

「你想聽豪宅還是禮服？」我問。「兩個都很壯觀。」

「當然是禮服了。」

即使只有街上的煤氣燈提供照明，妹妹的美麗容顏依然耀眼。她淺棕色的秀髮又直又光滑，和我每天都得用一大堆髮夾盤起的粗糙捲髮不同。她的髮絲搖曳，襯托出甜美白皙的臉蛋。

「我最喜歡一件幾乎像是黑曜石的深藍色禮服……」我娓娓道來。

泰迪打岔：「你最喜歡黑色禮服？」她嚇壞了，不敢相信竟有人喜歡這樣陰沉又哀痛的顏色。

「聽我說完。那件禮服是深沉的午夜藍，裙身和拖尾裙襬以水晶和各色寶石排列成星座的圖案。」

泰迪驚呼。

我繼續道：「隨著那位女士起舞，禮服宛如一片夜空。」

她一手摀著胸口。我能理解她的感受，看到那襲禮服隨著交響樂在舞廳的大理石地磚上飄揚旋轉時，我也差點做出相同的動作。我也陳述了泰迪會感興趣的其他禮服，並報告珠寶的色彩潮流，還說到禮服的緊身胸衣上流行鑲嵌水晶和珍珠。

我避開了當晚最突出的兩個時刻。我沒有提到我和摩根先生之間那充滿吸引力的幾秒鐘，也隻字不提那位黑人服務員以及我們之間的連結。泰迪不會懂的。她幾乎一生都居住在媽媽的白人世界裡。離開華盛頓特區時她還不到一歲，一搬到紐約，在媽媽替大家改名、修改過去之前，我們基本上已經過著白人生活。

有時候，當我看著泰迪和她的淺色頭髮、雪花石膏般的皮膚和淡色雙眼，總會好奇她是否知道我們白皙膚色背後的暴力起源。她記得有關爸爸的事嗎？還是所有習得的事情都來自於媽媽？

彷彿受我的意念召喚般，媽媽穿著藍色睡衣走出房間。她依舊沒有像以往那樣披上爸爸送給她的絲綢睡袍。她的雙眼因睡意而浮腫，看到我們倆在沙發上竊竊私語時，嘴角嚴肅地抿成一條線。

早在莫札特舅舅那封關於爸爸的來信之前，媽媽就不得不堅強起來。在紐約生活經常是超乎我們財力所及的艱鉅挑戰。要保守我們眞實身分的祕密，隨著時間的推移成爲越發沉重的負擔。當周圍的世界變得更加不寬容，我們便失去得越來越多。雖然種族隔離是南方的法律，但吉姆．克勞法[1]的觸角也伸向了紐約。許多政策加深了歧視，將有色人種流放到最糟的社區，工資與職業也都是社會的最底層。爸爸離開後，我們一直生活在邊緣地帶，但身爲白人肯定比活在眞相中更好——這一切都要歸功於媽媽。

她還未開始數落，我們就異口同聲說道：「對不起，媽媽。」然後爲這小小的叛逆咯咯笑著。

「晚安，貝兒。」泰迪說，快速親了我一下後疾步走回房間。

「我也該上床了，」我說：「明天告訴你舞會的事。」

媽媽不發一語，但看向了餐桌。我的語言課本堆積如山。她因爲我荒廢課業而生氣了嗎？

「你沒有例行的課業要準備嗎？我不相信你在工作和派對之間有時間讀書，你不想忘記已經學會的語言基礎吧。」

我吃驚地瞪大雙眼。我很用功，但肯定的是，這些課程是我自己的選擇，暫停一個晚上沒有問題。「已經過午夜了，媽媽。我想應該可以等到今晚。」

「你確定嗎，貝兒？」這不是問句。「你說過拉丁文、德文和法文對你的職位有多重要。你覺得失敗的話，會有另一個J. P.摩根先生來敲門嗎？」

失敗？

我們緊盯彼此，一瞬間思緒交會。今晚就好，就這一次，我只想單純當個女兒，就像泰迪一樣珍貴，一樣被溫柔呵護。或者像被認爲穩定又可靠的露易絲或艾瑟爾一樣，即使失足，也無須面對如此深重的失望。我想要她叫我進房，這樣我就能躺下，卸下重擔。

「來吧。」媽媽做了個手勢，然後朝餐桌走去。

我遲疑了。每天晚上我都獨自坐在桌前，苦讀到眼皮再也撐不住、不得不休息爲止。我跟著媽媽走到桌邊，不確定她想做什麼。只見她坐上椅子，示意我也坐下。

我把晚禮服像是夜晚蓋的毯子一樣攤開在身旁，打開拉丁文課本翻到從屬子句的章節。

「該從哪裡開始？」媽媽問。

她完全不懂拉丁文，但我很感激有她的陪伴。她關心我的方式和對待其他手足不同，但無疑是種看顧。我知道媽媽依舊視我爲女兒。

---

1 Jim Crow laws，泛指十九至二十世紀美國南部及邊境各州針對有色人種實行種族隔離制度的法律。吉姆·克勞原為一齣諷刺音樂劇中的黑人角色，後來成為對非裔美國人的貶義詞。

9

一九〇六年十一月四日
紐約州，紐約市

身處摩根先生世界的這十個月來，我的職責範圍已經從替他編目收藏品、整理書櫃和提供收購建議，擴展到應其要求和社交名流與專家一同欣賞歌劇、參加晚宴、派對和舞會。我已經習慣和弗里克一家[1]愉快地談論文藝復興時期的畫作；和大都會藝術博物館總監卡斯帕．波登．克拉克[2]討論裝置藝術的精緻細節；與約翰．D．洛克斐勒[3]在舞池中共舞；或是坐在卡內基[4]與菲普斯[5]夫婦中間一同觀賞歌劇。有鑑於此，爲什麼穿過大廳進入摩根先生的書房，請求他將注意力放在急迫的事情上，仍舊令人畏懼呢？

我找藉口經過他的書房，希望能看見他已經開始翻閱兩小時前我放在他桌上的拍賣目錄。但那本目錄仍是攤開在我翻摺起的那一頁。我想不到今天有什麼緊急事件，然而，波士頓拍賣遠程競標的截止日在即，目錄卻仍舊未受檢閱。

雖然摩根先生已經開始仰賴我提出有潛力的寶物清單做爲參考，但他按自己的步調做決定，並經常要我諮詢專家聽取更多意見。我並非一直都能接觸到市場上的藝品和手稿，因爲有些經銷商不願和我合作，或者以爲合作時可以欺騙我。就在上週，我因爲手稿狀況不如原先描述而拒絕購買，普萊斯先生就寫信給摩根先生抱怨「你圖書館裡那個女人」。

摩根先生以嚴厲措辭回信，支持我的評估，並將普萊斯先生介紹給我以進行將來的協商，但類似的信不只這封。儘管在夜幕降臨後，我和摩根先生世界裡的上流社會收藏家、商人和機構管理者共享歌劇、戲劇和晚餐，但這仍不足以讓我獲得和同行者相等的地位。

繞了圓形大廳一圈後，我在摩根先生的書房前停步。他坐在獅王寶座上——我喜歡這樣稱呼他的華麗桌椅——看報紙。

這樣的拖延讓我很沮喪，但不能表現出來。摩根先生不喜歡嘮叨和花言巧語。我踏進房內，他沒有放下手中的《紐約每日新聞》。我站在他書桌前清清喉嚨。

他終於抬眼了。「你在這裡做什麼？我不記得有叫你過來啊，格林小姐。」他厲聲說。

我已經習慣這種帶著尖銳言詞的無謂咆哮了，不會因此受到影響。「先生，您有時間看一下目錄嗎？」

「除了你對藝術的貪戀外，我還有別的事情要做，格林小姐。」他怒吼。

這已經不再令人生畏，只是個待處理的問題。「摩根先生，這是**您的**收藏，不是我的。我只是想

1 此指美國實業家亨利·克萊·弗里克（Henry Clay Frick）之家族，其曼哈頓居所現為弗里克收藏館（The Frick Collection）。
2 Caspar Purdon Clarke，英國建築師，受時任大都會藝術博物館董事的 J. P. 摩根聘請而擔任總監（director）。
3 John Davison Rockefeller，美國實業家暨慈善家、標準石油（Standard Oil）創辦人，也是美國歷史上首位億萬富翁。
4 Andrew Carnegie，美國實業家暨慈善家、卡內基鋼鐵公司創始人。
5 Henry Phipps Jr.，美國企業家、卡內基鋼鐵公司聯合創辦人。

幫忙擴展，使其媲美歐洲最頂級的機構——無論是皇家還是私人機構——而本次收購正是邁向目標的其中一步。我以爲這也是您的目標，還是我搞錯了？」

好幾次我都必須這麼和他說，而摩根先生很少因爲我的大膽面露怒色。通常他都會突然笑出來，令我有時覺得他的威怒只是佯裝。不是說他就不會變得兇猛而嚇人。我看過他對著一票走進房裡的金融家、商業領袖和世界知名人士大發雷霆——甚至是因爲覺得傑克提出的問題太愚蠢而發飆。但他並不會用怒吼來表達眞正的憤怒——而是用沉默。我不惜一切代價避免這種令人毛骨悚然的恐怖靜寂。

「這當然是我的目標了。畢竟，這就是我該死的目的——包括得到那本該死的卡克斯頓《亞瑟王之死》。你找到了沒？」

「我正在找，先生。」每當他提到這部特別的卡克斯頓，我的胃就一陣翻攪。確實如此，打從第一天上班起，找到並獲得它就是我的首要任務，但事實證明極不容易。

「這就是我僱用你的原因，還有你對古老手稿和中世紀藝術無可挑剔的眼光。」他的怒罵聲慢慢平息，最後整個人靠回椅背上。接著他將手伸向目錄，一面說道：「嗯，如果不能立刻見到卡克斯頓，那就先看看你珍貴的《聖經》吧。」

「請讀一下說明吧。」我這麼說，也把自己那本拍賣目錄帶了過來。

他咕噥著同意了。

「請翻至編號一百一十七。」我說，等他將注意力放在相關條目上。「這裡您能看到這本《聖經》是由劍橋大學的印刷廠於一六三八年所印製。接著上面說這是屬於國王查理一世[6]的印刷本，所以，它採用紅色天鵝絨裝幀，並以銀色絲線繡上國王名字的首字母和紋章，紋章上嵌飾著銀和寶石。目錄上說此書的保存狀況很完美。我一直追查這本《聖經》的出處，似乎是正版的沒錯。」

「買。」他這麼宣布，再次拿起報紙。對他來說，講幾個字就能如願了。身為摩根先生真是太神奇了。

我感到寬慰又欣喜。我認爲英國國王祈禱國泰民安時——或者被指控叛國而遭推翻，爲自己禱告時——手中捧著這本聖經。我想像自己手握這本厚重的古書，掀開那猩紅的天鵝絨封面，翻閱著書頁閱讀其中神聖的文字，讓歷史流淌過我的雙手。我也想像印刷師傅在下印前精心將字母排列整齊，以巧手製作精美的裝幀，一切都是爲了使聖經中崇高的文字拉近上帝與國王之間的距離。

「太好了，摩根先生。填妥文件後我會通知拍賣所。」正要起身時，我想到一個有趣的辦法。「還是您想繞過拍賣所，直接向賣家以高額搶先出價？我可以私下聯繫賣家，提一個合理同時足夠誘人的數字。」

他要我重複一遍，雙眼閃著光芒。「聰明，格林小姐。我喜歡這個策略，以後可以使用。但針對這本特別的典籍，就先走傳統的拍賣程序吧。」

「是的，先生。」我起身深吸一口氣，鼓起勇氣說：「有個方法能確定我們會得標。」

「什麼方法？」他問。

「我可以親自到波士頓拍賣所競標。」

他久久沒有言語。

「如果盡快出發……」他看一眼壁爐台上的鐘，「你可以在日落前抵達波士頓。」

他同意了嗎？不敢相信。我的思緒閃過所有必要的準備工作。但那都不重要。這將是場非凡的冒險，也是目前爲止摩根先生所表達過最重要、最公開的認可，藝術界的所有主要人物都將印象深刻。成功的話，此舉將可能爲我在上流世界的地位帶來劇烈改變。

6 Charles I，十七世紀因徵稅和宗教措施等爭議引發英國內戰（清教徒革命），戰敗後遭到斬首，是唯一以國王身分遭處死的英王。

我忍不住露出笑容。「謝謝您，先生。我不會讓您失望的。您的出價上限是？」

「我說過我想要它，格林小姐，」他突然發怒，「意思就是沒有上限。明白嗎？」

沒有上限。

「我明白了。儘管如此，若金額超過我認爲合理的範圍，我還是不會讓您超支。」

他笑著說：「噢，我不擔心。我可能會擔心你的競爭對手吧，幾乎要同情他們了。」他頓了下，語氣變得較爲輕柔，「他們不知道你嬌小的身軀內潛伏著何等的兇猛能量。」

他熱烈的目光使我屏息。我見過這種表情——在范德比舞會——這一次，沒有分毫誤會的空間。他的眼神中充滿欣賞之情。但接下來，他清了清喉嚨，語調和措辭都是談公事的口吻。「別忘了，當你親自評估商品時，要直視賣家的雙眼。你要像評鑑商品一樣品評賣家。」

我點頭，對摩根先生一反常態的讚賞感到有點局促。自從我們在范德比舞會共享那一刻起，已經過了將近半年，我已盡全力維持彼此之間的專業精神。摩根先生也是如此，有時我會覺得那一瞬間的相互吸引純粹是自己的想像。

他站起身說道：「我們該爲你的成功舉杯，對吧？」我還來不及回答，他就從桌邊的其中一個水晶瓶倒出琥珀色液體，遞給我一杯酒。「敬貝兒，」他說：「一個可怕的對手，她的力量藏在美麗的笑容背後。」

我有些猶疑，不知道還有沒有後續。但他的表情又恢復成老闆的樣子了，於是我向他舉杯，很清楚這次絕對不是想像。

「還有啊，貝兒，」他繼續道：「現在也爲我們倆乾杯。敬我們的小陰謀。我們正一同爲未來保存過去。藉由我的財富和你天賦異稟的眼光與勤奮，我們正在拯救並保護歷史上最美麗、最重要的瑰寶——那些文物和手稿記載了書本有形的歷史。」

我們碰杯。我不好意思問這是哪一種酒，但不論如何我都輕啜了一口。那流過喉嚨時的灼燒感令我咳了起來。就在這個時候，安妮——那個無所不在的挑剔女兒、她母親偶爾派來的特使、唯一一個和她父親一樣外表堅毅的人——走進了圖書館。

「現在喝酒有點早，不是嗎？」她見狀便這麼問。今天安妮穿了件紫紅色洋裝搭配相襯外套，右肩上還披有白色毛皮。非常時尚，但這身裝扮仍舊充滿女性的威嚴。

見我和她父親都沒反應，她又重複了一次。語氣裡的譴責顯而易見，使我感到畏縮。有時候，當我見識到安妮的聰慧機智，會覺得我們有機會成爲朋友。但大多時候我們之間都存在著過多的緊繃。我不清楚那究竟是嫉妒還是單純的不喜歡，而我爲了消除鴻溝所做的一切努力都遭到漠視。

「安妮，別掃興，」摩根先生嘲弄道：「我們只是爲格林小姐明天在波士頓拍賣會的勝利乾杯。」他又加上一句，「預料之中的勝利，就這樣。」說完繼續喝。

「你不是讓金去？」她問，額上的濃眉因驚訝而高揚。過去幾年都是摩根先生的祕書代替他參加競標。「或者朱尼厄斯表哥呢？我以爲**他**才是你的藝術專家。」

和安妮一樣，我也想知道爲什麼朱尼厄斯沒有被派去參加更多磋商和拍賣，也擔心這樣的忽視會導致我倆之間的敵意。幸好，朱尼厄斯寄給我的信件並沒有表現出任何妒忌，也不認爲舅舅不再喜愛他，只有爲「他的門徒」在舅舅身邊工作感到自豪。搞不好他如釋重負，不再擔負經常得向摩根先生提供建議的壓力。

「這是格林小姐的工作，她將取得曾經屬於一位國王的《聖經》。」他的語氣清楚表明此事不容商議。但接下來的話語，他用了對小女兒慣用的輕柔語氣。「很值得收藏，你不覺得嗎，安妮？能夠讓古騰堡系列更加完善。」

她轉過身直接和我說話。「眞是意想不到的成功啊，格林小姐，代表我父親參加拍賣。你們家族肯定會很高興有這個機會。」

我瑟縮了一下，但不顯於外表。怪了，我心想，她說「你們家族」。我面無表情。她從未探詢過我的背景，她的父親也沒有這麼做過。朱尼厄斯和他父親讓我進到這裡，似乎已經足夠了。

即使我心跳加速，表情仍舊沒變。我回答道：「沒錯，他們肯定很高興。」

她露出了顯然很費勁的無辜表情。「再跟我說一次你的家族是哪裡人？」

不需要再說一次，她很清楚我們從沒討論過這點。但我毫不猶豫地回答了。「摩根小姐，我們來自維吉尼亞州，但我的直系親屬住在紐約市。」

安妮歪著頭。「在那之前呢？」

我向長期被我忽略的上帝發出無聲的禱告，繼續說著我的故事。「我的外祖母來自葡萄牙，家族史也就這點有趣了。」然後，爲了進一步說明，我又補充道：「完全不像您的家族如此受人尊崇。」我似笑非笑，彷彿爲了如此平凡的血統感到尷尬。

她瞇起雙眼。「是嗎？我好像聽說你有熱帶地區的血統。」在她說這話時，她父親走到一旁倒了另一杯酒。

我怒火中燒。我不會讓這個善妒的女兒用她可能知道的事情來驅趕我。「別相信那些謠言，摩根小姐。我肯定不會搭理有關您的流言蜚語。」我迎上她的視線。

我永遠不會大聲說出最近觀賞歌劇時聽到的謠言。中場休息時，我和著名的藝術經銷商雅各・塞利曼（Jacques Seligmann）先生一起喝著香檳，他是巴黎和紐約最重要的古董暨藝品商人之一。

安妮經過我們身邊時看往我的方向，但什麼都沒說。她當時正在和兩位好友聊天，一位是室內設計師艾西・德沃夫，另一位是文學經紀兼製作人貝西・馬布里（Bessie Marbury），後者是奧斯卡・王爾德[7]和蕭伯納[8]等名人的代理人。但我知道安妮是刻意無視我，就像在范德比舞會與其後每次在公眾場合見到我時一樣。

塞利曼先生轉向我低語道：「別被摩根小姐的冷漠影響。所有人都知道她的時間只留給艾西和貝西，她們——據說——締結了波士頓婚姻[9]。」

我跟著笑了，彷彿波士頓婚姻在我的世界裡也很稀鬆平常，但事實上我從沒見過兩位女性之間的戀愛關係，更別說是三位了。

「我不確定這樣的關係如何維持，」塞利曼先生繼續道：「但她們清楚表明旁人不得加入，除了那些被認爲是特別朋友的人。」

我又啜飲一口香檳，雙眼盯著房間另一頭的安妮、貝西和艾西。這樣就能解釋爲什麼三位女士形影不離了。她們用凡爾賽宮特里亞農別墅和殖民地俱樂部的專業合夥關係掩蓋私人戀情。她們就躲在大庭廣眾之中，而我對此還算是略知一二。

安妮和我四目相對時，這段回憶湧入腦海。她先是眨眼，隨後轉身盯著一幅早已看過幾千次的畫作。我把她的沉默視爲我的勝利。

摩根先生手握著酒杯走回來。「鬧夠了吧，安妮。」他說。「格林小姐必須爲行程做準備了。」他再次對著我高舉酒杯，而後一飲而盡。「敬你的才華。」他女兒聽見後露出嫌惡的表情。

我喝下杯中液體，神經鬆弛了下來。安妮可能以爲握有我的把柄，等著看我失足，但今晚前往波士頓的人是我。我不會讓她毀了這一夜——或是毀了我成功的可能。安妮已經替自己打造了專屬的生活，我也打算這樣做。

---

7 Oscar Wilde，愛爾蘭作家、英國唯美主義（aestheticism）代表人物，曾因同性戀情遭審判入獄，著有《格雷的畫像》（*The Picture of Dorian Gray*）等多部文學作品。

8 George Bernard Shaw，愛爾蘭劇作家，曾獲諾貝爾文學獎、奧斯卡最佳劇本改編獎，《賣花女》（*Pygmalion*）曾被改編為音樂劇及電影《窈窕淑女》（*My Fair Lady*）。

9 Boston marriage，指兩個女人長期共居。在十九世紀末至二十世紀初，通常是高學歷或經濟獨立的獨身女性為追求個人自由和志業而選擇此種生活形態，不必然涉及浪漫關係。隨著時代演變，波士頓婚姻也用以指涉女同志伴侶。

10

一九〇六年十一月五日
麻州，波士頓市

我踏入拍賣會冰冷黑暗的水域。我的競標對手是一群身穿炭灰或午夜藍西裝、頭戴白帽的男人。進入這片水域最好的辦法是什麼？我心想。我應該帶著淑女的謹慎待在淺水處，測量水溫後再深入嗎？還是要潛水？

小心點，千萬不要做出太顯眼的舉動，我能聽見媽媽的聲音，但我已經學會了大膽的重要性。

我決定一頭栽進去。

在約莫一百個白人男子中，我認出了一張熟面孔，馬上用空著的手整理裙襬，穿過大理石門廊，朝著和愛德華茲先生交談的那群人走去。這位紳士──如果一位聲名狼藉的商人能被稱作紳士的話──從事義大利文藝復興時期藝術品的買賣生意。摩根先生私底下稱他爲重要「敵人」之一，一天晚上在歌劇院將他介紹給我認識。我很驚訝這位以挑剔著名的實業家竟然會邀請愛德華茲先生進入自己的歌劇院包廂，無視於有謠言說這名商人販售贗品。

一步一步走近時，我想著自己是如何像男人一樣爲這種場合著裝。昨天打包行李時，我在新的翡翠綠禮服和另一件媽媽提議的、更合適的細條紋灰色洋裝之間猶豫不決。最後我選了灰色洋裝，心想它可能會爲我帶來同樣的好運，就像接受摩根先生面試時一樣。然而，現在我覺得更大膽的禮服似乎更符合我的目的。但我想應該沒什麼差別，因爲不管我穿什麼，這些男人都堅決蔑視我。

我走近時，那五人組成的隊伍站得更緊密了。他們顯然都知道我的存在，但選擇無視。

「愛德華茲先生。」我開口，知道就算是混帳也不能忽視女士的直接問候。

他慢慢轉身面向我。「是你嗎，格林小姐？」他問道，低著頭瞇眼看我，彷彿我穿過拍賣所厚重的橡木大門時，沒人注意到我的存在。

「正是。」我露出大大的笑容。

出於禮貌，這個小團體只得散開。但他們只是微微退開一步，足以讓我瞥見眾人的臉，但並不足以讓我眞正加入這個小圈子。所有人之中，我認出一位和著名收藏家伊莎貝拉・史都華・嘉納（Isabella Stewart Gardner）合作的經銷商。

「竟然能在這裡見到你，我以爲摩根先生的祕書會過來。或者是他外甥？」愛德華茲先生擠出一個微笑，給了同伴們一個會心的眼神，其他人都跟著笑了。

「我不明白您怎麼會那樣想。」我伸手將一綹任性的捲髮塞進帽子裡，用另一隻戴著手套的手輕觸愛德華茲的肩膀，依樣擠出一個苦笑。接下來，我眨眨睫毛盯著他，補上了這句話：「我是他的**私人**圖書館員，您知道的。」

他的雙眉輕輕揚起，這次的笑聲不假。「你是說私人嗎？什麼樣的私人法？」

這正是我希望他問的問題。「我**親自**負責重要的收購，同時管理他的收藏。他**親自**授權我代表他做出各種買賣決策。」我頓了一下。「只要**我**認爲合適就行。」

他笑著點頭，又瞄了眼那群朋友。「對一名嬌小女士來說，似乎是個艱鉅的任務。」

我嘆口氣垂下雙眼。「沒錯，眞的非常艱鉅。身爲女人，我知道自己必須付出雙倍努力，才能達到男人的一半水準。」我抬眼露出個大大的笑容，接著說道：「我很幸運，這並不是太難。」我笑著將脖子上的鮮紅絲巾取下，讓它在我轉身時於背後蜿蜒。「祝各位有美好的一天，紳士們。」

自那群人中泛起一陣漣漪，看不見也聽不見，但千眞萬確。我聽見身後傳來異口同聲的道別，以及「很高興認識你，格林小姐。」然而，他們的嗓音很快就被鳴鑼聲淹沒了，我已經準備好執行下一個任務：選一個最重要的競標位子。我已經讀過摩根先生的競標守則書籍，也詢問了同事他們的做法。競標者各有明確的喜好。有些人會選擇前排或後面的位子，如此只有拍賣官看得見他們的出價。那些較喜歡展現財力與權勢的人會選擇中間的位子。我很清楚要坐哪裡。

我一直等到大部分的人都入座後才沿著走道走去。一旦確定了所有目光都集中在我身上後——這不難，因爲我是在場唯一一名女性——我便坐上房間正中央走道旁的最後一個座位。

拍賣官走上台，在講台上敲響他的木槌。「今日，我們很榮幸能夠負責拍賣羅伯特．威爾金森的遺產，他是一位受人尊敬的收藏家，對書籍和手稿的熱情促使他每年往返於大西洋兩岸，在美國和英國尋覓最稀有的典藏。你們當中許多人肯定知道，已故的威爾金森先生的收藏是多年來從私人販售與著名圖書館的資產出售而獲得，其中也包括國王和女王的圖書館。威爾金森先生慧眼如炬，他以淵博的書籍知識和在該領域的敏銳洞察力聞名，他的後代並不願意出售他的珍藏。然而，由於代繳稅金這個不幸的情況——你們大多數人都非常熟悉——收藏品不得不賣出。」

拍賣官等著一位來賓結束一陣猛烈的咳嗽，當我們無所事事地坐著時，我想到了一則有關拍賣的謠傳。據說，考慮到這些書籍的盎格魯內容與來源，有人表示應該要運回英國出售，但由於額外的關稅費用，最後決定在此處拍賣。

鑼聲再次響起。「今天我們從早期教堂神父的稀有《聖經》與重要著作開始。」一位衣著嚴謹的助手走上講台，展示出一個鑲嵌著珍珠的木箱。他靜候一會兒而後掀開箱蓋，裡頭是一本皮革裝幀的《聖經》。「請看第一個品項。」拍賣官宣布。

我的《聖經》不在前十五個競品內，所以我利用這個機會仔細觀察競標對手。男人們出示標價的方法迥異——從稍微抬起一隻手到慎重揮舞著捲起的目錄都有——而我好奇這些手勢是否反映了競標者的主要特質。

講台上出現了一系列奢華、無價的藏品，而後拍賣官終於介紹到第十六號拍賣品。「國王查理一世的《聖經》，毫無疑問，威爾金森先生的收藏包含許多價值連城的物品，但這本《聖經》肯定是本次拍賣的珍寶之一。您手中的目錄詳細說明，這本《聖經》不只是由十七世紀的國王查理一世所擁有，同時也是同類項目中最頂級的作品。我們就以一千美元做爲起標價吧？」

我急著想舉起絲巾，決定用此作爲投標信號，但我知道必須再等等。我要等競爭對手展露意圖後才能採取明確行動。我看到兩個不認識的人以增加一百美元輪番出價，將這本《聖經》的價格推升至五千美元。就在這時，我高舉絲巾，暴風雨般的灰藍背景中閃過一抹猩紅。

「她加入了五千大關嗎？」我聽見身後有個男人低聲對另一人說道。

他的鄰居低聲回應：「她到底是誰啊？」

「女人在這裡做什麼？」

「還是個橄欖色皮膚的。」

我瑟縮了下，但仍將注意力放在拍賣官的宣告上，他將每口叫價調整爲五百美元。此時，我的兩位對手中有一位很快地搖頭退出，但另一位紳士持續追趕我的出價。很快我們就超過一萬美元了，隨後，彷彿做夢一般，我出了一萬五千美元。

絲巾落下時，房裡鴉雀無聲。我發現競爭者沒有回應。我贏了。

木槌重重落在講台上。「第十六號拍品出售給中間這位佩戴紅絲巾的紳士——我是說女士。」他和我朝彼此輕輕點頭，接著他就將注意力轉移到下一個項目上。

當起標價格宣布，許多雙手高舉空中時，我起身走下走廊。中途離開拍賣現場並非常見的舉動，但我希望所有人都能明白，皮爾龐特·摩根圖書館和其圖書館員都是與眾不同的。

11

一九〇七年二月九日
紐約州，紐約市

光芒萬丈的水晶吊燈點亮了大都會歌劇院，耀眼的光線投射在剛剛拉下的著名金色錦緞布幕上。中場休息時間，奢華的劇院在我眼前顯現，我眨動雙眼，發現自己不願離開《阿依達》[1]中迷人的世界。

但羅素輕碰著我的手肘，我們起身離開奢華的紅絲絨座椅時，我讓他挽著我的手臂。我們推開摩根先生包廂後頭的布簾進入大廳區域，這裡是歌劇院上層包廂所有者的專用空間。我和哥哥走向端著一盤香檳的服務員，聊起了第一、二幕的內容。

自從我犯下了獨自參加范德比舞會的社交錯誤之後，每次出席類似場合都一定有人陪同，尤其是

1 *Aida*，由義大利歌劇作曲家威爾第（Giuseppe Verdi）作於一八七一年的四幕歌劇，以古埃及為背景，講述埃及將軍與遭俘的衣索比亞公主相戀，因而面臨種種艱難抉擇的故事。

去歌劇院或劇場時。以往若摩根先生不在場，都是露易絲或艾瑟爾陪我同行，但今晚媽媽堅持讓羅素出席。

「拜託，貝兒，」她說：「幾個月後你哥哥需要一份工作。」

「但他不會在歌劇院找到工作，媽媽。事情不是那樣。」

「我不是要他坐在那裡接受面試，但他可以見到一些重要的人，畢業後能幫助他找到工程師的職位。」

媽媽不懂、也不想聽到的是，歌劇院包廂內的觀眾階層比羅素所期望的高出許多，一次會面對他的前景並沒有什麼幫助。但這並不是我更想跟姊妹一同參加的唯一原因。站在皮膚更白皙的露易絲及艾瑟爾身邊，不會有人問起我的祖先。但和膚色較深的哥哥就不同了。然而，一如往常，我聽了媽媽的話。

在大廳內，漢彌爾頓[2]夫人、菲普斯夫人向我介紹了幾位她們的熟人，我們一一親吻問候。三個月前的波士頓拍賣會結束後，《紐約時報》逮住機會寫了一篇文章，講述年輕美麗的圖書館員一手握有傳奇大亨J. P.摩根——市場製造者、總統和國王的銀行家、美國經濟的救世主——的權力，而大眾很喜歡我的形象。摩根先生很高興有這樣的宣傳，也很喜歡文章中提及我們之間的不協調。雖然這篇報導無傷大雅，卻促使八卦專欄積極撰寫我的社交活動——把我跟未曾見過的男子寫在一起——我很警惕因此招來的罵名可能會引發額外的審查。雖然對這些八卦版面無能為力，但我決定拒絕數十個採訪請求，以此掌握公眾新聞的內容。

話雖如此，這個眾人皆知的成功令摩根先生相當開心，並且帶來了一些可抵銷擔憂的好處。他第一次替我加薪，這讓我和家人能搬到靠近中央公園的三房公寓，在那裡羅素終於能睡在自己房間的床上了。此外，摩根先生給我更多決定收購品項的自由，我也將此轉變為一系列的小小勝利，替皮爾龐特・摩根圖書館獲取專屬於此的上乘作品和收藏。但一如他熱衷於提醒我的，卡克斯頓的《亞瑟王之死》仍未到手。

閃爍的燈光指示中場休息已結束，羅素和我將手中的香檳一飲而盡。我們穿過人群朝包廂移動，快抵達時，我聽見一道獨特的高亢嗓音。「格林小姐？格林小姐，是你嗎？」

若我隻身一人，就會忽略這聲叫喚，繼續原本的動作往包廂逃走，但不出我所料，羅素緊抓住我的手臂。

「貝兒，那位女士好像在叫你。」他試著幫忙。我哥哥毫不理解菁英階層的詭計多端——從瑣碎的八卦到謀劃許久的破壞經濟惡計皆有。

現在沒時間教育羅素了。我只能轉身，敞開笑容面對艾西·德沃夫。

「我就知道是你，格林小姐。」她邊說邊輕吻我的雙頰。「在這裡遇見你眞是太好了。」這位備受尊敬的室內設計師——名副其實是這個行業的創造者——柔軟的頭髮高高地在頭頂盤成鬆散的髮髻，眼睛裡閃爍著熱情的光芒，看上去相當友善，而令她聲名大噪的淺亮、五彩繽紛的室內裝飾風格也彰顯出她和樂的氣質。但我自有小心戒備的原因。過去幾個月來，我已證實她和安妮的關係親密，還有部分塞利曼先生告訴我的事。事實上，根據其他人所說，艾西和貝西確實爲波士頓婚姻的關係，一同住在薩頓里住宅區，而即使只是以朋友的身分，安妮似乎也參與其中。

「很高興見到您，德沃夫小姐。」我回應，希望語調不顯虛假。我知道此次交流會被一字不漏地報告給安妮，所以一舉一動都得無可挑剔才行。「希望您喜歡《阿依達》。」

「當然了。」她說，目光盯著羅素。

2 Hamilton，此指美國開國元勛亞歷山大·漢彌爾頓（Alexander Hamilton）的後代，與摩根家族為姻親，J. P. 摩根的次女朱麗葉（Juliet Pierpont Morgan）嫁給了威廉·漢彌爾頓（William Hamilton）。

我只好不情願地做了必要的介紹。「您是否樂意會見我哥哥，羅素．達科斯塔．格林呢？」

「我的榮幸，德沃夫小姐。」羅素回應，接著問說：「您是我妹妹的朋友嗎？」

我暗自咕噥了一聲。羅素是多麼不了解這個世界啊，以爲認識的人統統是朋友。這個菁英圈子裡有多種友情的階層和類別，其中只有少數人是眞正的朋友。

德沃夫小姐以她不假思索的方式回答。「朋友？嗯……所以你是貝兒的哥哥囉。」她凝視著羅素對稱的五官和淺灰色的眼珠。「沒錯。你們確實很像。」

正如媽媽所希望的那樣，羅素和德沃夫小姐聊起了他的教育和前景，我越來越覺得不安。身爲一名設計師，德沃夫小姐以敏銳的視覺聞名，不知道當她審視並排站的我和羅素時，都看到了些什麼。這正是我想要避免的情況。

「那麼，」我開口時已經朝著包廂移動，希望羅素跟上來，「很高興見到您。」

但德沃夫小姐滔滔不絕，用談話把我哥哥當成人質。在她主導大局時，羅素不會離開。禮儀課程的教導足以預防這種失禮的錯誤。

「沒錯，你們是兄妹。相同的膚色和五官？眞有趣。」從她專注的表情看來，眞正的問題要來了。「再說一次，你們家族來自哪裡？」

我愣住了。上次遇見安妮時，她也問了同個問題。德沃夫小姐似乎正在爲摩根先生的女兒蒐集資訊。

我訓練有素的哥哥自然地回答：「我們的外祖母來自葡萄牙。」

「對，」她表示，眼神就跟語調一樣充滿懷疑，「葡萄牙。我是這麼聽說的。但我本來以爲你們有黑人血統。」

千眞萬確了，安妮和德沃夫小姐談論過我。但這些問題的目的是什麼？

「我一直以爲你們家族說不定來自古巴之類的地方？」她繼續道。

我知道她爲什麼要說古巴是我們的出生地。我一手壓住胸膛以保持冷靜，但假裝這個舉止是出於驚訝。「古巴？」縱使我心中翻騰不已，仍假裝高興地咯咯笑。「不是的。但我眞希望有天能去那個國家走走。」

「你確定你們沒有古巴血統嗎？」她這麼說，公然質疑我的話。「我聽到很多謠言。」

我揮揮手打斷她，笑得更大聲了，因爲我不確定她會追問到什麼程度，也不確定羅素將如何承受接下來的探詢。「別相信聽到的事，德沃夫小姐。」

「這有點難，格林小姐，流言蜚語持續不斷。」她堅定表示。

「這個嘛，我確定您——相較於其他人——很了解謠言有多難對付、多難擺脫。我發現有關女強人的流言尤其如此——也就是像我們這樣的人。但您不覺得我們有義務爲了其他女性，甩開針對我們的誹謗和八卦嗎？」我並不期待得到回答，只希望對方能有個反應。「我當然不會將您和馬布里小姐的閒言閒語放在心上。」

從艾西臉上僵硬的表情看來，目的已經達成了。藉由提起她對女性利益做出的貢獻，同時巧妙地暗示有關她私生活的閒言碎語後，我制伏她了。她怎麼可能在公開支持女性的同時堅持迫害我，尤其是在發現我已經知道她的祕密之後？

是時候離開了。

「晚安，德沃夫小姐。希望你享受接下來的夜晚時光。」

這一次，我拉著哥哥的手，堅定地將他帶入包廂。下半場開始，水晶吊燈暗下時，我悄聲說道：「你知道她在幹麼，對吧？」

「現在知道了。抱歉。」

管弦樂隊開始演奏，我們坐在氣氛凝結的陣陣寂靜當中。我不需要詢問哥哥的想法，我很清楚他在想什麼。某方面來說，我們是手足之中最相像的，特別是因爲我們的外表，讓我們沒有和其他姊妹一樣的喘息空間。我們正走在鋼絲上，試著保持平衡，而我必須接受這樣一個事實：針對我的懷疑永遠不會消失。

12

一九〇七年十月一日至十一月二日
紐約州，紐約市

始於波士頓拍賣會的緩慢收購步伐逐漸如快車般加速，而我的成績也與日俱增。摩根先生和我決定，儘管那是個値得實現的目標，但皮爾龐特·摩根圖書館不僅將成爲美國最大的泥金裝飾手抄本與搖籃本收藏館——保存文字書寫和印刷書的鮮活歷史——它也將包含統治者、皇室成員、藝術家和發明家所擁有或創造的各種頂級物品。拿破崙的手錶、達文西的筆記本、莎士比亞的對開本、凱薩琳大帝的鼻煙盒、喬治·華盛頓[1]的信件。當我將梅第奇家族的珠寶放進保險箱時，我感覺到此家族的遺產正由摩根先生及他的圖書館傳承，正如我所承諾過的，要將他的圖書館打造成現代梅第奇。

但世事無常。由於經濟大崩盤的謠言聲浪，先前過於昂貴的商品突然價格人跌。報紙頭條報導了嚴峻的情勢，並預測會雪上加霜。紐約證券交易所的股價每天都在下跌，人們越來越擔心銀行會受到

1 George Washington，美國開國元勛，在美國獨立戰爭中率領軍隊贏得勝利，於一七八九年成為美國第一任總統。

影響。我無意間聽到摩根先生在書房內的談話，其中詳述了鐵路、採礦和銅業的股票過度炒作、對監管不善且瀕臨償付能力邊緣的信託公司過度投資，以及以不穩定的股票和債券作爲抵押品的銀行貸款。

看來我們的經濟是一座紙牌屋，但摩根先生向我保證一切都毋須擔心。事實上，儘管面臨經濟不景氣，他還是建議我們可以繼續收購。接著他問我，爲什麼他會提出這個建議。

他一直在慢慢教導我金融方面的知識。他給我看了資產負債表和損益表，並建議我閱讀報紙的商業專欄。

我針對這個問題想了很久，感覺像是考試一樣。我思考了他評估公司和投資機會的方式，最後說道：「我們不應該單看這些書本和藝術的當前價值，而是要看未來的價值。我們認爲那將會是無價之寶。考量到與未來的升漲相比，現在的價格較低，而市場上的藝術品和手稿呈現出獨特的機會和卓越的價值，所以我們應該繼續。」隨即靜候他的評語。

他笑著說：「噢，格林小姐，你看見了其他人看不到的東西。」

即使如此，我們依賴於機會主義的支出也承受不了金融市場的持續低迷和摩根先生的樂觀建議。自十月初開始，報紙都在報導銅業股價的暴跌，而其他股票也彷彿骨牌一樣跟著下跌。當人們發現股票成爲大部分銀行和信託貸款的抵押品時，警鈴便會大響，使恐懼成眞。人們開始清空賬戶，銀行外頭大排長龍。我在上班的路上看到擠兌的人群，媽媽和我也在她的床底下藏了一小袋現金。當摩根先生決定我們應該停止收購，且好幾個星期都沒有問起卡克斯頓時，我猶豫著是否該請媽媽去趟銀行，把我們的積蓄全部領出來。

十月十日早晨，我一踏進圓形大廳就聽到摩根先生的叫喚。這很不尋常，因爲他原訂前一天晚上出發前往維吉尼亞州的里奇蒙參加美國聖公會大會。再說了，他通常都比我晚到。

我還未脫下大衣就走進摩根先生的書房。他癱坐在獅王寶座上——這不會引起其他人的注意，但與這個人相處的時日讓我得以察覺他細微的姿勢變化，而他的雙眼也不像平常那樣閃爍著老鷹般的光芒。

「我來了，摩根先生。」我說。

他移開視線，說道：「請坐。」

焦慮感席捲而來。我已經知道他要說什麼了，隨之浮現的諸多問題令我不知所措。泰迪需要中斷學業嗎？媽媽需要回去教書嗎？我們的新公寓怎麼辦？我們才剛住一年。我的唯一希望是能夠盡快找到新工作，或許回去普林斯頓大學。

「一位住在波士頓的朋友自殺了。」

我被這番話嚇到了，但沒有回應。

「就在昨晚，」他繼續道：「在舊金山。他的投資公司本來就已經瀕臨破產，但這次危機讓狀況急速惡化。他可憐的妻子發現了遺體和槍。」

他搖搖頭，垂下雙眼，我知道這是要我離開的信號。「我很遺憾，先生。」說完我走向辦公室，因這個消息而坐在書桌前顫抖。另一方面，我如釋重負，在許多人失業的時候仍保有工作。但我將這個自私的念頭拋到一旁，爲了那名我從未見過的男子和他的家人熱淚盈眶。

雖然當天晚上摩根先生還是去了聖公會大會，但在離開前，他改變了想法。他不再相信危機會過去，沒有人相信。

緊繃的三週過後，摩根先生——他在一八九五年拯救了美國的黃金儲備和國家經濟，他提供資金給安德魯．卡內基的鋼鐵公司合併其最大的兩個競爭對手，創建了世界最大的鋼鐵公司，同時也是第一間價值十億美元的公司——聽見了國家的求助，從大會中被召回。當他的私人火車一抵達紐約，便召集一群年輕銀行家組成委員會，調查與審計各個金融單位。

十一月二日早上，當他踏進圖書館厚重的青銅大門時，看起來比離開時年輕了十歲。他邁著活力充沛的步伐朝我點頭，帶領十個人進入他的書房召開會議，表示希望此次會議能終結危機。我感受到了他的力量，打從內心深處明白這次的經濟危機將得以化解。然而，不到一個小時，我辦公室的門轟然敞開。

聽到聲響我嚇得跳起，很驚訝看到是摩根先生。「先生？您和您的客人需要什麼嗎？」

他以非比尋常的速度穿越房間，坐上我辦公桌對面的椅子。「眞希望你能幫忙，格林小姐。」

「您知道我會盡力提供協助。」

「何不讓我今天帶回圖書館的那些銀行家和信託人有點腦袋？」他的語氣不耐，沮喪多於憤怒。

聽到這話我笑了出來。「如果可以的話，我很樂意，先生。」

「你可能是唯一做得到的人。」他苦笑。「目前爲止我都沒這麼好運。」

「我可不這麼想。」我這麼說道。「您成功讓政府承諾提供兩千五百萬美元來幫助證券經紀商，還協助籌集了三千萬美元支付紐約市的開支。更不用說您在上週的禮拜要求這座城市的所有宗教領袖呼籲民眾保持冷靜。請允許我這麼說，先生，這眞是太傑出了。毫無疑問，這減緩了銀行和市場股份的清算速度。」

他笑了，很高興聽到這樣的評語。「舉手之勞而已，格林小姐。我們需要的是奇蹟。」

我沒有因爲他不確定的態度而動搖，但無論如何，我知道他需要鼓勵。「您以前創造過奇蹟，摩根先生，我相信這次也會如此。」我對上他的目光。他必須相信自己能夠拯救這場災難，因爲如果他不能，還有誰辦得到？「您計畫怎麼做？」

他沉思了幾秒。「嗯，有了足夠的物資應付這段時間後，我已經鎖上了圖書館大門，因爲我告訴那些該死的財金人士問題解決前不得離開。我把那些銀行家留在圖書室，信託人則留在書房，所以我會和你一起躲在這裡，直到他們提出一些方案爲止。」

「很高興有您的陪伴。若您現在有幾分鐘的時間，我不介意聽聽最新進展。」

他靠在桌上，開始列出目前已發生的事情，一直講到了今天早上的會議。他熱切渴望爲國家付出最好的一切，我深受吸引。就在他剛講完後續可能出現的狀況後，一陣急促的敲門聲響起。我起身開門，看見一位滿臉驚愕的銀髮商人。

「呃，」他開口，而後轉頭看幾眼，接著又將目光放回我身上，「我在找摩根先生？」他的陳述轉爲一個問句。「我一定是敲錯門了。」

在他往後退的同時，我示意他進門。「不，你來對地方了。這是我的辦公室，但摩根先生就在這裡。」

進門後他的敬畏之情溢於言表。雖然亂成一團，但我富麗堂皇的雙層樓辦公室足以令人咋舌。

「這是**你的**辦公室？」他問，聽起來不相信一個女人——年輕女人——可以掌管這麼大的空間。

摩根先生開口道：「這位是我的圖書館員格林小姐。看在上帝的份上，她值得擁有這個空間的每一寸。爲什麼要浪費我跟她的時間這樣質問呢？」他的語氣盡顯不耐。「你該做的是提出一個行動方案。」

「我們還沒有想到，只是有個問題。」

摩根先生起身面對這個男人，非常冷靜地說：「在你跟那些該死的信託人想出解決危機的辦法之前，不要再出現在這裡。聽懂了嗎？」

「抱歉，摩根先生。抱歉，格、格……」他結結巴巴，顯然把我的名字忘得一乾二淨。

「她叫格林小姐！」摩根先生怒吼，用力倒回椅子上，而那男人沒能提出問題就離開了。

「笨手笨腳的白痴。」他嘟囔道。

我坐下來，試著忽略自己坐在辦公桌後的主位感覺有多奇怪，而摩根先生正坐在客人的位子上，那座椅僅能勉強容納他的腰圍。端詳他幾秒鐘後，我說道：「您已經有辦法了，對不對？不能直接告訴他們嗎？」

「只能告訴你。」他慢慢挪到椅子的邊緣，接著壓低聲音，但不是那種憤怒的低吼。「我眞的不知道該怎麼做。我感覺腦海深處有個答案，但還未完全成形。等銀行家和信託人開始制定可能的解決對策，我就會想到了。」

我點點頭，知道他絕不會將這些話告訴別人。不會告訴他的兒女，更不會告訴他的妻子或任何一個情婦。今天我不只是他的圖書館員。我是他的知己。「定會如此。」

他靠回椅背。「與此同時，幫我打發時間吧。」

「您希望我朗讀嗎？」我正要離開椅子去拿書，他卻出聲阻止。

「我現在焦慮到沒辦法聽故事。玩這個吧。」他伸手從口袋裡拿出一疊卡牌。

「哇。」我不禁驚呼。

「會玩橋牌嗎，格林小姐？」他邊洗牌邊問。

這個問題使我微笑，一段回憶湧上心頭。「會一些。我小時候很喜歡看我外祖母和她朋友打牌，就在……」我阻止自己說出華盛頓特區，但太遲了。

摩根先生回應時眼裡寫滿好奇。「你外祖母？來自葡萄牙的那位？」

我有說到弗利特外婆嗎？我的心臟怦怦跳，不敢相信自己的失誤。只能說卡牌令我太驚訝，且和雇主待在一起太自在了，才會犯這種錯。

在我回答之前，他又說：「不知爲何，我總以爲你的外祖母住在葡萄牙。我不知道她也在這裡。」

「不，我是說，是的。我的意思是——她住在葡萄牙。您說得沒錯。只是在我小時候，她來拜訪過一次。」我支支吾吾地解釋。

受僱於摩根先生這段時間，我一直表現得自信又穩健，但現在他看著我的表情，顯示出我有多麼動搖。

過了良久他才開口：「好，橋牌需要四個玩家，除非你玩的是改過的版本。那比齊克呢？」

等到他傾身發牌並說明規則時，我才鬆了口氣。我怎麼這麼不小心？

鐘聲敲響兩下、三下。第四聲鐘鳴響起時，摩根先生說：「朗誦給我聽吧，格林小姐。」

我從書櫃拿了一本狄更斯的書，開始朗讀《遠大前程》（*Great Expectations*）。我們就這樣輪流打牌、讀書、討論，時針持續前進，陽光穿透中世紀彩繪玻璃窗，投射出藍光將牆壁染成紫羅蘭色，而後傍晚的金光閃耀，最終轉爲漆黑無月的夜晚。只有某位男士想跟摩根先生說句話，或者女僕送來食物和飲料時，這個規律才會被打斷。

午夜過後，摩根先生突然一語不發起身，自進門以來首次離開。四十分鐘後他回來了，顯得容光煥發。

「您辦到了。」我驚呼，從椅子上跳起來抓住他的手臂。

「確實。」他這麼回應，語氣透出驕傲。「我找到方法援助脆弱的信託和公司，防止它們垮台時對整個市場帶來災難性的影響。我安排美國鋼鐵公司收購田納西煤鐵，這應該能拯救多間岌岌可危的公司和信託公司，這些公司都持有其股票作爲抵押品。」

我皺眉。「這不會違反反壟斷法嗎？」

「好問題，格林小姐。」他的笑容更明顯了，現在是爲我感到驕傲。「我請羅斯福[2]同意這筆交易。聯邦政府不會提起訴訟。」

「您辦到了！」我想都沒想就踮起腳尖，擁抱這個高大的男人。

他將我拉得更近些。「有你在身邊，我覺得萬事皆能達成，貝兒。」

2 Theodore Roosevelt Jr.，美國總統、美國進步時代（Progressive Era，一八九〇至一九二〇年）的領導人物之一。

我偏過頭，為自己的失誤感到驚訝。摩根先生和我曾有過相互吸引的時刻，但從未有過這樣的肢體接觸。然而，誰能否認我們之間已經有了這樣的震顫？

我在幹麼？我不能屈服於這個男人——這個比我大超過四十歲、眾所皆知的花花公子。摩根先生突然鬆手，我也在一瞬間抽身。我低著頭責備自己的衝動，感覺到他的指尖抵著我的下巴。

我將臉轉向他，過一會兒才抬頭，然後又看見了那個溫柔的神情，縱使今天他的雙眼裡還有著別的什麼。那不僅僅是視我為女性的欣賞，而是一種渴望。他呢喃道：「我的情感糾葛總是以糟糕的結局收尾，而我永遠無法忍受失去你，貝兒。對我而言，你比任何女人都重要，大多時候甚至超越了我的家人。我想要你在我身邊——做我的夥伴、我的知己，還有我的圖書館員——直到永遠。」

我一句話都說不出來，只能點頭。直到他轉身離開，我才終於鬆了口氣。

13

一九〇八年三月二十日
紐約州，紐約市、華盛頓特區

我們和數十位紐約旅客一起登上開往華盛頓特區的火車，在車廂最後一排的不顯眼位子坐下，這裡剛好有六個相鄰的空位。自從兩天前收到弗利特外婆去世的消息，我們家便籠上一層哀傷，旅途的前半個小時裡，我們只是靜靜地坐著。

看著窗外，我感覺自己彷彿被工作成就帶來的喜悅和壓倒性的悲傷所撕裂。一方面，我爲自己精心策劃的收購，以及皮爾龐特·摩根圖書館在我的指導下名聲漸漲感到自豪，摩根先生爲此獎勵我第二次的加薪。我也很高興自從他出現在我辦公室的那一刻起，也就是他將國家從金融危機中拯救出來的那天晚上，我們在這四個月的工作期間中找到了新的相處節奏。沒有人再提起那時的事，但我們都認爲，無論彼此之間有什麼火花，最好還是維持著雇主與員工的關係。

另一方面，我在工作中感受到的快樂因爲這份巨大的失落感而折損。儘管我已經超過十年沒有回去華盛頓特區，逝去的光陰並沒有減弱我和這個充滿愛的家庭之間的聯繫，也沒有減少我與另一種身分的連結。但我無法想像少了外婆會是什麼模樣，我仍記得她的溫暖懷抱，彷彿此刻她的手臂正摟著我。

「我們得找點事來做。」艾瑟爾終於開口，從手提包裡拿出一疊卡牌。她洗完牌就開始在我們五人挨坐的四人座邊桌上發牌。我看向走道另一端的媽媽，擔心她會反對哀悼期間有這種小小餘興，但她雙眼緊閉，可能就著火車的轟隆聲響睡著了。

一開始我們安靜地輪流出牌，直到路易絲開口道：「回去華盛頓感覺好奇怪，對不對？」

「對啊，」艾瑟爾附和，「上次回去是什麼時候？」

「至少十年了。」羅素回答。

「十二年，」我點著頭說道：「上次回去過聖誕節時我十六歲。以前我們經常回去過節和參加家庭聚會，但後來就沒有了。」

「爲什麼？」艾瑟爾問。

她怎麼會不知道爲什麼我們不再回去媽媽的老家？她只比我小一歲，但有時候由於她的健忘和對媽媽的盲目服從，似乎顯得年紀更小。我想這就是她應對生活的方式。

「因爲爸爸離開了。」我回答，因爲顯然沒有人想講。「畢竟少了他，我們眞的負擔不起車資。有好幾個晚上媽媽很難讓我們五個都有飯吃。你不記得在我們倆和路易絲開始工作，還有媽媽開始當音樂老師之前，我們是如何掙扎度日的嗎？」

「不太記得，」艾瑟爾喃喃說道：「我猜我盡量不去回想那段時間。」

路易絲接口：「我記得。那時眞的很糟，而且媽媽不像現在這麼堅強。她總是淚流滿面。」淚水湧上她的雙眼。

我決定就讓對話停在這裡。儘管經濟問題確實是重要因素，我們所有人——可能除了泰迪——都知道不再旅行的眞正原因。自從媽媽決定我們要以白人身分過生活後，我們就不再回到華盛頓特區。媽媽的想法是，雖然弗利特家族屬於上層階級，在該地區過得很好，但仍屬有色人種。我們不能冒險。只有她母親的死亡才能跨越這層膚色的阻礙。

幾秒鐘的沉默之後，路易絲突然說：「不知道爸爸現在在哪裡。」

「我不在乎他到底在哪裡。」羅素脫口而出，淺灰色的眼眸閃爍。他有點太大聲了，表達出對爸爸的憤怒。媽媽動了一下，我們趕緊要他住口。現在最不需要的就是用提及爸爸的嚴厲言詞來吵醒悲傷的媽媽。

我姊妹的問題和哥哥的反應清楚顯示，媽媽只有讓我知道爸爸被派駐俄羅斯和他已有新家庭的消息，跟我預期的一樣。正如媽媽所希望的，我已經將這個祕密埋藏起來，現在無意提起。然而，雖然我將有關父親的眞相隱藏在內心深處，卻沒辦法埋藏我對他的情感。我希望有一天能見到他、感謝他，甚至原諒他的離開。或者我會請求他原諒我踏上媽媽爲我們安排的道路。但想到他和新的家人住在俄羅斯，應該是沒有見面的機會了。

我們又玩了幾局，注意力全放在卡牌上而再次陷入沉默，直到泰迪開口：「我完全不記得華盛頓特區了，對爸爸也只有一些比較清楚的記憶。」

我們消化著這番話，對此我只感到悲傷。路易絲、艾瑟爾和羅素選擇將爸爸的回憶拋諸腦後，但泰迪的情況不同。她沒有印象並非自己的選擇。

我眞希望泰迪有機會更加認識爸爸。我會永遠珍惜和他一起去大都會藝術博物館的週日午後，一同欣賞藝術、聽他說起過去的故事。但我無法爲她重現和他一起的人生回憶，所以最好的辦法是什麼都不說。

火車依次停靠在紐澤西、費城和馬里蘭州的幾個城市之後，接著駛入了華盛頓特區的車站，汽笛聲叫醒了媽媽。我們趕緊拿好行李。羅素正要從車廂前門離開，但被媽媽阻止了。她指著車尾，帶領我們穿過一扇後門，進入另一個相連的車廂——有色人種專用車廂。進入後，其他乘客直盯著我們這群膚色白皙的闖入者。我發現這裡的座位大小並無差異，但其餘皆和白人車廂截然不同。硬木座椅上沒有軟墊，也沒有安裝桌子；由於沒有行李架，乘客不得不將行李放在腳邊；當我們走過那間小小的廁所時——其實只不過是一個水桶——裡頭散發出的氣味令我作嘔。地理和法律的力量真是奇怪，讓我們可以以白人身分離開紐約，卻以有色人種的身分抵達華盛頓特區。

走下火車搖搖晃晃的台階踏入車站，我們找尋著前往出租馬車站點的路線。車站到處都貼有標誌，指示有色人種——也就是我們剛剛聲稱的身分——的移動路線。這條路帶領我們繞到車站後方，穿過成堆的垃圾和廢棄煤炭後抵達似乎能通往另一條小道的巷弄。

「媽媽，爲什麼我們得走這裡啊？」我們小心翼翼穿過窄巷時，泰迪出言抗議，這裡散落著破碎的瓶子、半打開的垃圾袋還有一隻被丟棄的鞋子。「有夠髒。」

「小聲點，」媽媽低聲斥責，「在紐約上火車前我就說過了。如果我們在這裡假扮白人，結果被發現是有色人種，後果不堪設想。要是在火車站遇到認識的人被揭穿了怎麼辦？我們可能被逮捕，甚至更糟。在這裡我們就是眞正的自己。我們是黑人。」

泰迪的雙頰泛起紅暈。她知道我們的血統，但不記得如何用這樣的身分生活，也不完全明白被發現僞裝成白人後將面臨的結果。她不像我在皮爾龐特·摩根圖書館一樣每天閱讀報紙。她沒聽說過每年發生的幾百起私刑處死案件，其中包括一名被抓到冒充白人的大學生。

我們從漆黑的通道來到車站旁的小路，因明亮的午後驕陽而盲如鼴鼠。一列破舊不堪的馬車已經在此集結，我們加入黑人的隊伍。來到隊伍前段後，羅素向一名司機示意，我們一行人便坐上敞篷馬車，沿著崎嶇的街道一路搖晃推擠。沿途景象和我印象中的華盛頓特區完全不一樣，但當我們的馬車停在T街熟悉的弗利特大宅前時，所有的陌生感便全然消散，我彷彿變回當年那個八歲小女孩，在外婆家前院我最喜歡的大樹下玩耍。

在我一手拿著行李袋，另一手抓著毛氈提包踏出馬車時，無聲的淚水滑過面頰。我終於回家了。通往弗利特外婆家的大門敞開，莫札特舅舅張開雙臂走了出來。「歡迎。」他說。

雖然莫札特舅舅會固定寫信，但他已至少十年沒有去過紐約了。他溫暖的笑容依舊，髮色比記憶中灰白了許多。

他先擁抱媽媽，接著是兄弟姊妹們，最後輪到我。莫札特舅舅接過媽媽的行李，但就在他踏過門檻、走進我們小時候居住的雙層排屋前，媽媽開口問道：「這樣好嗎，莫札特？我們能住這嗎？」

他的笑容淡去。「沒問題的，吉妮維芙。相信我，必須如此。」

我皺起雙眉，一直到踏入外婆家後才明白他們在說什麼。一個男人站在門口，我認出是貝里尼舅舅，但他的問候不若莫札特舅舅來得熱烈。這位魁梧的銀髮男子朝進門的媽媽點頭，雖然他沒有擁抱任何人，但我還是走向了他。他環抱的雙臂僵硬，很快便放開我。但我還來不及對這樣的迎接方式多加思考，就被外婆家飯菜殘留的香氣，還有用餐時間圍繞在餐桌旁的回憶給淹沒了。

我們跟著莫札特舅舅進入客廳，儘管還是記憶中的模樣，但家具看起來已經破舊不堪。然而，所有東西都還在原處：兩張沙發靠在相對的牆邊，一張是猩紅色，一張是棕色，圍著一張圓形木製茶几。然後我看見外婆的搖椅在壁爐前，頃刻間，我幾乎能聽見她要我坐在她身上時椅子發出的嘎吱聲響。

我接著眨眨眼。發現紅色沙發上有兩位灰髮女士緊挨在一起，兩人都神情嚴峻且交疊雙臂。我認出一位是亞德萊德舅媽，一位是米奈娃阿姨，我露出笑容；但她們不然。

媽媽站在她的姊妹和莫札特舅舅的妻子面前。「米奈娃、亞德萊德。」她開口打招呼，語氣裡透出一絲懇求，但另外兩人不發一語，只是點點頭回應。

最後，莫札特舅舅說：「放下行李歇會兒吧。我知道這趟旅程很漫長。」

「是呀，舅舅。」姊妹們和我同時嘀咕。我敢說大家都感覺到了氣氛之凝重。

「是呀，吉妮維芙。」米奈娃阿姨終於開口說話了。「坐吧。如果那張棕色沙發對你來說不會太黑的話。」

在場所有人都愣住了，莫札特舅舅大吼：「米奈娃！」

這下我終於知道發生什麼事了。爸爸離開後，我從未想過媽媽的家人是如何看待我們選擇白人身分這件事。我從沒想過這會激怒家中任何人。爲什麼會？他們難道不理解媽媽試圖爲我們帶來什麼好處嗎？

「喔，你期望我怎麼做，莫札特？」米奈娃阿姨這麼問。「難道我們要就這麼坐著，無視被自己的姊妹背棄的事實嗎？」

「我沒有這麼做！」

米奈娃阿姨故作震驚地挑起雙眉。「沒有？」

「我沒有。」媽媽大聲說道。「我還是弗利特家的人。」

「你的行爲不是這樣說的。」米奈娃阿姨怒氣沖沖。「莫札特在紐約時，你甚至不讓他去拜訪，因爲現在你們姓**格林**。」

她輕蔑地唸出我們的姓氏，但最嚇人的不是這個。這就是莫札特舅舅不再拜訪的原因嗎？我還以爲是因爲爸爸不在了，但其實是因爲媽媽？因爲她不希望別人看見他和我們在一起？我想起那些比起羅素，我更想和路易絲或艾瑟爾待在一起的時候，因爲她們較白皙的膚色能證明我的身分。媽媽對她的兄弟也是這樣的看法嗎？

「我以身爲這個家的一分子爲傲。」媽媽說，不理會姊妹的話。

「你並不感到驕傲。看看你的孩子。」在場所有目光都轉向我們，就算我已經二十八歲了，仍舊僵硬地站著，彷彿準備挨罵似的。「他們不知道自己是誰，還以爲自己是白人。他們對身爲弗利特的一員一無所知。」

媽媽聲音哽咽。「你不懂，米奈娃。我是帶著五個孩子被拋棄的母親。」

聽見這話，我不禁深吸一口氣。爸爸離開時，路易絲和我，當然還有羅素和艾瑟爾，年紀都已不小。但她是這樣想的嗎？拋棄？我感到心痛，如果媽媽覺得自己被拋棄，那麼她一定很孤獨。她的家人跟爸爸抱持同樣的態度。除了莫札特舅舅之外沒有人理解，現在，他們甚至不希望我們待在這裡。

媽媽繼續說道：「我盡一切所能，爲孩子提供最好的機會，最好的生活。」她的姊妹和大姑交換一個意味深長的眼神，迫使她接著說下去，「你們不知道紐約是什麼樣子。那裡雖屬於北方，但作爲有色人種，我們不可能過著和這裡一樣的生活。」

「正如我一直以來所說的，」米奈娃阿姨回應道：「你可以回家。我們會張開雙臂迎接你，吉妮維芙。」

媽媽嘆了口氣，彷彿當初的決定仍舊是肩上的重擔。「就像我說過的，這個社區、這個地方是爲像我們這樣的人而打造，總有一天會消失。」她搖搖頭。「華盛頓特區仍舊是南方，隨著這個國家的發展，我想不久之後，種族隔離和針對有色人種的攻擊就會奪走這一切。」

現場的沉默讓我想抓起行李奪門而出。這不是我預期的歡迎方式。這不是家該有的樣子。

最後，媽媽又說道：「而且少了……」她停頓了下才說出爸爸的名字。接著，她挺胸站直。「我做了我認爲對孩子最好的事。在美國身爲黑人是一個重擔，我不想要他們承擔這些。」

這是我聽過媽媽所說過最有說服力的話語。她的手足能理解這樣是正確的嗎？華盛頓特區目前尚未遭受傷害，但種族隔離政策日益收緊，壓迫不斷增加。每週我都會讀到像這樣的文章，報導白人暴民恐嚇有色人種社區，根據白人婦女的指控將黑人從家中拖出。亞特蘭大種族大屠殺發生於兩年前，但那座城市尚未從爲期兩天的騷動中恢復，這場騷亂始於四位白人婦女指控遭到強暴，最終導致超過二十五名黑人男子身亡。沒人能倖免於根深柢固的種族主義所帶來的誹謗。就連羅斯福總統想邀請布克·T·華盛頓[1]進入白宮也引起了南方民主黨成員的蔑視，由於此次邀請，參議員威脅要對數百名有色人種施予私刑。種族主義實則奴隸制的另一個名字，私刑是擁戴者的武器之一，若我們在這個國家的每個地方都以有色人種的身分過日子，就得接受隔離並遭受私刑的威脅。

亞德萊德舅媽嘆口氣，鬆開了雙臂。「我不同意吉妮維芙的做法。」她說道，環顧在場所有人。「但所有人都知道，弗利特媽媽不會允許她的家裡有這種不愉快的談話。她會希望我們團結一心。即使不喜歡彼此的決定也相互支持。」語畢她站起身，走向嚇到不敢動彈的我和兄弟姊妹身旁。她先是擁抱路易絲，然後依序擁抱了每個人。她以雙臂環繞我時，我鬆了一口氣。

「你們都成長得如此美麗。」放開泰迪後她這麼說，接著後退一步看著我們大家。「吉妮維芙肯定做對了某些事。」

她對媽媽露出笑容，而這是自從外婆過世以來，我第一次看見媽媽微笑。

莫札特舅舅開口道：「亞德萊德說得對，這幾天屬於媽媽和她的家人。將注意力放在這裡吧。注意我們的共同點，而不是使我們產生分歧的差異。」

看見所有人都點頭，我如釋重負，特別是莫札特舅舅改變話題的時候。「貝兒，我讀了有關你的報導。我們聽說你是J. P. 摩根先生不可或缺的人。」

「是啊，貝兒。」米奈娃阿姨附和，同意休戰。「他怎麼樣？跟報章雜誌說的一樣冷血嗎？」她請大家坐下。「過來這裡，跟我們說說詳情。」

「對啊，貝兒。到這邊來。但我不想聽摩根先生的事。我在其中一篇八卦專欄讀到你是瑪喬麗・古爾德[2]和安東尼・德雷塞爾[3]婚禮的賓客之一。是真的嗎？」我還來不及回答亞德萊德舅媽的問題，她就接著說下去。「我在照片裡看到的那件白色綢緞禮服又是另一回事了，那肯定很貴。」

「對。」我笑了。「她的禮服精緻又昂貴，但跟她父親送給她當結婚禮物的那棟五十萬美元第五大道豪宅相比，還差得遠呢。」

阿姨和舅媽發出此起彼落的驚呼聲，好像空氣從熱氣球中釋放出來一樣。我們聚集在一起，我回答了她們的所有問題。空氣中仍瀰漫著一股緊繃感——笑容有點勉強、笑聲有點虛假，但所有弗利特的家人都盡力了。這都是為了外婆。大約半個小時後，始終未發一語的貝里尼舅舅說話了。「吉妮維芙，你可以做一件事，這對讓我原諒你有很大的幫助。」

屋裡安靜下來，媽媽因爲這番話繃緊全身。「什麼事，貝里尼？」

他沉吟一下，在他環顧眾人時我屏住呼吸，接著他說：「你還記得怎麼做媽媽的地瓜派嗎？因爲她好像只有教你，而在你離開前我得吃上一塊。」

空氣凝結了幾秒鐘，隨後是一陣真誠的哄堂大笑。所有緊張都消失了，那麼一瞬間我心想，終於，我回家了。

我走到外頭的門廊，將背後的紗門關上，接著繫上外套腰帶，拉緊它以抵禦三月的冷風。早晨的街道鴉雀無聲。才剛過七點而已。自普林斯頓回到紐約已過了將近兩年，我已經忘了一天當中的這個時刻所帶來的平靜。

一陣笑聲從紗門後頭傳來，我也笑了。過去三天，媽媽和她的手足雖然沒有重修舊好，但也諒解了彼此。昨晚，泰迪和我睡在外婆房間時，媽媽和兄弟姊妹坐在客廳聊天，一路聊到了清晨。

我嘆口氣。在這裡和弗利特外婆告別的幾天苦樂參半。在最初的會面之後，很高興能再次和阿姨舅媽、舅舅和表親們建立連結，我好愛這些人，距離也改變不了這點。但苦澀的部分是——我的視線

1 Booker Taliaferro Washington，美國政治家、教育家、作家、民權領袖，對非裔美國人獲取平權的進程影響重大。

2 Marjorie Gould，美國名媛，金融家古爾德一世（George Gould I）和女演員金登（Edith Kingdon）的女兒。

3 Anthony Drexel，美國費城銀行家、飛行員，其祖父曾與 J. P. 摩根合夥成立德雷塞爾．摩根公司（Drexel, Morgan & Co.）。

由左移向右方，淚水盈滿了眼眶——我好想盡情沉浸在這個住著三戶人家的屋子裡，還有我們曾經奔跑、跳躍、玩耍的草地上。看向弗利特的前院和我最愛的那棵樹時，一滴淚珠溢出了我的眼角。我覺得全身漲滿了情緒。打從有記憶以來，我就一直將此處當成家，但現在我知道，這可能是我最後一次來這裡了。

聽到紗門在我身後打開又關上的聲音，我抹掉臉上的淚水，笑著轉身面對莫札特舅舅。

「屋裡每個人都在找你，但我知道你在這裡。」他笑著說。「不過我很訝異你竟然不是坐在樹下。」

「你竟然還記得。」

「當然了。我記得所有事情，其中一件事是你和你爸爸有多親近。」我抬頭看著他，很驚訝他提到我父親。「我想告訴你，理查從俄羅斯回來了。」

聽到這消息我雙眼圓睜。

他接著說：「吉妮維芙說你知道他有新家庭的事，雖然這並不是我要告訴你的，但很高興你知道。」他靠近一步，儘管這裡沒有別人，但他還是壓低音量。「你知道他最疼你。」

我們一起笑了出來。

我說：「我真的很高興你和他保持聯繫，莫札特舅舅。」

「理查和我是老朋友了，早在我將他介紹給吉妮維芙之前就是，雖然我很氣他離開我妹妹和你們這些孩子。」他的語氣彷彿我還只有十歲。「但我懂了。這花了我一點時間，但促使美國平等的願望在他體內熊熊燃燒。他深愛美國，正因爲如此，他挑戰著這個國家的所有層面，幫助它變得更好。在他這麼做的同時，我也完全相信他會達成目標。我們會成爲一個更好的國家，我們將擁有應得的平等。」

我爲此驕傲。有一瞬間，我想問莫札特舅舅父親在哪裡。超過十年後，我還有勇氣和他聯繫嗎？

但相反地，我說：「你介意時不時讓我知道他的近況嗎？」

他搖搖頭。「完全不介意。我一年只會聽到他的消息一兩次，或者三次。有的話會告訴你的。」過了良久，他才又說道：「你知道的，他眞的很以你爲榮。」

我很快地問：「他這樣說嗎？」

莫札特舅舅的頭來回擺動，好像不知道該怎麼回答。最後他說：「我們不談吉妮維芙，也不談論任何一個孩子。」他的聲音低沉。「這是我們心照不宣的協議。但我了解你父親，我很確定他就跟我們所有人一樣，關注著你的消息。他很驕傲。」他肯定地說。

我再一次感覺到熱淚，但並不悲傷。

「我們全都以你爲榮，貝兒，但是……」他頓了頓。「我希望你小心一點。」

「什麼意思？」

「你們所有人，你們正在紐約冒很大的風險。」

莫札特舅舅不需要多作解釋。我明白他的意思。我盯著最愛的樹說：「我明白其中的風險。每天早晨起床我都做好準備，一旦走出家門，我就是站在舞台上扮演一個角色。我很謹慎。」

「謹愼？」他說這句話的語氣使我轉向他。

「我覺得你還不夠小心，貝兒。你爲J. P.摩根先生工作。有些人說他是這個國家最聰明的人之一。這點我不知道，但我知道他是最無情的人之一。要是他發現你是有色人種會怎麼樣？」

「不會的。」我篤定地搖頭。「我非常小心。即使他想說些什麼，媽媽也已經爲我們所有人計畫好了。這就是我使用達科斯塔這個姓氏的原因。」

他笑了。「對，我聽說你不知道在哪裡有個葡萄牙外婆。很高興媽媽從來都不知道。」

他這番話令我遲疑了。這是我沒有考慮過的。弗利特外婆對此會做何感想呢？我們以白人身分生活，這個決定帶來的後果非常深遠。

舅舅又說：「我知道要是有人質問你們的種族，你們打算說什麼故事，也知道爲避免這樣的情況你們所採取的預防措施，但這是很大的賭注，貝兒。路易絲或艾瑟爾被抓到冒充身分是一回事。她們是老師，被解聘事情就結束了。但你不一樣——我擔心你的欺瞞會付出更慘痛的代價。」

我抿緊雙唇。

「我不是要嚇你，親愛的。我只是想提醒你以保護你，你所身處的境地，會讓你在失敗時要面對的後果更加駭人。千萬小心。千萬記住你面對的人是J. P.摩根。」

過了一會兒，莫札特舅舅擁抱我。「我進去召集大家。再十分鐘左右就要出發了，這樣你們在火車站才有空檔休息一下。」

莫札特舅舅的話令我喘不過氣。我冒的風險太高了嗎？我當然有想過後果，特別是面對摩根先生這樣的人，但聽到舅舅大聲說出他的擔憂，這樣的風險顯得更眞實了。然而，現在要回頭爲時已晚。我賺的錢已經改變了我們的生活。我們住在一個舒適的家，有足夠的錢買食物並支付所有帳單，媽媽和兄弟姊妹都能稍微享受一下生活。

風險很高沒錯，但報酬也很可觀。我必須更加謹慎、更努力地追求成功，如此我們家的白人身分才不容置疑。在大家集合之前，我最後看了草地一眼，而後開始朝北方——我們僅剩的家——啓程。

14

一九〇八年五月二日
紐約州，紐約市

「格林小姐——」我一跨過畫廊門檻，就聽到有人呼喊我的名字。「我以爲您不來了。」

愛德華．史泰欽（Edward Steichen）朝我衝過來，我握住他伸出的手。當他惱怒地撥開垂在額上的一綹黑髮，我不禁好奇那綹頭髮是否會妨礙到他的攝影工作。

「噢，史泰欽先生，您應該知道任何事情都阻止不了我來參觀您的畫廊。」我俏皮地輕觸他的肩膀。「我本來可以早點到的，但我剛剛在卡內基家，您很清楚從有錢有勢者的晚會中脫身有多困難。他們相信**他們的**時間很寶貴，但**我們的**時間，不論時間長短，最好花在他們突發奇想的念頭上。」我眨眨眼。

聽到我含蓄地提起他和摩根先生的拍攝活動，他笑了出來。五年前，畫家費多爾．恩克（Fedor Encke）聘請史泰欽先生爲摩根先生拍照，以替他正在創作的一幅肖像畫做準備。摩根先生願意坐下三分鐘被拍攝兩張照片，而後對史泰欽先生的作品——還有他的簡練俐落——非常滿意，當場就付給他五百美元。

聽著史泰欽先生講述那三分鐘發生的故事時，我不禁笑了，心想這幾天不若平常，能和年齡、地位較相近的人聊天眞是愉快。他幾不可察地抬起手，另一位男士便出現在我身旁。「格林小姐。我想向您介紹我畫廊的夥伴，艾弗瑞．史蒂格立茲（Alfred Stieglitz）。」

這位先生蓄著厚重鬍鬚，讓他看起來比實際年齡三十多歲來得年長，匆匆向我鞠躬。史泰欽和史蒂格立茲幾年前聯手創立的不只是這間藝廊——因爲位在第五大道二九一號所以命名爲二九一——還共同發起了攝影分離派（Photo-Secession），提倡攝影爲藝術的一種。他們兩位都致力於提升這項技藝的聲譽，使用多種畫家的技巧爲主題注入特定的情緒和含義。但最近，他們決定除了攝影，還要展示來自歐洲的最新當代藝術，史泰欽先生邀請我參加今晚的展覽時，承諾這將是一場最妙趣橫生的展演——「絕對不能錯過。」他這麼告訴我。

「歡迎蒞臨二九一。」邀我來此的主人指向擠滿賓客的房間。牆上襯著色調介於銀色和灰褐色之間的壁紙，下半部綴有相稱的織物裙邊。雖然我認爲選擇這麼樸素的牆面是爲了不搶走藝術作品的風采，但與皮爾龐特．摩根圖書館的猩紅色布景相比，這個房間顯得十分單調。「今晚，我們爲您準備了一場難得的饗宴，格林小姐。二九一很榮幸能在美國爲**兩位**非常重要的歐洲藝術家主辦發表會——法國雕塑家奧古斯特．羅丹[1]和法國藝術家亨利．馬諦斯[2]。」

史泰欽先生帶領我參觀這個空間，照片旁邊掛的黑白圖畫據他所說是羅丹的作品。我知道史泰欽和史蒂格立茲將攝影與其他已爲大眾所接受的藝術形式放在一起，目的是希望提升人們對攝影的感知能力，然而，雖然我很欣賞氛圍濃厚的照片意象，卻更鍾情於精細的炭筆畫。

「羅丹用寥寥幾筆線條，就同時傳達了動作和意向。」我說，對雕塑家以如此之少就能傳達如此之多感到驚訝。

史泰欽先生對我微笑。即使他身爲攝影師必須要長時間靜止不動，但仍然相當有活力。

「只用短短幾句話，您就成功捕捉到雕塑家洞見中的精髓。」他如此回應，現在換我微笑了。

「我真希望您能到法國看看他已完成的作品，預定的地點將展出那些雕塑三維空間的壯麗之美。」

「史泰欽先生，您怎麼會邀請我參加淘氣的巴黎逃亡之旅呢？」我戲弄他，喜出望外的是，他的雙頰一片通紅。

「噢，格林小姐。我很、很抱歉。」他結巴了起來。「我並不敢建議——」

我笑了。「只是開玩笑而已，史泰欽先生。」我向他保證，並快速將話題轉回到藝術研究。「羅丹的繪畫方法和我更加熟悉的古典及文藝復興雕塑家有很大的不同。」

這兩位男士跟在我身後，在我欣賞每一幅素描時回答其他藝廊客人的問題。我知道他們希望我同時欣賞攝影作品和藝術品。獲得摩根圖書館館員的認可或許意味著什麼，但我不是很確定。

「我們要去馬諦斯的展廳嗎？」史蒂格立茲先生問。

跟著他沿走廊前進時，我注意到有一對夫婦尾隨在後。他們刻意擺出研讀作品的神情，好像只是在藝廊裡隨意閒逛一樣，但我敢說他們靠得很近，正在聆聽藝廊老闆談論羅丹和馬諦斯。

踏進隔壁的展廳後，我愣住了。對面的牆上有一幅栩栩如生的女人肖像正盯著我看。馬諦斯用活潑的橙色、粉紅色和綠色描繪出一片森林，裡頭有個形單影隻的胴體。畫中的景觀捨棄了於文藝復興時期再次被發現、得來不易的三維空間法，創造出一個擠滿圖像的奇異平面。我從未見過這樣的作品，因此既著迷又困惑。

史蒂格立茲先生不假思索地問道：「您覺得如何？」

「艾弗瑞！」史泰欽先生斥責夥伴。

1 Auguste Rodin，活躍於十九世紀至二十世紀初期，被譽為現代雕刻藝術之父，代表作為〈沉思者〉（*Le Penseur*）。

2 Henri Matisse，二十世紀野獸派（Fauvisme）代表人物，以大膽鮮豔的用色、奔放的線條為特徵，作品富韻律和動態之美。

我笑了出來。「沒有關係，史泰欽先生。」我說。「對我無須拘禮，紳士們。我想兩位應該已經知道了。」

「那麼，**您覺得如何？**」這次換史泰欽先生提問。

我回頭看向畫作。「身為一名藝術專家，應該要評論馬諦斯如何以創新手法處理田園風景這個傳統主題，這個主題在古典和文藝復興時期的畫作很常見，但是……」我暫停了下。

「但是什麼？」兩位男士異口同聲問。

我轉過身面向他們。「回答您的問題，我不認為馬諦斯要我**思考**，而是要我**感受**。」

他們給彼此一個鬆了口氣、充滿希望的眼神。「看來您懂。」史泰欽先生這麼說。

「確實。也許有一天我們會為皮爾龐特．摩根圖書館注入這種現代感。」我一邊說，一邊想到二九一藝廊距離摩根圖書館才短短幾個街口，但對藝術的感知和評價卻是差了十萬八千里。

「我們別無所求了。」史泰欽先生這麼說。

在馬諦斯的其他繪畫和素描陪同下逗留一小時後，我感謝兩位紳士的邀請和陪伴，然後告辭。超過九點了，我通常都是搭電車或地鐵回家。但自華盛頓特區回來後，我每日的工時又拉長了。莫札特舅舅的話我銘記在心，儘管我確信我所採取的防護計畫足以保守我的祕密，但同時我也相信巨大的成功足以成為另一種防衛。因此，自弗利特外婆的葬禮回來後，我持續努力研究重要的收藏品，並與主要的經銷商建立交情，如此便能繼續擴展摩根先生的收藏。現在，我往往都工作到九或十點才回家，若有社交的需要，甚至會更晚，或者我會在晚上的活動結束後回去辦公室一趟。

因為這裡距離圖書館只有幾個街區，我便沿著第五大道行走。雖然時間很晚了，但街上仍然人聲鼎沸，情侶、朋友結伴漫步，每個人都享受著溫暖的春日夜晚。

接著我聽到有人叫我。「格林小姐、格林小姐。」

我轉頭，驚訝地看見史蒂格立茲先生邊喊邊跑過來。「我，」他停下腳步，「追上您真是太好了。」他在我手裡塞了一個長方形的物體。

「這是什麼？」

「是羅丹其中一件雕塑的照片。有朝一日。」

謝過他後我繼續走，沒有講出心中所想。永遠不會有那「一日」。

雖然昨晚我工作到超過十點，仍比摩根先生提早至少兩個小時坐在圖書館辦公桌前。「早安，先生。」我一如往常打招呼。但他沒有探頭進我的辦公室，用我前一晚溜出卡內基家跑去參加藝廊活動的小插曲笑話我，而是快步穿過大廳進入書房，一句不耐煩的問候都沒有。他重重關上門，這是和他共事的兩年來頭一回發生這種情況。

到底怎麼了？

我知道最好不要跑去他的書房。被商業夥伴或藝品商人惹怒時，摩根先生更想要獨處，用時間讓怒氣消退。

所以我轉回到桌上堆積如山的工作。今天我得爲即將舉行的拍賣做出決定，便在等待摩根先生叫喚我時將注意力放在這上頭。但一個小時過去了。又一個小時。摩根先生沒有像平常一樣出現在我的辦公室門口，甚至沒有問問題。就算保全敲他的門說有包裹送到，他也沒有應答。到了午餐時間，我深感不知所措，想像不到到底發生了什麼事。

我進退兩難。今天要跟摩根先生討論拍賣，不能就這樣放著不管。也許我的存在能夠幫助他消退不知何人何事引起的憤怒，讓他專注在圖書館的事務上。

我起身拿好文件，撫平羊毛裙後穿越大廳，去到他的書房。就在我舉手準備敲響精雕細琢的木門時，我遲疑了，感到一股突如其來的焦慮。那個惹他生氣的「不知何人」有沒有可能是我？

我想不到最近我們有什麼分歧，趕緊搖搖頭趕走焦慮，同時敲響大門。「摩根先生？請問能占用您一點時間討論蘇富比拍賣嗎？」

沉默。

有幾次他曾對金，甚至其中一個孩子大喊「不要進來」。但若他是因爲無法回答才悶不作聲呢？如果他在緊閉的門後受傷了怎麼辦？我很快推開門。

摩根先生就坐在桌子後方的獅王寶座上，低著頭好像正專心看報紙。我吐了口氣，直到這時才發現自己一直屏住呼吸。他沒事。他只是因爲某些莫名的原因所以不想回應。

我等著他抬頭，用某種方式承認我的存在，但他沒有，甚至沒有因爲我未經許可進入書房而責備我。恐懼的感覺襲來。

「很抱歉打擾您，摩根先生。」沉默的幾秒鐘過去後，我開口說道。「這裡太安靜了，我很擔心您。」

「是嗎？」他頭抬也不抬地問。

我皺眉。「當然了。您整個早上都關在門後，而我們今天應該要討論蘇富比拍賣。」

他的聲音低微到幾乎聽不見。「爲什麼我要見**你**？」

我不明白這個問題，但知道情況很嚴重。摩根先生和任何藝術經銷商、商業夥伴或其他人之間都沒有問題。他的問題在於**我**。

你所身處的境地，會讓你在失敗時要面對的後果更加駭人。千萬記住你面對的人是J. P.摩根。

我的心狂跳。過去幾個月，莫札特舅舅的話時時困擾著我，但我將這個警告拋到一邊。我相信自己已經採取了足夠的防禦措施，也建立了足夠的防衛，但現在我感覺自己正從高處墜落。摩根先生發現了嗎？

房裡出奇地安靜，我渾身打顫，因爲這片死寂顯然就是摩根先生憤怒的信號。我一動也不動地站著，一個字也不說。我的思緒奔騰打轉。我該怎麼在接下來的憤怒和指控中爲自己辯護？多年來，媽媽教了我一些方法否認有關眞實出身的事實，但現在，我一個都想不起來。

他終於開口了。「我花了整個早上的時間在搜索報紙，看看能否找到有關你的另一篇文章。」

他從報紙發現我的謊言了嗎？安妮告訴記者我的祕密，所以全世界都知道了嗎——包括她父親？也許這就是她的目標。

我張不開嘴。我無法再說出更多有關身世背景的謊言，也無法爲撒謊找藉口。我知道應該坦白、道歉，並乞求他的原諒和憐憫。但恐懼使我動彈不得。

「我通常很會看人。」他說。

我張開雙眼，他總算看我了。我設法吞下哽住喉嚨的緊繃。

「但顯然我錯看你了，格林小姐。」

格林小姐。他好幾個月沒這樣叫我了。

他將報紙遞給我，但我甚至不想碰觸，更別說閱讀了。或許我應該告訴他實情，說服他饒恕我和我的家人，即使我懷疑任何言語都撫平不了他的怒火。雖然摩根先生對我很好，但我無意間聽到他貶低許多人，從猶太人、義大利人到波蘭新移民都不例外。雖然他沒有對這個國家的有色人種表現出明顯的蔑視，但我不能賭他對我的家族不會抱持類似的感受。

「拿著。」他下令而我服從。紙張在我打顫的手中抖動。「讀第七頁。中間的欄位。」

我呼吸急促，但必須面對這個情況，接受應有的懲罰。將視線投向這篇報導時，我想起媽媽和兄弟姊妹，幾乎就要哭出來。他們的人生都被我毀了。路易絲和艾瑟爾會失業，羅素和泰迪必須輟學，而媽媽——我不能再繼續想下去了。不是現在。

我穩住呼吸，閱讀這篇簡短的文章：

J. P.摩根變成現代主義者，或者更糟，變成攝影分離派擁戴者了嗎？

就在昨晚，有位二九一藝廊獨家活動的與會者告訴記者，這位極其傳統的工業巨擘正在考慮將業務拓展到他著名的中古世紀與文藝復興收藏之外。亨利·馬諦斯的作品將掛上皮爾龐特·摩根圖書館的大牆，這樣的消息令全城鐘聲響起、收銀機叮噹作響！

我眨動雙眼，克制住揉揉眼睛、好看得更清楚的衝動。這當然不是好事，但也不是我預期中的報導。完全不是。這篇文章——只不過是有關藝術的八卦，而不是揭露我的種族——我**或許**能逃過一劫。

「你以爲你是誰啊？」摩根先生的嗓音細如耳語。

他的問題和語氣令我感到不適，但我提醒自己至少這問題不是字面上的意思。「摩根先生，我不知道爲什麼會有這則報導。請相信我。我沒有這麼說。」

「昨晚你在那間該死的二九一藝廊，對不對？」

「是的，先生。」

「我很清楚文章裡的『鐘聲』是在影射你[3]。」

「是的，先生。有可能。」沒有否認的道理。

「這則故事不是空穴來風。如果不是你的話，那是打哪兒來的？」

我回想昨晚在藝廊的事，很難想像史泰欽先生和史蒂格立茲先生會對外訴說這樣的故事。但藝廊裡擠滿其他人，任何一個人都有可能是記者，曲解我的話後寫下這篇故事。就算我根本沒這樣說。

「肯定是有人偷聽後斷章取義。我很抱歉，先生。」

他好像沒有在聽，或者現在我說的話一點都不重要。他需要發洩。「皮爾龐特·摩根圖書館是一間卓越的傳統機構。我甚至不會做出任何現代主義垃圾能掛上這面牆壁的暗示，聽懂了嗎？」

我沒有反駁，而是再次說道：「是的，先生。我很抱歉。這是個錯誤——」

他打岔：「你沒有犯錯的空間，格林小姐。」他這麼說，並沒有意識到這番話有多麼眞實。「只要是身爲我的大使、爲我工作的每一天，就不容犯錯。」

我再次表示：「是的，先生。我明白了。」

他看向我的雙眼漆黑一片。「這是你永遠不能忘記的。」

我點頭。

3 鐘聲（bell）與貝兒（Belle）英文發音近似。

15

一九〇八年十二月二日至十二月十日
英國，倫敦

不敢相信在七個月的時間之內，我就從二九一事件來到第一次橫跨大西洋的旅行。我踏出馬車，走過一群優雅、衣著樸素的倫敦人，朝著富麗堂皇的朗廷酒店走去，大廳裡有鑲金的大理石柱及高聳的異國花卉，簡直比我和媽媽從紐約搭乘至倫敦的美麗遠洋郵輪茅利塔尼亞號還要奢華。我轉身看媽媽的反應，她笑容滿面看著一群過來替她拿東西的行李員。看到她欣喜的反應我笑了。雖然一開始很猶豫，但我知道邀請她一同參與這趟重要的旅行是正確的決定。

進到套房，我們倒在豪華的床鋪上為自己的好運大笑。媽媽看起來像個小女孩一樣。她的臉色明亮，甚至顯得更年輕，因為籠罩著她的深沉哀戚已經消失無蹤。

然而，熟悉的媽媽突然又出現了，命令我開始做事。「把你的新洋裝從箱子裡拿出來，以免皺掉了。」

我們一起把洋裝攤開來抖一抖。出發之前我花了一大筆錢買了三件禮服，因為我知道，如果要讓英國的經銷商、收藏家和機構管理者留下深刻印象，就必須在會面時看起來像是摩根先生的代表，而這些會面比以往的都要來得重要。

將禮服掛進衣櫥時，我回想過去七個月和摩根先生的相處。我在圖書館待了無數小時，進行了多次大快人心的收購——雖然沒有滿心盼望的卡克斯頓——但在他要我踏上這段旅程，來取回他一年一度長途跋涉前來倫敦購買的物品前，我不確定是否已經重新贏得他的青睞。能再次取得他的信任，我滿懷感激。

儘管如此，在這裡我仍決心要好好表現，因爲此行不只是要帶回摩根先生的物品，他還允許我自主判斷收購。我已經看中一批稀有、數量可觀的卡克斯頓藏品，將於下週進行拍賣。雖然《亞瑟王之死》不在其中，但仍將使摩根先生成爲世界上擁有最多卡克斯頓珍本的人之一，更重要的是，他會爲此自豪。我準備帶給他驚喜。

媽媽將我特別喜愛的鮮豔紫色洋裝整平後掛上衣架。雖然上頭有時尚的蕾絲裝飾細節，但我已經請裁縫師做成古典的流線型款式——沒有任何笨重的層次或繁複的特徵，我希望工作或社交場合都適合穿上它。「我不明白爲什麼你要選擇這些大膽的顏色，貝兒。」

「媽媽，我永遠不能被淹沒在同儕之中。那些男人總將我視爲外來的異類。因爲我是女人，或者……」我停下，深呼吸後繼續。「我相信成功的最佳途徑就是擁抱我的性別，媽媽。甚至是炫耀出來——」媽媽聽見後瑟縮了下。「而不是東躲西藏。一旦吸引了他們的注意力，就能展現我的技能和知識。」

媽媽的表情顯得驚慌。「你眞的要引來這麼多關注嗎，貝兒？」

「穿寒酸的衣服掩蓋不了我身爲女人的事實。」

「但若你吸引了他們的目光，他們難道不會多細看些什麼？」

莫札特舅舅的話再加上對摩根先生的恐懼已經夠令我焦慮了，我不需要媽媽再增添擔憂。我知道自己正走在一條鋼索上，但我還能怎麼做？我已經投身於這條道路。「不論我穿什麼，他們都會看到我的膚色。聽起來可能很古怪，但大膽的穿著就像是隱身於眾目睽睽之下。因爲沒有人想得到一個黑人女孩會如此明目張膽。」

她搖搖頭。「我永遠不會理解你的做法，貝兒。我也不明白爲什麼你和摩根先生對這些古書這麼著迷。或許我能欣賞那些修士辛苦完成的泥金裝飾手抄本，但你跑來倫敦尋找的印刷本——那些卡克斯頓——我就不懂了。」

我解釋給媽媽聽，在十四世紀晚期，一位名叫威廉．卡克斯頓的商人暨外交官使用二十年前約翰尼斯．古騰堡發明的新技術印出了第一本英文書。「畢竟，」我指出，「卡克斯頓不僅爲英文使用者提供了更多文本，也整合了英文這個語言。他的書之所以重要，不僅是因爲歷史和文學意義，還有語言學。」

「確實很有道理，貝兒。但爲什麼需要買那麼多？」她繼續問。

「媽媽，若我們能將拍賣會上的十六部卡克斯頓和現有的相互結合，便能奠定圖書館卓越的地位。」

一旦我清楚表明計畫中的收購能提高圖書館的地位——還有我自己的——她就懂了，沒有再問問題了。畢竟，對她來說沒有什麼比孩子的成功更重要。

但我沒有告訴她將卡克斯頓大獎帶回紐約的非正規計畫，這個計畫需要我用一個吸引人的提議來說服富有的阿莫斯特男爵（Lord Amherst）。這是個大膽的計畫，會讓我守規矩的母親擔憂。但爲了繼續重建我之於摩根先生的價值，我必須承擔未曾有過的風險。

雖然自媽媽和我整理行李到第一場會面之間只有兩個小時，我們還是決定把握時間觀光。我們輕快漫步在龐德街和牛津街上，一面熟悉周遭一面淺嚐倫敦風情。一想到置身於歐洲，我和媽媽就感到飄飄然。

這趟旅行我最期待的是歐洲令人歎爲觀止的數百年歷史，這些歷史貫穿了建築、街道和河流，仿若流淌於靜脈中的血液。我已經準備好迎接大量藝術珍品帶來的驚奇，其中包括中世紀的大師、荷蘭的天才和才華洋溢的當代肖像畫家。我甚至準備好對英國首都及其人民擁有的財富和殊榮感到敬畏，我能理解，與摩根家族或紐約市的有錢人相處再多時間，也不足以應對英國人民。

但我沒有猜到什麼是倫敦最棒的獻禮。在這裡，當我走在街上時，我評論自己膚色的方式和我在美國經常經歷、也不斷預料到的截然不同。也許倫敦市民不需要像美國人一樣，用種族來替我們分門別類。

是因爲奴隸制在英國已廢除七十多年，以至於我們在美國正開始經歷的鮮明種族隔離並不存在嗎？還是因爲英國階級制度根深柢固，導致一個人的地位比種族更重要？既然我和媽媽看起來像是富有的女性，那即使我們的皮膚不像大多數英國人那樣白皙，也會自動被歸類爲上流階層嗎？我不知道答案，但我感受到一反往常的輕鬆和自由。

散步回到朗廷酒店後，我更有勇氣面對和阿莫斯特男爵的會面。我們不是約在他家，因爲在那裡他的權力會占上風，而是在酒店的餐廳安排了下午茶，媽媽會在喝第一壺茶時參與，在我點第二壺時起身告辭。出於禮儀，會面的過程中，至少有一段時間要有人陪同。

我和媽媽走進餐廳時，男性賓客投來了欣賞的目光。我想我們是對漂亮的母女，我身穿顯眼的全新紫色禮服，媽媽穿著一套訂製的紫紅色西服裙搭配及腰外套，是我爲這趟旅程特地買給她的。

我們跟隨領班侍者來到阿莫斯特男爵等待的餐桌。我不禁想道，媽媽在這裡的感覺完全不同。她不但沒有悲傷的神情，反而笑了。她不只是講話，還談天說地。今天早上我甚至聽到她在哼唱，我沒印象她曾這樣做過。我們交談時，她的言詞不再總是斥責和警告我的行爲，或者是表達對弗利特外婆的遺憾。我感覺到了，媽媽跟我一樣享受著倫敦帶來的自由。

領班指著一張桌子，桌邊有一位氣宇不凡的銀髮紳士正在等候我們，我發現阿莫斯特男爵正如描述中的一樣，舉止和儀態都非常得體。討論正事前，我們先聊了這次橫跨大西洋的旅行和倫敦的天氣。打從一開始，就算是關於拍賣無傷大雅的交流，他就對不得不出售自己的圖書館藏品這件事懷有戒心。我聽聞他將巨額財產花在古埃及文物上，但也有傳言說他是陷入財務危機才被迫出售。

點了第二壺茶後，媽媽告辭了。我啜飲一口洋甘菊茶，而後說道：「我明白和卡克斯頓的作品道別一定很難。」

他低頭看著空杯。「是啊，格林小姐。確實很難。」

「阿莫斯特男爵，希望您能明白，倘若皮爾龐特・摩根圖書館成爲您的卡克斯頓的幸運買家，它們將會成爲我們館藏中很重要的一部分。」

「是嗎？」

「是的，事實上，它們將和皮爾龐特・摩根圖書館現有的卡克斯頓珍藏一同成爲重點展品。」

「聽聞摩根先生擁有大規模豐富的館藏，很難想像卡克斯頓會有那麼重要。」

「噢，它們會的。」我對上他的雙眼。「阿莫斯特男爵，打從我還是個小女孩就對古書十分著迷。它們的樣貌、氣味、書封與內頁的美妙觸感，以及它們去過的地方、跨越的障礙帶來的興奮感，都讓人難以自拔。而對我來說，沒有任何古書比卡克斯頓更有魔力。」

他凝視著我。「你想怎麼做，格林小姐？」

「阿莫斯特男爵，我很高興能在拍賣開始前的現在，爲卡克斯頓提供您一個很棒的價格。若我們達成協議，您就不需要拍賣它們了。我想這對您來說應該比較容易。」

我將事先準備好、措辭嚴謹的報價單擺在他面前。他沒有拿，希望我沒有犯錯。

你沒有犯錯的空間，格林小姐。

我將摩根先生的話趕出腦袋。我還有一個策略可以嘗試，無疑是個非常大膽的策略，和我剛剛慷慨的提議相結合的話應該可行。

「我真的不想千里迢迢過來卻空手而歸。事實上，我可能會過於沮喪而無法參加拍賣會。」我說著，垂下雙眼。

他在目錄中列出了非常多藝術品和書籍，而皮爾龐特．摩根圖書館的缺席將會影響這些拍品的最後支付金額。摩根先生以高價競標眾多藝品聞名，拍賣會上的其他人可能以為我也會這樣做，因此跟著提高出價。

他沉默不語。接著他的手突然伸向桌子拿起我提供的報價單，然後起身。「我會發電報到酒店告訴你最後的決定。」說完便快步離開餐廳。

我簽完帳單後回到房間。我看起來應該很平靜，但沒有照原訂計畫和媽媽一起去劇院。我不想錯過阿莫斯特男爵的電報。然而，過了好幾小時依然沒有信使出現。我一直等到隔天中午才決定赴約前往維多利亞與亞伯特博物館[1]。在那裡，我和媽媽同行，還有一整列全是男性的學者、經銷商、機構管理者在場。我和藝術圈的專業人士交談，這是他們第一次對我的性別和模糊的膚色不感興趣，只在乎我的看法。

「你覺得將這些畫作和原本所屬的手抄書分開擺放，袖珍肖像的畫家會作何感想？」參觀維多利亞與亞伯特博物館著名的袖珍肖像收藏時，知名經銷商杜拉徹兄弟的喬治．杜拉徹[2]先生這麼問。

1 Victoria and Albert Museum（V&A），世界最大的工藝美術、裝置及應用藝術博物館，成立於一八五二年，以維多利亞女王及其丈夫亞伯特親王之名命名。

2 George Durlacher，藝術經銷商亨利．杜拉徹（Henry Durlacher）之弟。杜拉徹兄弟（Durlacher Bros）由亨利在一八四三年創立於倫敦。

「我想，畫家知道畫作和書本可能會被分開用作其他目的，例如用來相互介紹或作爲禮物。像西門．班寧[3]這樣的專家可能不喜歡，但肯定理解這種情形在所難免。」我指著一個長型展櫃，裡頭擺滿華麗的袖珍畫作。「或許我們應該將畫作和原書一同展示以說明背景脈絡。這樣對參觀者來說應該更具啓發性。」

「很有趣的觀點。」博物館主任兼我們的導覽阿瑟．班克斯．斯基納[4]說。「今年夏天新建築阿斯頓．韋伯[5]樓完工後，請您務必再來參觀。歡迎您針對肖像收藏在建築結構中的展示方式提出意見。」

「非常樂意。可得小心您的承諾呀，我很有可能會接受邀請喔。」我調笑道。「只在大西洋的其中一側發表意見不太公平，對吧？」

之後幾天，我放棄等待阿莫斯特男爵的回覆了，只是告知朗廷酒店我每日的行蹤，以免難以捉摸的電報突然抵達。我每天忙著應對參展的邀請，和透過名聲或信件而認識的經銷商共進午餐、參加晚宴。其中有喬治．威廉森[6]先生和喬瑟夫．菲贊禮[7]先生，還有大英博物館[8]英國與中世紀古物部門的主任查爾斯．赫克勒斯．雷德[9]先生。和這些紳士當朋友是職業上的必要行爲，但他們以迥異於紐約經銷商和機構管理者的方式歡迎我，甚至提供見解教我如何管理紐約那些「粗鄙」的藝術界人士，特別是那些也在紐約開設了分部的經銷商。我知道這些人在拍賣會將不遺餘力地和我爭高下，他們知道我也會還以顏色，儘管如此我們還是以專業建立起了交情。

來到倒數第二個晚上，也就是拍賣會前一晚，媽媽伴同我與紳士們共進晚餐。至今還未收到阿莫斯特男爵的消息，我已經放棄他直接將卡克斯頓賣給我的希望了，只得在拍賣現場和其他人競標。我自認是當時面對阿莫斯特男爵的嶄新自信心太過頭了，但我會在錯誤中汲取教訓，不能讓此次失誤折斷我的羽翼。再說了，就算沒有卡克斯頓，這趟旅程在其他方面也算成功——我已經取得摩根先生要帶回紐約的藝術品，也建立起所有重要的人脈。

我高興極了，看著媽媽今晚更加敞開心扉，用她從容優雅的語氣和儀態吸引在場紳士的注意。身爲一名年輕又有修養的女士，她在我父親面前一定很迷人。

現在爸爸會怎麼想媽媽呢？會怎麼想我？會以我的成功爲榮嗎？還是會對我假扮白人感到沮喪，覺得我不僅讓他失望，也讓所有同胞失望了？

「明天的拍賣你打算怎麼做？你那有名的摩根先生有沒有開出一長串的採購清單？」菲茲這麼問，打斷我略帶感傷的沉思。

最初，喬瑟夫．菲贊禮先生要我與其他人一樣以「菲茲」這個暱稱稱呼他時，媽媽很生氣。但隨著我們在倫敦的日子一天天過去，她親眼見證了社交人脈之於這份工作的重要性——以及在該領域中平等相待的重要性——於是便默許了。事實上，她也開始用教名稱呼他們。

「我來猜猜。」喬治．W插話。考量到這裡有兩位喬治——喬治．杜拉徹和喬治．威廉森先生，

3 Simon Bening，北方文藝復興時期法蘭德斯（Flanders，涵蓋部分比利時、荷蘭和法國地區）著名畫家，以繪製精美的時辰祈禱書（book of hours）和袖珍肖像畫聞名。

4 Arthur Banks Skinner，一九〇五至一九〇八年間擔任維多利亞與亞伯特博物館的藝術博物館部門（Art Museum division）主任。

5 Aston Webb，英國建築師，曾協助修建白金漢宮外牆、設計維多利亞與亞伯特博物館主體，並任皇家藝術研究院院長。

6 George Williamson，英國歷史學家、古物學家、作家，著有多本歐洲藝術相關書籍。

7 Joseph Fitzhenry，英國收藏家、藝術經銷商，曾為J. P. 摩根提供採購建議，並捐贈法國瓷器和荷蘭彩陶給維多利亞與亞伯特博物館。

8 British Museum，世界上第一座國家博物館，也是世界上最著名且最多參觀者的博物館之一，成立於一七五三年，奠基於漢斯．斯隆（Hans Sloane）捐贈的七萬件藏品，現擁有八百萬件館藏，設有九十四個展廳。

9 Charles Hercules Read，英國考古學家、策展人，曾任大英博物館英國與中世紀古物與民族誌研究員、倫敦文物學會主席。

我們達成共識分別稱呼他們爲「喬治・D」和「喬治・W」。「摩根先生要你拿到《馬扎然聖經》嗎？」

有鑑於摩根先生蒐集古騰堡作品的愛好眾所皆知，這是個很好的猜測。喬治・W所說的《馬扎然聖經》由古騰堡於一四五〇年所印製，在巴黎的馬扎然圖書館[10]被發現因而得名。

「嗯，《馬扎然聖經》確實是個珍寶，眞希望他派我來將它帶回紐約。但很可惜，摩根先生對他目前擁有的古騰堡存貨很滿意。總之，現在很滿意。」

「她竟然這麼隨意地談論古騰堡的《聖經》藏品！」喬治・D驚呼。其他人都笑了。

「眞希望他想要第三本。」我回應道。

《古騰堡聖經》的一百八十份印刷本各不相同，當今僅存五十本。摩根先生擁有兩本已是傳奇。

屋裡充斥著有關拍賣的閒聊，每位經銷商都在談論客戶或機構的意向。每個人都想知道其他人會競標什麼，我猜這是大家開始制定戰略的方法。侍者收走了最後一道菜，開始倒咖啡和茶，準備上甜點。這時領班走到我們桌邊，手裡握著一個信封。

「格林小姐？」他問。

「是的，是我。」我回答。

「有一封您的電報。」他將信封遞給我。

「來自紐約的戰前指導？」菲茲這麼說，眼裡閃著微光。我眞喜歡這位肥胖的商人，既風趣又兇猛。

我僅是報以微笑，等到他專心於另一段談話後才用銀刀割開信封。我的雙手因期待而顫抖，電報躍出信封，在我接住之前差點掉到地上。

是阿莫斯特男爵寄來的。他接受我的報價了。

「神祕的指示嗎？」喬治・D問。

「差不多。」我說，忍著不讓自己眉開眼笑。

他看向在座的人群，確定沒有人在聽後才壓低音量對我耳語。「格林小姐，可以答應我一件事嗎？」

「叫我貝兒，跟你說多少遍了？」我戲弄他。他紅潤的雙頰和凌亂的粗硬白髮很討我喜歡。「畢竟你們這群人堅持要我喊你們的名字。」

「確實如此，貝兒。」他勉強自己這麼做，我看得出來，這種友好並不適合眞正的英國人。「回到我要請你答應的事。」

「沒問題。」我將注意力放在他身上。我只希望這個請求無關男女情感。雖然我發現適度調情有助於商業來往，特別是因爲我不像其他人能用抽菸或餐後白蘭地來建立和睦的關係，但我對這位英國人已經頗有好感了，不希望必須拒絕他的追求。

「可以答應我，明天在拍賣會不要與我競標卡克斯頓嗎？」他的語氣和雙眼透出滿滿的懇求，要是我沒有這麼野心勃勃、沒有這種渴望成功的衝動——要是我沒有讓卡克斯頓藏品從拍賣會中被剔除的話——可能會被說服。

該怎麼回答呢？我不能展露勝利，但我很尊敬這些紳士，不願意撒謊或拒絕。突然間，我想到一個完美的答案。

「好的，我答應你**明天**不會和你競標。」我這麼說，特別加強語氣。這是眞話。

我將不會違背對阿莫斯特男爵或這位紳士的諾言。我會參加拍賣，只有在那裡他才會發現我沒必

10 Mazarin Library，原為樞機主教馬扎然於十七世紀創立的私人圖書館，現為法國最古老的公共圖書館，擁有豐富的珍本與手稿收藏。

要與他競價，因爲我已經贏得拍賣會的大獎了——而且，我希望得到摩根先生全心全意的信任。

16

一九〇八年十二月十七日
紐約州，紐約市

馬車在擁擠的城市街道上急馳，從倫敦回來後，道路似乎更骯髒也更混亂了，車子來回碰撞在路面凹凸不平的混合材料上。我緊抓裝有卡克斯頓珍本的沉重箱子，知道展示給摩根先生之前，絕不能冒險讓這份大獎受損。我極度渴望手握獎杯凱旋，回到皮爾龐特．摩根圖書館。

馬車停在圖書館門外時，我不禁想著羅馬皇帝獲勝歸來，身後跟著堆滿黃金和大理石戰利品的推車一定就是這種感覺吧。儘管裝著卡克斯頓的板條箱很重，我還是大步踏上寬闊的階梯，來到前方站有警衛的厚重青銅大門前，感覺這股力量不再是從摩根先生那裡借來的，而是我自己的。我相信是手中的戰利品將力量傳遞給我。

我還未敲響門環，青銅大門就敞開了。「我們的戰士回來了！」是摩根先生。我應該從來沒見過他親自開門。

我大步踏進大理石門廳，彷彿早就習慣讓美國最有權勢的人之一爲我開門，並說道：「我帶了禮物過來。戰爭的戰利品，如果您想要的話。」

「這還用說！我讀了你的電報了。」他如此回應，提到我和媽媽搭乘茅利塔尼亞號回國前我發給他的電報。摩根先生滿心期待地揉搓雙掌。「來看看你的戰利品吧。」

我們並肩而行，鞋跟在色彩斑駁的大理石上喀噠作響。儘管門廳精緻的天花板我已經看過幾百次，視線還是被吸引了過去，因爲天花板壁畫的鍍金邊緣似乎閃爍著光芒，色澤看起來異常鮮豔。奇怪的是，在倫敦歷史悠久的建築和街道待了一段時間後，嶄新的圖書館和堅韌不拔的紐約看起來竟是如此不相稱。

他指著地板上一處，讓我放下木箱，然後開始清理他的書桌。不出幾秒，我就搬開蓋子將卡克斯頓放上桌面。「節日禮物，希望您喜歡。」我語氣平靜，然而內心並非如此。凱旋歸來令我如釋重負且欣喜若狂。

他拿起卡克斯頓的《特洛伊歷史故事集》（*Recuyell of the Historyes of Troye*），端詳書封後翻到第一頁，在檢視這部歷史上的第一本英文印刷書籍時屏住呼吸。

他的雙眼閃耀著光點。「我覺得我們應該用紙帶遊行宣告你的歸來。」

「眞高興您喜歡。」我謙虛地說。摩根先生很少顯露出這種程度的喜悅。

「喜歡？」他笑出聲。「你這意想不到的成功令我狂喜。」說完他對我挑起一邊眉毛。「雖然這不是我想要的那本卡克斯頓。」他微笑道。「透過你，我擁有了很多東西，其中之一便是一位有能力的代理人，足以應付最難搞的物主——那些運氣不佳的貴族。更別說，透過你，我還擁有了一位能智取最狡猾商人的代表。那些倫敦商人可能表面上很有禮貌，但背地裡卻是十足的騙子，比大西洋這一側的任何人都更狡猾。」

「說不定大西洋兩岸的商人們終於棋逢對手了。」

他哈哈大笑，接著詢問我和阿莫斯特男爵打交道的細節，還有和倫敦商人與博物館主任相處的過程。我當然已經針對這兩個主題寫了封長長的信，但他想要第一手的故事。我娓娓道來和卡克斯頓擁有者的約會、拜訪博物館以及和經銷商共進晚餐的經過，還有我最喜歡的時刻，也就是在最後一頓晚餐收到電報然後必須承諾喬治．D有關拍賣競價的事。

「嗯，這就解釋了在你搭船回家期間，那些經銷商為什麼寄給我熱烈讚揚你的信件了。」

我愣住。他是在開玩笑嗎？「他們沒有生氣？」

「恰恰相反。他們確實喜歡卡克斯頓，但相當敬佩你的實力。菲茲是怎麼說來著？」他想了一下。「噢對，他說我終於找到一位有價值的代表了，承襲了我談判藝術中的技巧。教會那些英國狗一些新把戲。」

我們相視而笑，他握住我的手時，我也回握了。「你不只是圖書館員了，貝兒。」他輕聲說。

我抬頭看向這個高大的人，他將我拉近，眼裡的困惑呼應著我的不確定。距離在我辦公室的那一刻以來，已經過了一年，雖然我常發現他的目光在我身上不願移開，但我們從未提及，也未曾再有過類似的時刻。*他在重新思考我們的關係是什麼性質嗎？我也在想這件事嗎？*

我們的雙唇慢慢靠近，我的心跳得狂烈。此時有個聲音響徹大廳，一路迴盪到書房。我鬆開他的手退後。「誰在這裡？」

他深吸一口氣說：「差點忘記他們了。」接著清清喉嚨。儘管他說得很快，但語氣中的威嚴回來了。「是伯納德．貝倫森夫婦，從義大利過來參觀館藏。」

「這整段時間他們都在圖書館裡？」我問，想知道他們可能聽到了什麼。皮爾龐特．摩根圖書館的傳音效果非常好，能在一個房間聽到另一個房間的聲音。不過，我們之間傳遞的震顫不是聽覺上的，而是視覺上、體感上的。

「對，全神貫注在藝術品上，希望如此。」

緩和下來後，賓客的名字再度浮現我的腦海。我問道：「伯納德．貝倫森，那個作家？義大利的藝術專家？」爸爸在我十歲生日時送給我的那本書，《文藝復興時期的威尼斯畫家》，作者也是同個名字。這些年來，另一本關於文藝復興時期佛羅倫斯畫家的書籍也激發了我對那個時代的藝術及書籍的熱愛，這本書也是伯納德·貝倫森撰寫的。

「同一個人。他也是策展人，提供收藏家收購建議……」他笑了。「和你不一樣，你比他擁有更多才能。他的主要顧客是波士頓那個令人火大的伊莎貝拉·史都華·嘉納，而他也來自波士頓，自稱是義大利文藝復興時期藝術的傑出權威。」

摩根先生和嘉納小姐沒什麼實際接觸，但她擁有一些廣受好評的私人藝術收藏。這樣就夠了。他不喜歡競爭。

「既然他最重要的客戶在波士頓，怎麼會出現在這裡？」

「我想他是打算拓展新業務。不過，表面上他和他太太正在這個地區舉辦講座，並參觀重要的收藏品。」

「他妻子也是作家嗎？」我很驚訝這個領域還有別的女性。

「不是，但她有一些能開班講授的藝術專業知識。不過是個討人厭的女人，若你問我的話。一點魅力都沒有。」他嘆口氣。「但安妮最近和他們共進晚餐，還安排貝倫森太太在殖民地俱樂部發表演講。她邀請兩人來訪並參觀圖書館一點都不讓人意外。我能說什麼？」他聳聳肩問道。

我也不感到意外。安妮和摩根先生的政治與社會觀點日益分歧，他一直在找共同點和方法取悅他最小的孩子。

「我想我可以跟安妮說一些謠言，用以阻止這次會面。」他說，幾乎是自言自語。

「什麼謠言？」

他傾身對我說：「幾年前，當我們正在尋找大都會藝術博物館的新任總監時——」摩根先生是該博物館董事會成員並參與重要決策，「貝倫森被提名。但有些傳聞說他和某位僞造者有所往來。這個指控遭到嚴正駁斥時，總監的新人選已經決定了。也許這解釋了爲什麼貝倫森會批評我購買的一些物品，特別是拉斐爾[1]的作品。今天我設法把這些都拋到一邊，爲了安妮。無論如何，貝倫森永遠當不上大都會的總監。」他最後補上這句。

「爲什麼？」

他緊皺雙眉。「因爲他是猶太人。」我聽過他這種嚴厲語調。「或許只是傳言，他本人並不承認。」

我在心中嘆了口氣。在這個國家，反猶太主義就跟針對有色人種的種族主義一樣猖獗。

說話聲變大了，從門廳傳來的腳步聲也變得響亮。有位女士叫喚摩根先生，但他沒有回應。最後有個男人踏進書房，因打擾到我們而滿懷歉意。他是位身高中等、削瘦的英俊男子，雖然四十多歲但看上去出奇年輕，灰綠色的眼睛掩在小巧的圓形眼鏡之下，栗色的鬍鬚修剪得很整齊。我感到一股難以言喻的熟悉感湧上心頭。當另一位掛著微笑的女人走進來時，這種感覺就消失了。她比他高大，但有著同樣聰慧、好奇的神情。

摩根先生朝他們走近一步，說道：「貝倫森先生和夫人，很高興向兩位介紹我的私人圖書館員，貝兒．達科斯塔．格林小姐。她甫從倫敦凱旋歸來，在那裡她從阿莫斯特男爵眼皮子底下偷走了一批價值連城的卡克斯頓典籍。」他的神情就像是一位驕傲的父親，我們之間的關係在短短幾分鐘內就發生了劇烈的變動。

貝倫森太太先向我問好，接著是她丈夫。「格林小姐，」他握住我的手，「眞的很高興認識您。就算隔著大西洋，我們也聽說過您對手稿的敏銳眼光和身爲談判者擁有的強大技巧。」

「您也是遠近馳名，貝倫森先生。」我回應，很高興見到最喜歡的作家之一。

1 Raphael，義大利文藝復興時期畫家、建築師，與達文西、米開朗基羅並列「文藝復興三傑」。

丈夫還來不及作聲，貝倫森太太便打岔道：「噢，伯納德在大西洋兩岸的文藝復興藝術領域積累了豐富的專業知識。他太謙虛了，不談論自己的成功和資歷，但我總是樂於分享。」

她這番話聽起來很熟練，我不禁好奇這是不是他們慣用的假謙虛，用來引出貝倫森先生的卓越地位。比起配偶，她聽起來更像一位商業夥伴。

「我明白。」我說。「但我所說的聲名遠播並不是指這個。事實上，當我還是個小女孩時就收到了貝倫森先生的第一本書作爲禮物，自那時起就認識到他和他的才華。」

「你小時候就讀了我的威尼斯藝術書？」他看起來眞的很驚訝。

「是的。」

「哇，雖然那讓我覺得自己很老，」他笑道，「但眞的太厲害了，格林小姐。那些理論和觀察相當複雜。」

「我能說什麼呢？」我聳聳肩。「我很早熟。」

我和貝倫森先生相視而笑，他的目光緊盯著我。有一瞬間彷彿沒有其他人在場，下一秒摩根先生清清喉嚨。

我別開目光，很尷尬自己竟然一直盯著一位已婚男性，還是在他的妻子在場的時候。媽媽會感到多麼羞愧啊。

房裡陷入一片有些尷尬的沉默，我必須改變氣氛才行。我擠出一抹微笑說道：「好吧，貝倫森先生，雖然那好像不算是一種介紹，但看來我從十歲起就認識您了。」

17

一九〇八年十二月二十二日
紐約州，紐約市

我環顧四周，心想跟泰迪分享這件事的所有細節該會多麼有趣。一場紅色派對。誰想像得到整個夜晚都只有紅色呢？女士們穿著色澤不一的精緻紅禮服——朱紅、赤紅、褐紅、珊瑚紅，甚至是別緻的玫瑰紅——我也身在其中，穿著一件購於倫敦的獨特櫻桃色禮服。高腰剪裁、緊身胸衣、方形領口，以及足以吸引目光的拖尾裙襬，使我覺得穿著它相當引人注目。

收到著名藝術經銷商喬瑟夫．杜文[1]和他妻子的邀請時，我還以爲一室紅色僅止於女士的服裝。眞是大錯特錯。房裡的每個物件，從地毯到嶄新的壁紙、家具、瓷器、花卉再到食物，全部一片通紅。就連掛在深紅緞面牆上的繪畫也是以紅色爲主。

真希望摩根先生在我身邊。我們會一起對著過剩的紅色調發笑，就像偶爾在他書房裡對著層層

1 Joseph Duveen，英國藝術經銷商，與其兄亨利．杜文（Henry Duveen）共同創立了杜文兄弟（Duveen Brothers）公司。

疊疊的鮮紅色裝飾輕笑一樣。然而，儘管我期望有他的陪伴，但已經不再需要他的存在及護送。我現在有自己的熟人圈子，可以也必須跟他們打交道。我自己的敵人，摩根先生喜歡這樣稱呼他們。

亞徹．杭亭頓[2]和他母親雅拉貝拉[3]朝我揮手，我繞著舞池外圍走到開闢西部鐵路的美國實業家柯里斯．杭亭頓富有迷人的遺孀身邊。經過之處，所有人都向我投以注目禮並交頭接耳。這些賓客以為我沒看到也聽不見，但其實不可能感覺不到他們的好奇甚至是輕蔑。兩年前，我會為此回頭或好奇他們有何疑惑：是針對我灰暗的膚色，還是怪異的衣服？

今晚我還是有此感受，但一點都不在意。有了泰迪的雜誌做為參考，再加上我漸漸培養起的時尚品味，還有增加的薪水帶來的可觀治裝預算，我以自己獨特的時尚感和這群孔雀爭奇鬥豔。至於膚色問題，在那次被摩根先生嚇到之後，現在我更肯定祕密是安全的。他相信我是白人，我便不在乎其他人的猜想了。沒有人敢冒著激怒摩根先生的風險說出自己的懷疑。只有安妮敢挑戰他的意見，但最近也沒有再聽到她的臆測了。畢竟，她和我一樣是個身懷祕密的女人，應該要小心丟擲石頭。

「貝兒，你最近好嗎？」走近杭亭頓夫人和亞徹時，她向我問候。杭亭頓夫人有時也被稱作美國最富有的女人，是位狂熱的繪畫、古物、珍本和珠寶收藏家。我經常在拍賣會和她的代理人激烈競爭，但仍設法在社交場合擺脫那種好鬥的氣氛。

很少有人能跟這位年屆中年仍美麗如昔的人一樣了解藝術。我很喜歡和她聊藝術圈的八卦，我們也很尊重彼此。

「你能相信眼前這誇張的緋紅盛宴嗎？」她嘲弄道。這樣的鄙視很是奇妙，因為她身上那件絲帶禮服帶有各種不同色調的紅，勝過在場所有人，且從她的雙耳、頸項到腰部，全都覆滿了紅寶石。她的兒子就更不用說了，穿了一套深紅色西裝。「在我那個年代，根本不需要這樣顯擺。不需要透過排場了解其他人的價值。」

「或者透過牆上和架上的繪畫。」我補充。

「正是如此，」她堅決地點頭同意，「你的摩根先生明白這點。」

「確實。」

她將話題轉往一則晚宴主人和他兄弟亨利的八卦，他們倆是杜文兄弟的合夥人，是有權勢又雄心勃勃的藝術經銷商，在紐約、倫敦和巴黎都有分部。謠言在女士的下午茶時間流傳開來，指稱杜文兄弟疑似把一件贗品賣給杭亭頓夫人認識的寡婦。

當我分享繼續和杜文兄弟做生意的計畫，但表明必須小心避免可能的詐欺時，貝倫森先生出現在視線中。他正專心和喬瑟夫・杜文本人談話。

直到現在，我才意識到自己打從一進門就在找他，希望他也是座上賓。他看起來和在皮爾龐特・摩根圖書館短暫會面時不太一樣。現在的他看上去是位既熟悉又聰明的藝術愛好者與收藏家，但接近摩根先生時不知何故感覺較爲生疏。在這裡，他閃動明亮的光芒，即使身處一片紅海也顯得與眾不同。他獨自一人穿著傳統黑白晚宴西服，只用一塊紅色絲綢呼應今晚的主題。他不是屋裡最挺拔或最英俊的，但具有某些迷人的特質。會有這樣的感受，是不是因爲我整段童年時光都有他的藝術書籍陪伴，裡頭的文字都如此有說服力地躍然於紙上？

我將注意力轉回杭亭頓夫人身上，但仍用餘光瞥向貝倫森先生。他和杜文先生站得很近，幾乎是在對方臉上比劃交談。貝倫森太太靠得非常近，專心聆聽對話時幾乎碰到了兩位男士。

打從和貝倫森先生初次見面起，我就對他充滿好奇，這幾天我也發現了一些有關這對夫妻的事。

2 Archer Huntington，美國藝術文化學者暨慈善家、鐵路大亨柯里斯・杭亭頓（Collis Huntington）養子，其妻為知名雕塑家安娜・海亞特（Anna Vaughn Hyatt）。

3 Arabella Huntington，美國慈善家暨收藏家、鐵路大亨杭亭頓之妻，一生愛好藝術和古董收藏，尤其鍾愛古典大師、中世紀及文藝復興宗教畫，以及法王路易十四、十五時期的家飾。

自從貝倫森太太第一任丈夫去世後，他們已經結婚八年，雖然她和前夫分居多年，但有傳言說分居的這段期間她一直和貝倫森先生有染，感覺挺有意思的。她只有兩個女兒，都是和前夫法蘭克．柯斯特洛[4]所生。我也發現貝倫森先生是一位來自波士頓上流階層、畢業自哈佛的審美家，並非摩根先生所說的猶太人，並且是羅馬天主教徒。

杭亭頓夫人打斷我的思緒。「要去享用紅色大餐嗎？」她問道，眼裡夾雜著一絲不以爲然和好奇心。和平常一樣，他兒子只是安靜地點頭。

我們遠離貝倫森和杜文夫婦，前往足以坐下四十人的胡桃木大餐桌。眼前是一頓豐盛饗宴。然而，我不知道該怎麼選，因爲菜餚之間難以區分，即使外形不同也一樣。桌上的肉類、麵包、蔬菜和水果，全被染成了紅色。

聽著杭亭頓夫人猜測每一道食物的眞實身分時，我並非看到，而是感覺到有人靠近我。一陣顫慄穿透全身，轉身確認前，我就知道來者是誰了。

「眞高興這麼快就再次見到你，格林小姐。」貝倫森先生說。

他的雙眼閃閃發亮，就像是一幅浮雕般的灰色裝飾畫[5]，對我產生非比尋常的影響，使我深受吸引。我花了一些時間才移開目光，盡可能平淡地說道：「我也很高興見到您，貝倫森先生。」

他鞠躬時，我端詳著他。他一絲不苟的晚宴服和精心打扮的貴族樣貌，完美襯托了那雙慧黠的眼眸，我發現這樣的差異很是獨特。以我有限的經驗來看，貴族紳士很少具備強烈的好奇心。他們疲軟的生活削弱了追求學術的天性。出自名門望族的摩根先生是個例外，或許貝倫森先生也是。

「你今晚很美，禮服的剪裁很特殊，簡單但搶眼。」他這麼說。身爲一名男性，對服裝有如此敏銳的觀察實屬特別。話雖如此，我想伯納德．貝倫森先生本就是以獨到的眼光聞名。

多位男士都出言讚賞，但沒有一位令我這樣臉紅。「謝謝您。」

「很高興之前能在你所屬的地方——」他又補上這句，「皮爾龐特．摩根圖書館，見到你。」他露出笑容，且我敢說他正在與我調情，彷彿自己還是個單身漢。但他是名已婚男子，妻子就在這個房間內，所以我不確定該如何解讀他的言行。即使是我所見過最好色的上流社會男子也會遵守不成文的規定，在妻子面前舉止得體。

「我不曉得您今天會過來。當然了，還有您的太太。」我一邊說一邊離開了用餐區，和杭亭頓夫人及她的兒子道別。貝倫森先生跟上腳步，我們並肩站著。

他點點頭。「我明白。在美國時我們想盡可能多參觀幾個地方，這個國家擁有許多值得一見的事物，比方說這場單一色調的瘋狂慶典。我知道很多位文藝復興藝術家會欣賞這樣的場面——其中之一便是桑德羅．波提切利[6]。他很喜愛飽滿的暗紅色。」他似乎想起了什麼而露出笑容，接著又問道：「你看過他用在〈春〉這幅畫的上等紅色顏料嗎？」

他的笑容溫暖又真摯。想到文藝復興時期的傳奇大師桑德羅．波提切利在這個房間裡漫步、凝視著眼前一片通紅的畫面，我忍不住笑了。但我還來不及回答，說我從沒親眼見過名聞遐邇的波提切利的畫作——或者告解說我沒去過義大利——貝倫森先生就換了一個話題。「皮爾龐特．摩根圖書館的手稿收藏令人印象深刻。」

「很榮幸能接續推行摩根先生開創的事業。」我說了符合社會期待的敬重話語，但卻心口不一。我知道我爲圖書館館藏帶來的價值。

「你太謙虛了。我知道在你成爲你老闆的私人圖書館員之前，他一直都以雜亂無章的方式蒐集手

4 Frank Costelloe（全名 Benjamin Francis Conn Costelloe），愛爾蘭律師、政治改革家。

5 grisaille，灰色調的單色繪畫，多具備浮雕或雕塑般的立體感，常見於教堂玻璃窗，亦可作為油畫或雕塑的底稿。

6 Sandro Botticelli，義大利文藝復興時期佛羅倫斯畫派畫家，為梅第奇家族繪製多幅作品，代表作為〈維納斯的誕生〉（*The Birth of Venus*）、〈春〉（*Primavera*）。

稿——這裡一本《古騰堡聖經》，那裡一本普通的伊莉莎白・巴雷特・白朗寧[7]著作。你已經一頭栽進去，將迥然相異的典籍擴張成了令人敬畏的館藏，擁有和頂尖博物館並駕齊驅的實力。」他點頭，彷彿這番話已成事實。「這才是最令人欽佩的，格林小姐。」

我的雙頰肯定和圍繞著會場的一室禮服一樣紅，這番讚賞和平常聽到的溢美之詞截然不同，聽得我臉頰發燙。伯納德・貝倫森重新點燃了當今收藏家和博物館對義大利文藝復興時期藝術品的興趣。他的品評是高度讚揚。

「希望我有公平對待受我照顧的每個寶藏。」

他咯咯笑。「在我面前不需要無謂的謙虛，格林小姐。身爲圖書館員，你做的不僅僅是公平對待所有買來與繼承來的典籍。你集結了它們，讓它們得以成爲一則連貫的故事，講述了書面文字的重要性——買下卡克斯頓尤其是壯舉。回想我小時候待在波士頓公共圖書館，驚嘆於裡頭的數千本藏書，想像著這些書本將如何改變我的人生時，我知道如果沒有像卡克斯頓這樣的印刷商人將文字傳播給大眾，這一切都不可能實現。摩根藏書——在你的照料之下——將娓娓道來這個故事。」

我因他深刻理解我想達成的目標感動不已，尤其，此時此刻，他的話語、口吻和傳達出的訊息像極了父親。我從未聽過任何人如此清楚地表達出對我的工作的理解，連摩根先生都沒有，我感覺自己**被看見了**。貝倫森先生的讚美傳達出的情感淡化了對我雇主的隱晦批判，但我覺得他說這話有點奇怪，因爲贏得摩根先生的青睞對他有益無害。

他對我點頭以示讚賞，接著用低沉的嗓音輕聲說道：「有你在身邊是摩根先生的好運。但當你將藏書變成學術傑作時——這些傑作的重要內容不僅供專家使用，也將傳遞給大眾，假設館藏對一般人開放的話——千萬要確保他不會妨礙到你。我不希望他用書本阻礙你，就像他用繪畫阻攔你一樣。」

無論貝倫森先生如何奉承，我再也無法忽略對摩根先生的批評。太明目張膽了。過去幾個月，我和摩根先生的關係更加緊密，無法容忍他受到任何形式的譴責。畢竟我是圖書館的守護者，換言之，我必須保護**他**。「這是什麼意思，貝倫森先生？」我的語氣如冰塊般堅硬又冰冷，因他的讚美而生的緋紅色澤也從臉上消失了。

他注意到我的反應，隨即說道：「我無意冒犯。圖書館裡確實藏有傑作。」

「沒錯，確實有。弗朗西斯科・法蘭西亞[8]〈聖母與聖嬰〉的光亮不容忽視。」

「千真萬確。但普拉托韋基奧[9]的〈聖母子〉呢？那樣的透視法並不如其他文藝復興的繪畫專業。你可以透過雙眼，確保圖書館內的藝術品和摩根先生文藝復興風格的牆壁與裝飾相呼應。我很希望能在那些紅牆上看見佩魯吉諾[10]或波提切利的作品，這等品質的畫作才配得上你蒐集的書本。你應該被相稱的藝術品環繞，如此才配得上你的才華，」他停頓了下，「還有你的美貌。」

貝倫森先生這番直白的言論令我震驚——藝術界人士大多以恭敬的語氣談論摩根先生。由於貝倫森先生的工作主要是提供收藏建議給富有的收藏家，所以我認爲他有必要和摩根先生打好關係，但這番有關摩根圖書館的評論唯獨吹捧我一人。難道他想藉由重視我的專業來討好摩根先生嗎？或者鑒於他和嘉納夫人的合作關係，認爲自己和摩根先生不會有合作機會，因此轉而徵求我的支持？不管貝倫森先生動機爲何，他對圖書館畫作收藏的看法是正確的——即使我未曾承認這點——而我確實發現自

7 Elizabeth Barrett Browning，英國維多利亞時代作家，被公認為英國最偉大詩人之一，著有詩集《葡萄牙十四行詩》（*Sonnets from the Portuguese*）。

8 Francesco Francia，義大利文藝復興時期畫家、金匠暨獎章設計師、拉斐爾好友。〈聖母與聖嬰〉（*Madonna and Child*）作於一五〇〇至一五一〇年間，以甜美和諧的色彩及展現宗教虔誠為特徵。

9 Pratovecchio，義大利文藝復興時期畫家。〈聖母子〉（*Virgin and Child*）作於一四五〇至一四七五年間，使用線性（linear）及前縮（foreshortening）透視技法。

10 Pietro Perugino，義大利文藝復興時期翁布里亞畫派（Umbria）畫家、拉斐爾的老師。

己與他的諸多想法不謀而合。不知怎的，在他面前我感覺充滿活力，彷彿沒有不可能的事。

他繼續道：「我很期待有機會帶你遊覽義大利鄉村，帶你**現場**看看文藝復興時期的傑作……」

這時貝倫森夫人出現了，就在我開始想像自己身在義大利鄉村、挽著她丈夫的手之時。她有著長下巴的臉表現出毫不掩飾的急切，似乎很開心能見到我，使我對剛才想像到的畫面感到十分慚愧。她穿著一件剪裁優雅的櫻桃紅禮服。這是一襲高領、長袖的端莊服飾，肯定能獲得媽媽的讚賞。

「能在一週之內見到兩次面眞是太棒了，格林小姐。」她的腰部粗壯且聲音宏亮，和她骨瘦如柴的丈夫形成強烈對比。

我露出殷勤的微笑。「是呀，眞是太棒了。我聽摩根小姐說，您在殖民地俱樂部的佛羅倫斯繪畫講座非常精采。她非常欽佩。」

事實上，我沒有直接從安妮那邊聽到相關消息。在圖書館，她表現得好像我是個隱形人；其實，就在昨天，她人就站在我旁邊，卻只對摩根先生說話。儘管如此，我還是能聽見她的消息，知道她很欣賞貝倫森夫人，甚至推測是貝倫森夫人寫了那些著名的藝術書籍，而不是她丈夫。

「過獎了。」她的雙頰泛起一片紅暈。「看來這是紐約人一貫的待客之道，我們永遠心存感激。伯納德和我來自波士頓，現居義大利，從沒想過會受到這樣的待遇。看來我們倆現在挺受歡迎的。」

我舉起先前從侍者手中接過的勃艮第紅酒。「敬此時此刻。」我們碰杯，笑容滿面且熱情洋溢。

輕啜一口後，貝倫森太太說道：「我們很榮幸從摩根先生手中獲得他的館藏目錄。」

我很驚訝他送了一份目錄給貝倫森夫婦。館藏目錄記載了手稿和藝術品的詳細資訊，包括出處與部分複製品的細節，而一如所有著名收藏家希望保密藏品細節的作風，這份目錄受到高度追捧且很少分發出去。「他顯然很重視您的意見及才學。」我這麼回答，並沒有表現出驚訝的樣子。

「他也很重視你，我知道原因。」貝倫森先生說。

我必須將目光放在貝倫森夫人身上，因爲她丈夫的話語和凝視令我不安。我這麼回答：「我一直在努力向他證明我的價值。」

「我們希望能盡力提供協助，也好向摩根先生和你證明**我們**的價值。」他說。

「我會向摩根先生推薦二位。」我朝貝倫森夫婦點頭。他們說起摩根先生的方式完全不同，令人好奇他們是否抱持相同的觀點。

「那就太好了。」貝倫森夫人笑著說，接著改變了話題。「下週會在萊迪格夫人主辦的晚宴上見到你嗎？」

「應該不會，有工作在身。」我這麼說，但其實和工作沒有關係。

麗塔・德阿科斯塔・萊迪格（Rita de Acosta Lydig）嫁給了一位銀行家暨華爾街經紀人，雖然她的雙親來自西班牙，但她一直住在紐約市。這一事實再加上她那「異國情調之美」，可能會使她遭到上流社交圈排擠，除非她擁有的是西班牙貴族的血統。雖然每次都會受邀，但我盡可能避開萊迪格夫人，也永遠不會參加她舉辦的活動。我單純沒辦法站在她身邊然後對我們之間的相似之處——相似的姓氏、較黝黑的膚色——進行進一步的探索。我無法說出我與貴族的關聯，也無法爲那些對我的身世感到好奇的人提供更多訊息。

「這樣啊。」她點點頭表示同情與理解。「摩根先生肯定不是個好相處的老闆，一定占用你很多時間。」

我的反應就跟聽到貝倫森先生如何評論摩根先生一樣，對其中隱晦的譴責感到憤怒。「能爲摩根先生工作是我的榮幸。我很樂意完成他提出的要求。」

發現自己說錯話後，貝倫森夫人臉色發白。「噢，我的意思是……」她開始解釋，但還來不及說完就被一位身穿鮮紅色禮服的女士打岔。

「不好意思。」她看著我們三人，然後將目光放在伯納德身上。「您介意我占用您太太幾分鐘的時間嗎？有個人必須介紹給瑪麗認識。」

貝倫森夫人被拉走後，就剩下我和她丈夫兩個人了。我還沒想好該說些什麼——是否要繼續他妻子加入之前那段重要的談話——他就笑著朝我伸出手臂說：「要不要在房裡走一走，像摩西一樣將紅海分開呢？」

聽到這句話我笑了，於是放下玻璃杯挽著他的手。當我伸手穿過他的臂膀時，感覺一股電流竄過全身。

「你有發現所有人都在看你嗎？你就和你買的那些藝術品一樣引人注目。」不管是不是故意的，他的雙唇確實離我的耳朵非常近，近到能感受到他溫熱的氣息。我轉向他後發現，由於身高的關係，我們的臉靠得非常近、非常親密。

我已經學會如何輕鬆調情，然而面對這個人，我的情感和理智不允許我像往常一樣開玩笑。也許是因爲這是我第一次感到被理解？在他面前我彷彿赤身裸體，失去平時出席這種場合的機智和風趣作爲盔甲。我不允許自己退開，但試圖奪回這次親密交流的主導權，將其引導回往常的軌道上。「我很確定他們是在看你，不是我。你來自義大利，對這些保守人士來說很是新奇。在波士頓有這樣的派對嗎？義大利呢？」

他笑了，不確定是針對我轉移話題，還是針對我眞正的問題。「沒有。波士頓的社交聚會是很嚴肅的場合，就連在我的客戶伊莎貝拉·史都華·嘉納豪華的屋子裡也不例外。至於義大利，這個嘛，它的傳統和儀式涵蓋了悠久的歷史，很難有這樣的活動。」

將對話轉移到較安全的主題使我平靜多了。「你覺得如何？」我問道，預設他挑剔的品味和敏銳的眼光能看出粗俗紅海中的生命力。

他的眼光在周圍的紅色浪潮中游移了一下。「我挺喜歡的。整齊劃一的紅光中有種奔放的感覺，你不覺得嗎？要是我們全都是同一種顏色，那該有多自由啊？」

我的氣息停滯在胸口。爲什麼他會將這些和膚色聯想在一起？他知道我的事嗎？他的目光放回我身上，我們停下了腳步。他解釋道：「我是說，並非所有人都有一樣的經濟狀況和貴族血統，但在這個被紅色淹沒的地方，我們全都一樣。這場派對促成了平等。」他的語氣透出滿滿的渴望。「正因如此，我很喜歡。」

我們繼續移動腳步，手臂仍舊纏繞在一起。我很好奇他說的那句「促成平等」講述了關於他的什麼故事。他提到待在波士頓公共圖書館的孩提時期——顯然家庭經濟狀況不佳——或許是因爲他出生時的財務狀況，這樣的奢華帶給他一種被劫掠的感覺。我完全理解這種身爲局外人的感受。

雖然不太確定該如何回應，但我必須謹言愼行，避免透露出太多訊息。我選了一個無害的應答方式。「每天面對巨額財富也很累人吧。」

「是呀，」他說，目光直視著我，「但此時此刻，在這裡的我們是平等的。」

儘管周圍充斥著音樂和交談聲，我們卻沉默不語。我不知道他在想什麼，但我唯一的想法是：我必須要了解這個人。

18

一九〇九年三月二十四日
紐約州，紐約市

「貝兒！」我從辦公桌後抬起頭，看見摩根先生站在辦公室門口。「今天晚上有計畫嗎？」

每次摩根先生這麼問我時，我總會露出一抹微笑。他人在紐約時一週至少會問一次。事實上這是個命令句，在他忘記某個活動，或者該活動影響到他和情婦的約會時，我便得代替他出席。

「需要去哪裡呢，摩根先生？」

「歌劇院。」

「需要我討好哪位經銷商還是收藏家呢？」這些活動通常是爲了得到有關經銷商即將推出的產品或者收藏家未來規劃的資訊。

「瑞秋·柯斯特洛。」我認得這名字，看到我的笑容褪去，摩根先生皺起雙眉。「有什麼問題嗎？」

「沒有，只是有點意外。我以爲您是要我見和圖書館有關係的人。」

「是啊。你知道她是誰嗎？」

我不確定該如何在不透露太多的同時回答問題，所以只是簡單說了句：「我沒有見過她。」

「安妮今晚本來要跟她一起聽歌劇，畢竟她認識柯斯特洛小姐。但她跟我說殖民地俱樂部有件重要的事。」他在空中揮舞著手，好像很生氣的樣子，彷彿女兒的安排根本不重要。

「所以您希望我參加？」

「對，柯斯特洛小姐是伯納德．貝倫森的繼女，我需要一些資訊。」我知道她是誰，只是不想承認而已。我怕這麼做會被人發現我對伯納德的迷戀。他繼續道：「我想要你去打聽一下，看她知不知道她繼父的客戶伊莎貝拉．史都華．嘉納接下來的收購計畫。」

噢，都是爲了競爭。摩根先生要確保自己的私人藝術收藏無可匹敵。

奇怪的是，摩根先生給了我機會，讓我更加認識過去三個月來我一直圍繞著的人。不論是在戴莫尼科[1]的私人晚宴、百老匯演出《李爾王》[2]的中場休息，或者大都會藝術博物館的哈德遜－富爾頓荷蘭藝術展[3]期間，伯納德．貝倫森和我都在偷瞄彼此且暗自微笑。對旁觀者來說，這些不過都是過去幾年來我找機會和藝術圈男士調情的小事。調情是我的手段，對任何人來說都沒有意義或結果——除了這一次，對我來說不一樣。

每次見到貝倫森先生，我都無法合理化自身的慾望。他不僅比我年長二十歲，還是個已婚男性，在所有逢場作戲的經驗中，我絕不會挑逗這樣的人。然而，我渴望能和他共有更多相處時間。

難道我是被他高深莫測的氣質給吸引住了嗎？還是我被這種各自懷著祕密，在一個不屬於我們的

---

1 Delmonico's，美式牛排餐廳，紐約最著名的餐廳之一，首創私人包廂等服務，被視為美國高級餐廳的濫觴。

2 *King Lear*，莎士比亞四大悲劇之一，講述李爾王將國家分給逢迎諂媚的長女和次女後引發的悲劇。

3 哈德遜－富爾頓慶典（Hudson-Fulton Celebration）系列活動的一部分。為慶祝哈德遜河發現三百週年、商用明輪船啟用一百週年，紐約舉行了盛大的慶祝活動，歌頌該城市的發展並彰顯其世界城市的地位。

世界裡暗中行事卻毫無破綻的感覺吸引了？同在一個充滿偏執和種族主義的世界。我沒有機會追尋答案，他因爲工作的關係需要離開紐約幾週——去波士頓、普洛敦維斯和費城——去爲彼得．威德納（Peter Widener）典藏等受人尊敬的收藏品提供諮詢。我正在等他，還有他承諾過的「特別的夜晚」。

在演出《塞維亞的理髮師》[4]的大都會歌劇院大廳和柯斯特洛小姐——或瑞秋，她要我這樣稱呼她——會面的幾分鐘內，我就明白她完全不了解繼父的生意。儘管如此，二十一歲的瑞秋仍舊十分迷人，對婦女參政運動充滿了熱忱。中場休息時，她談及女性運動倡議者的成就，一如她們爲了投票權爭鬥。她清楚表明支持這項運動，並說了一番令我很高興的話。「貝兒，若你能和我一起參加其中一場會議那就太棒了。你會大受鼓舞的。」

「我不確定。說來慚愧，我對這項運動所知甚少。」

「沒關係的，這場運動對你很是了解。」

這話嚇到我了。「眞的嗎？我？」

「我不明白你爲什麼這麼訝異。這不僅僅是爲了投票權而戰。我們怎麼能不了解你呢？你出現在城市中的各個角落，參加舞會和晚宴，同時也參與了藝術圈中嚴肅的業務。你正過著我們爲之奮鬥的平等生活。無論是像你一樣，在工作中自由，還是像我母親一樣，在私人生活中自由，你們都選擇不遵循傳統，不受到婚姻約束。」

「什麼意思？」我脫口這麼問道。

「我母親是位走在時代前端的女性。」瑞秋解釋道。「她擁有積極進取的工作態度——和伯納德一起開展計畫——也對人際關係抱持著前衛的觀點。她和伯納德彼此相愛，但各自保有追尋其他戀情的自由。她不相信人們應該受制於先入爲主的觀念和期待。他們的婚姻很新潮，不是嗎？」她笑著問我。

燈光閃動，是時候回座了，這讓我鬆了一口氣。我需要獨自思考的時間。歌劇表演來到尾聲時，我想到了瑞秋那番話對我的意義。

我從未眞正將結婚納入考量。我一直都明白，由於血統的緣故，傳統的情感關係對我來說不太可能實現。不只是因爲家人對我的經濟依賴，也因爲婚姻意味著擁有小孩，那是我不能冒險的事。沒有手足那樣白皙的膚色，我永遠不能冒險生下一個膚色可能會揭穿我的謊言的孩子。

或許伯納德獨特的婚姻允許我去體驗這個我渴望了解更多的男人，而他也不會心懷超出我的能力所及的奢望。難道我不配和其他女人一樣擁有相同情感和熱烈的激情嗎？或許，和伯納德在一起，我能夠嚐嚐大多數女性認爲理所當然的浪漫關係。

馬車在鵝卵石上顚簸，我的神經也隨之顫動。和伯納德會面的這一刻我已經等了好幾個星期，現在時候來臨了，卻令人緊張。瑞秋的話讓我想到了過去認爲不可能的事，但是今晚，所有的猜測都可能成爲現實。我準備好了嗎？

踏出馬車後，我撫平被風吹亂的頭髮和翡翠綠羊毛裙，而後踏入大都會藝術博物館的大廳。今天我沒有留意入口處美麗宏偉的古典藝術。通常我會受那高聳的石灰岩穹頂和拱門吸引，同時爲空間之廣闊感到迷茫。兩百萬平方英尺的空間怎麼能看起來這麼友好又熱情呢？然而，今天我只是焦急地找尋伯納德。

4 *Il barbiere di Siviglia*，義大利歌劇作曲家羅西尼（Gioacchino Rossini）的兩幕喜劇，改編自法國劇作家博馬舍（Beaumarchais）劇本，描述年輕伯爵追求一位少女的浪漫故事。

零星幾位參觀者在離開前戴妥帽子，但伯納德不在其中。我搞錯時間了嗎？我們的遊覽計畫安排在閉館後，這是一場私人參訪，要去看看博物館近期購買的雕塑作品。

「格林小姐，格林小姐！」

我在原地打轉，直到看見熟悉的臉龐出現，這張無瑕的圓臉上蓄著獨特的捲曲小鬍子。「您在這呀，格林小姐。很高興再次見到您。」他沒有自我介紹就伸出手。

我知道我們有見過面，但想不起來。「我也很高興見到您。」我這麼說，和他握手時頓時想起來了——強森先生。

「若您願意的話，請隨我來，格林小姐。貝倫森先生和我們的希臘雕像正等候著。」他說，穿過逐漸稀疏的人群。

起初，強森先生快速閃躲並穿過人潮，我幾乎跟不上。我們留下那些徘徊不去的遊客，沿著懷藏古希臘和古羅馬藝術品的黑暗大廳前進。他繼續帶領我走過錯綜複雜的長廊，在這裡我看見一具我很熟悉的羅馬石棺。這具石棺可以追溯至西元前一世紀到西元後一世紀的羅馬時代，其色彩繽紛的木質表面在廳內多是大理石和雪花石膏製成的物品中脫穎而出。吸引我的不只是石棺亮麗的色彩，還有棺蓋上寫實的肖像。這種被稱為「法尤姆肖像」（Fayum portrait）的作品是一種罕見的古代藝術類型，描繪了所在時空人民的眞實樣貌——深色皮膚、黑色捲髮、深棕色眼睛——同時挑戰了古希臘和古羅馬人為金髮碧眼的普遍觀念。參觀大都會藝術博物館時，我和爸爸特別喜歡法尤姆肖像。只有在這裡才能見到與我們相像的人。

「格林小姐。」強森先生出言打斷了我的沉思，我趕緊追上腳步。突然間我們徑直走入主廳旁的小房間，經過幾個裝著古代珠寶和陶器的玻璃櫃，然後來到一扇隱藏在牆上織物後方的門旁。

「就快到了，格林小姐。」強森先生回頭，臉上掛著笑容。

最後，他帶我進到一個房間，像是踏進了另一個世界。我們不再身處經過精心規劃、完美陳列著珍貴文物和藝術品的展示廳，而是站在一個擺滿木箱、雜亂而寬敞的儲藏室內。我們彷彿走入百老匯戲劇的布幕後方，進到雜亂無章的後台，雖然過程中的幻想消失了，但得以了解魔法是如何創造的。

伯納德就在那裡，在房間中央，抬頭凝視著一尊搶眼的白色石膏男性軀幹雕塑。在我眼裡，他就和藝術品一樣超凡脫俗。他聽到腳步聲後轉向我，朝我燦爛一笑。

「啊，格林小姐，眞高興你能加入我們。」

「很高興受到邀請，貝倫森先生。」我回應，忍不住咧嘴露出大大的笑容。只要一見到他，我就滿心歡喜。

大都會藝術博物館的內室僅限專業人士使用，通常是學術用途。伯納德一得知我對這尊新雕像很感興趣，就特別請強森先生幫忙。他知道對我而言，能夠一窺最喜愛博物館的幕後空間，遠比奢華的禮物或晚餐約會浪漫多了。

「請到這邊。」強森先生說，同時站到雕像前方。「讓我爲兩位介紹我們希臘雕塑收藏中的最新作品。」這只是一尊小男孩的軀幹，但那胸膛充滿力量，引人注目。

強森先生開始講解。「看看軀幹轉動的方式。可以看見這裡有殘餘的箭矢——」他指著右側肩膀，「這說明他正受到追捕、正在逃離危險。我們相信這尊雕塑是妮奧比[5]的皇室血脈。若您還記得神話故事的話，妮奧比吹噓自己是位好母親，因爲她比萊托[6]生更多孩子。憤怒的萊托於是派出她的孩子阿波羅和阿特米絲進行報復，殺了妮奧比的孩子們。兩位肯定知道，古代有很多描繪妮奧比的孩子們逃離阿波羅和阿特米絲致命之箭的雕塑。古人想告訴大家，傲慢可能是致命的原罪。」他淺淺一

5 Niobe，希臘神話人物，底比斯（Thebes）王后，育有十四個孩子。

6 Leto，希臘神話女神，與宙斯（Zeus）生下太陽神阿波羅（Apollo）和月亮女神阿特米絲（Artemis）。

笑。

「這是現代人也能借鑑的一課。」我這麼說。

男士們笑了，我接著問：「這是什麼年代的雕塑？」

「我們推測是源於西元前四百二十五年至四百年的希臘某處。」

伯納德和我繞著雕塑行走，一邊瞥向彼此。「眞的很美。尤其是雕刻軀幹動態的工藝。」我如此評論，但伯納德——這位著名的藝術學者兼評論家，以富有洞察力、偶爾辛辣的言論而聞名——出奇地安靜。

「我認爲您對主題的理解是正確的，強森先生，」他終於開口：「這有可能是妮奧比的小孩。」他停頓一下，一指抵在抿起的嘴唇上。「但您確定這是源於希臘的正品嗎？不是羅馬的複製品？」

強森先生嘴裡發出一陣奇怪的咯咯聲，介於笑聲和哭聲之間。「我想我們能從這裡的羅馬雕塑中辨別出希臘人，貝倫森先生。」

我退後看著伯納德。他的問題並非不合理。倖存下來的希臘雕塑很少，但古羅馬的複製品就不一樣了。

伯納德走近雕像，彎腰平視我已注意到的三條奇怪裂痕。「你有看到這些位在軀幹下半部的淺切口嗎？還有到處都是的鑿痕？」

一開始強森先生拒絕走近，只是交疊雙臂。沉默良久後，他才勉強接受意見。

「那些是鑿刻工具的痕跡，一直到西元一世紀才開始出現於羅馬。」伯納德的語氣並未夾雜任何勝利的跡象。糾正這座雕像的來源好像令他很痛苦，但他知道必須這麼做。

強森先生雙頰發紅。「我相信您在文藝復興藝術領域的專業，貝倫森先生，」他惱怒地說道，「那很難幫助您成爲鑑別古文物年份的專家。」

我不願意孤立大都會藝術博物館策展人，但又不能坐視他羞辱伯納德。「強森先生，」我開口，

「您肯定知道，文藝復興時期的藝術品重現了古典設計和藝術品。爲了成爲這個領域的專家，貝倫森先生必須要專精於希臘與羅馬古文物，而有鑑於他住在義大利，我想他正是在當地研究希臘與羅馬藝術。」

「我花了大把時間在義大利的教堂裡，在那裡我有機會細看教堂再次擺放出來的雕塑。」最後那句話令強森先生的雙頰失去血色，他垂下肩膀，臉色如生病一般蒼白。現在他明白博物館在收購時犯了錯。同時，考量到伯納德的觀察和他的專業地位，博物館這個最新的寶藏短時間內將不會出現在大眾面前。

離開博物館時，太陽已西沉，將建築物的石灰岩外牆染成一片金粉色。走出大都會藝術博物館悶熱的儲藏室後，三月的空氣顯得清新怡人。和伯納德一起踏上第五大道的人行道時，我深吸一口氣。街上擠滿了馬車，車上載著結束一天工作、準備回家的紳士，還有出門享受夜間娛樂的閒步情侶。起初，馬蹄聲和路人的低語免除了對話的必要。

我在沉默之中拉妥身上的大衣。伯納德開口：「你眞是個護衛，格林小姐。雖然我很欣賞你的努力，但我想沒有你，我也能保衛自己的名譽。」他笑著對我說，牙齒在昏暗的燈光下閃閃發亮。

我報以微笑。「我從不拐彎抹角，也無法容忍傻瓜，貝倫森先生。」

「我發現了。我還發現你一直稱呼我貝倫森先生，我應該早已請你叫我伯納德才對。」

我流暢地應對：「我也發現你一再承諾會叫我貝兒，卻繼續喊我格林小姐。」

他宏亮的笑聲使我的內心流過一陣暖意。「說得好啊，貝兒。」他笑著說。「來訂個協議如何？有其他人在場時，我們就用社會接受度比較高的小姐和先生。但是，若只有我們倆，就直呼對方的名字。」他暫停了下，彷彿想確定我確實聽到接下來的話。「而我眞心希望我們有很多獨處的時刻，貝兒。」

我點頭，感到一陣狂喜。我以爲之前就已經知道他的想法了，但現在我更加篤定。然而，一陣悲傷突然襲來。因爲我非常確定，若我告訴他自己眞正的名字，他肯定不願意屈尊與我交談。著名的藝術專家暨評論家伯納德・貝倫森，絕不會在紐約街頭和一個黑人女孩並肩笑談藝術。

但當他一看向我，悲傷頓時消散，直到他說：「我要離開了。」

離開？又要離開？什麼意思？回去義大利嗎？我滿腹疑惑，但不敢問出口。相反地，我靜靜站著聆聽這個城市的喧鬧聲，試圖從盤旋於腦海的思緒中梳理出一個單一的想法。

「我要回義大利了。」在我想到方法鼓起勇氣開口之前，他就解釋道。「三天後。」

我的心一沉，但我告訴自己這樣才是最好的。不僅因爲他已婚——先不提他和妻子之間令人費解的約定——我怎麼會以爲幾次調情就等於眞正的感情？更何況跳脫傳統的婚姻讓他可以和任何他想交往的人建立關係？

等馬車的時候我們站得很近，我能呼吸到他的每次鼻息，卻沒辦法看向他的雙眼。我一方面想要延長這一刻，另一方面也想要離開，帶著所有情緒遠走。伯納德挑戰了我最近才意識到、原來早在幾年前就樹立起的情感屏障，用以保護自己和家人免於建立不應該存在——不能存在——的聯繫。

「我知道時間所剩不多了，但我想見你，貝兒，在我離開之前。」我終於看向他。「我能奢求你單獨與我共進晚餐嗎？」

回答之前我心想，雖然他不會問瑪莉安・格林爾這樣的問題，但他問了貝兒・達科斯塔・格林也很令人開心。再者，雖然我知道很多年輕女性會對和已婚男子單獨吃晚餐感到驚恐，但我不是大部分的年輕女性。

「好的，伯納德，我會赴約。」

19

一九〇九年三月二十六日
紐約州，紐約市

我的手懸在空中，就在距離皮爾龐特．摩根圖書館僅幾個街區的韋伯斯特飯店套房前。縱使社會上的男人和我身邊的女人經常做出這種可恥的行爲，但這違背了我所學到的每一條社會接受度法則。我沒有足以保護家人名譽不受損害的金錢和家族背景。我有家庭責任，我的工作確保了他們的白人身分。我不能像《歡樂之家》[1]的莉莉．巴特那樣，讓自己被社會的批判摧毀。然而，我同意和伯納德見面了。

就在今天早上，當我坐在圖書館的辦公桌前時，滿腹的疑惑困擾著我。摩根先生頻繁地與我會面，以徵求我對某份手稿的意見，並要我爲棘手的信任問題提供解決方法，這些都增加了我的憂慮。

1 *The House of Mirth*，美國作家伊迪絲．華頓（Edith Wharton）的社會諷刺小說，講述女主角莉莉．巴特（Lily Bart）從上層階級流落至社會邊緣的悲慘命運。

如果沒有摩根先生，我怎麼敢夢想獲得這樣的人生地位呢？要是他發現我和一個他難以容忍的人之間有所關聯——他一定會認爲身爲他的私人圖書館員，這種關係背叛了他所應得到的感情和無微不至的關注——我一定會被解僱，而他會再找新的員工。在那封寄到圖書館給我的信送達時，我幾乎就要取消這次會面了。信封裡只有一張紙，上頭潦草地寫著「獻給貝兒」，接著是一首詩的摘錄。這紙文字動搖了我的決心。

最後，我敲響通往伯納德房間的門板。他開門時，我無法直視他的雙眼，所以一語不發地走了進去。優雅的小客廳貼著灰綠錦緞壁紙，劈啪作響的火堆前有一對相稱的靠背椅。一張雙人桌上鋪了亞麻桌巾，上頭擺放著這裡常見的毛莨和血根草花、一個銀製燭台、兩套陶瓷餐具，每套餐具都配有一份以銀色圓蓋覆蓋的餐點，還有一瓶已拔掉軟木塞的紅酒。伯納德熱情且細心地安排了這個私密空間，確保我們不受打擾。

面向火堆時，我感覺自己好年輕、如此涉世未深。接著伯納德的雙手覆上我的肩膀，一陣滿懷期待的顫慄襲來。他俐落地替我脫下大衣，接著走到一旁，將大衣掛在青銅衣架上。

然後他說了我們之間的第一句話。「我們坐下吧。」他指向餐桌。

我鬆了口氣，慶幸這個場合有人引導我，因爲我不知道這樣的場合該如何表現。當人們正在犯錯時，有可以遵循的腳本嗎？我快速甩開這個想法。我不想用卑鄙的眼光看待這件事，因爲老實說，我對他的情感正在急速升溫。

他替我拉開椅子，我顫抖著雙腿坐下，暗自希望爲今晚挑選的深藍色絲綢禮服能遮住緊張。他舉起勃艮地酒瓶時，我得深呼吸一口氣才能穩穩舉起杯子。

我喝了一大口，感覺從裡到外都溫暖起來，困擾我的緊張神經也被舒緩了。他掀開盤子上的銀色圓蓋，我們開始品嚐他點的精緻鵪鶉、扇貝佐馬鈴薯和鮮嫩蘆筍。

我突然覺得很害羞。我從未和任何男人有過身體和情感上的親密關係。

伯納德察覺到我的不安後開啓了對話。「你覺得強森先生會跟他的策展同事說雕像的年代有誤嗎？」

這合適的話題令我鬆口氣。滿臉通紅的強森跟自以爲是的策展人——他們毫無疑問請了幾位專家做鑑定——解釋這起歸因錯誤的畫面激發了我的想像力，我不禁咯咯笑了出來。伯納德也笑了，很快地我們就被打破緊張感的歡樂氣氛給包圍。

接下來是輕鬆的談話，我聽著他談論自己如何迷戀上義大利文藝復興時期的繪畫與素描。他說，這樣的愛戀並非馬上產生，而是經過時間的推移一層又一層堆疊上去的。

「先是一幅迷人的半身畫像，然後是一幅精美的畫作，最後我便徹底愛上了。」他說。「文藝復興時期豐富的藝術品，以其雕鑿出的嶄新三維空間和深刻寓意，將我從自身與身處的現實中帶往一個眞正的天才可能存在的時間和地點，那是一個和現在相似卻又不盡相同的年代。我知道我也必須帶領其他人前往。這正是我開始寫書的原因。我不認爲只有富人有特權理解這些。」他的語氣帶著懺悔。「我希望人們和我一樣……」他頓了一下才接著說完，「希望和我一樣與藝術及藝術專家連結較薄弱的人，也能接觸到這些。」再一次，他揭示了自己處在這個世界的邊緣位置。

但令我著迷不已的是他談論藝術的方式。他在誘惑我，我發現到。我允許自己被這場慢舞所吸引。首先，我傾身向他靠近，然後慢慢坐到椅子的邊緣。不久後我坐上了他的大腿，一起坐在火爐前的靠背椅上。在我感覺到他的嘴唇貼上我的雙唇前，就已聞到了他的氣息。他那令人陶醉的麝香氣味與之前用來掩蓋原有體香的古龍水不同，我因這香氣渾身發顫。當他傾身親吻我，我感到難以招架。我今年二十九歲，這是我眞正的初吻。我享受著這一刻還有體內竄起的溫熱。

突然間，他的手撫著我的背，伸進了我的髮絲中，當他的手指探往我的前胸時，我幾乎無法呼吸。但當他開始解開禮服背後成排的鈕扣時，我退開了。

「怎麼了，親愛的？」他問道，渾厚的嗓音透出了和我相同的渴望。

我的心因爲這親暱的稱呼而緊緊揪在一起，意識到自己能多麼輕易就向他投降。我要保持堅定。「我想獻身於你……」我垂下頭，「但我不敢。」

不知何故，他將我這番話視爲邀請，手指再度放上鈕扣。「若你是擔心瑪麗，那大可不必。我們有協議。」

「不是的，伯納德。」我一手放上他的胸膛，他停下動作。「我已經知道了。」

這話令他挑起一邊眉毛，我回答他未說出口的問題。「瑞秋。」

「啊。」他懂了。「然後呢，親愛的？是因爲我現在不能結婚了嗎？」

像我這種人永遠不可能結婚，我的謊言足以改變我的人生，該如何告訴他這點呢？和伯納德的這段關係，雖然彼此相繫，卻又擁有莫大自由，這樣的形式比什麼都要令人著迷。然而，我很害怕。若我要冒這個極大的風險，那必須是值得的。

最後我說：「不是的，伯納德。婚姻從來都不在我的計畫中。」我遲疑。「是因爲，和你在一起，我可能會永遠迷失。」

「這有什麼問題嗎？」

「沒有。也全是問題。」

他咕噥一聲，不是因爲沮喪，而是出於慾望。「你不會理解你對我的影響，貝兒。我要你屬於我。」

「我想要你。」我坦承道。「但我需要知道你的情感不是暫時的，若我將自己交給你，這份感情不能只是又一次的調情。」

他握住我的手，親吻我的掌心，然後用食指在掌心尚留有他嘴唇觸感的地方畫圈。這兩個動作引發的激情幾乎讓我失守。我幾乎就要傾身獻上深深的吻。

「好吧，」他說：「就等我向你證明我的忠誠吧，親愛的。你將發現我的愛戀堅定不移，到時我們再安排一場配得上這份情感的約會。」他將我拉近，親吻我的額頭、眼皮、雙頰，最後是嘴唇。我陷入了內心升起的情緒漩渦，幾乎就要隨著這熱情的浪潮漂流。

接著他在我耳邊低語：「你是我的貝兒。」

這句話令我醒了過來，然而，我知道自己已經永遠迷失了。

20

一九〇九年四月至八月
紐約州，紐約市

和伯納德共度的那一夜雖然短暫，卻喚醒了我體內的某樣東西。我不再滿足於這種充滿無止境虛假與僞造的生活。我已經擁有了眞正的連結，而我希望擁有更多。

伯納德離開了，但我們保持聯繫，我也更忠於自己。我穿上更加張揚而鮮豔的禮服，在晚宴、歌劇院和派對中大膽說出自己的想法。令人驚訝的是，一向拘謹的上流社會和藝術界名人都顯得興高采烈，我似乎大聲說出了只存在於他們內心深處的想法。

一天晚上，在眾人談論著摩根先生若是沒有出手相救、經濟災難將如何演變得更糟糕後，阿斯特家[1]派對上的幾位賓客爲失去的股票感到惋惜。

聽完他們用喝完兩杯勃艮第紅酒的時間謾罵，我在一陣笑鬧聲中這麼說道：「失去這麼多眞是太糟了。我唯一喜歡有錢人的地方就是錢。」

在本季芭蕾舞首演的中場休息時間，有一位女性老前輩將我們的古騰堡收藏評爲皮爾龐特·摩根圖書館最重要的資產，聽見後我如此反駁：「皮爾龐特·摩根圖書館最重要的資產是我。」此話引來哄堂大笑。

這樣的幽默讓我成爲紐約市的風雲人物，也是各個活動最想邀請的座上賓。然而，我知道他們都在背後議論紛紛，但我不在乎。不論是我驚人的意見、微醺時的調情，或者一條比一條昂貴的鮮豔圍巾，這些八卦能分散眾人的注意力，讓他們不再散布一個眞正要緊的謠言——我的膚色。

但這樣無所畏懼的發言並不能帶來我所追尋的親密連結。事實上，我開始覺得自己像個馬戲團表演者，爲了娛樂觀眾而表演，並期望每次都有精采的演出。上流社會想拉攏我，不是讓我擁有平等地位，而是將我視爲寵物，就像他們贊助並偶爾邀請藝術家加入一樣。

這種感覺令人不安，但我沒有停下。我用過多的酒精麻痺自己。媽媽發現了，她養成了等門的習慣，有時甚至等到午夜過後好幾個小時，等到我的姊妹和羅素都上床很久之後。

「你在做什麼，貝兒？」每次我踉蹌進入公寓時，她都會這麼問。「我很擔心你。」

我揮手趕她離開，腳步搖搖晃晃地跌坐在沙發上。「沒什麼。你知道這些都是我爲了工作需要進行的社交活動，對吧？派對、歌劇、戲劇，甚至是摩根家族私人的晚餐聚會。這不是你想要的嗎，媽媽？要我和范德比家族、卡內基家族，甚至摩根家族來往？是的，這就是成爲貝兒·達科斯塔·格林需要付出的一切。」

轉身前她狠狠瞪了我一眼，她無聲的不滿聽起來比尖叫聲還響亮。她不斷地詢問和譴責，直到我再也受不了爲止。五月的最後一個週末，我帶著一份禮物回家。

「給你們一個驚喜。」當我們圍坐在廚房餐桌吃晚餐時，我對母親和兄弟姊妹宣布。「我知道紐約的夏天有多恐怖，所以我在阿第倫達克山脈租了一間兩房的湖濱小屋，共租了八週。只是很抱歉，

1 Astor family，十九至二十世紀美國最富有的家族之一，擁有許多房產，被稱為「紐約地主」。

羅素，你因爲佛羅里達的新工作所以無法享受。」

姊妹們高興地尖叫，就連媽媽也很開心。「眞是太棒了。」媽媽說：「但你能離開這麼久嗎？」

「不行。」我回答。「這是送給你們的。圖書館有太多工作要做了。」

媽媽的臉色變得陰沉，我知道她在擔心我——一個獨自住在紐約的年輕女子。但她的擔憂被這場夏日出走的喜悅給打敗了。接下來幾週的氣氛熱情洋溢，因爲大家正在爲假期做準備，準備好要離開城市的酷熱和惡臭。但沒有人比我更高興，接下來兩個月我和媽媽相隔兩百英里，能讓我遠離她警惕的視線。

送她們出發的週日，也是羅素爲了新的工程師職位前往佛羅里達州的一天。看著他離開，我們很傷心，但也很寬慰他找到了工作。從火車站回到家後，我慶祝這份靜寂。終於獨自一人。

我馬上開始計畫接下來八週想做的事。我想要一個不只有工作和社交義務的生活。我想要伯納德在我心中激盪起的那種生活。我想要眞實的東西。

上流社會大量的社交活動在這個季節停止了，因爲菁英都逃往他們的避暑小屋和遊艇。我去了趟普林斯頓拜訪老朋友葛楚和夏洛特，度過了一個有趣但平靜、滿是過往回憶的下午，隨後靈機一動，決定聯繫兩位在哥倫比亞大學教育學院讀書時認識的朋友。

在那些年裡，卡翠娜和伊芙琳是我允許自己結交的最親近的朋友，但前往普林斯頓工作時便斷了聯繫。不到一週的時間，我就收到卡翠娜的回信，裡頭大膽的文字正是她的作風。她在信裡表達了對我的成就的喜悅，並邀我下週末在格林威治村的一間酒吧和她們碰面。我很少待在那個城區，那裡很快就被稱爲美國的波西米亞，到處都擠滿了拒絕傳統社交，嚮往非正統的紐約客。計畫和朋友碰面時，我幾乎能聽見媽媽的聲音，貝兒，邀請這些年輕女士進入你的生活，就跟邀請小偷進來家裡偷最貴重的珠寶一樣。你知道應該要把門鎖好。但媽媽猜忌的反對話語讓我更想行動了。爲這白人的聖壇，我犧牲的還不夠多嗎？

踏進位於第七街的酒吧時，卡翠娜和伊芙琳已經在等我了。我笑著望向紅髮綠眼的嬌小卡翠娜，不論身高和外觀都和旁邊黑髮藍眼的伊芙琳形成對比。我點了黑啤酒，感覺就像第一次參加范德比舞會一樣不自在。我接過伊芙琳主動遞來的香菸，納悶是否眞有任何一個地方適合自己。

酒吧裡充斥著男男女女的交談聲，我們靠得很近，額頭幾乎要碰在一起了。「說說你的教書生涯吧。」我說。

我的朋友們交換了一個眼神，然後笑了出來。「教書生涯？」她們異口同聲呼喊。

卡翠娜率先開口：「我在當地的公立學校教二年級學生，三個月就放棄了。我受不了小孩，我想爲世界帶來明顯——甚至轟動——的改變。」她小小的臉龐咧出大大的笑容，接著說道：「我現在是紐約婦女選舉權黨的員工。」

「哇。」我驚呼，不知道她認不認識瑞秋。

「而我爲了一枝畫筆放棄教小孩。」伊芙琳說。她現在天天作畫，大多是肖像畫，每個週末到格林威治村的各種展覽活動上販售。

我感到驚嘆，朋友們竟然就這樣離開了鋪在眼前的道路。「你們的父母怎麼說？」

「我父親能理解，但我母親氣壞了。她總希望我有一份合適、正當的工作。」卡翠娜聳肩。「但我要做這裡眞正渴望的事。」她一手撫在心口上。

「我也一樣。」伊芙琳接口。「我賺的錢肯定不如當教師來得多，但我很快樂。」

「你們父母的想法有改變嗎？」我問。

「這個嘛，」伊芙琳表示，「我搬出來後情況好多了。」

「我也是。」卡翠娜附和。

「你們不住在家裡？」不知道哪一件事比較令人吃驚——卡翠娜是選舉權領導者、伊芙琳是畫家，還是她們都自己住。

「是呀，我住在瑪莎華盛頓女性專用酒店[2]，就在街角處。」卡翠娜解釋。

「那是什麼？」

「你怎麼會不知道呢，貝兒？它已經開張超過五年了，這是一間住宅型飯店，最多能容納五百名商務女性。我們不只有自己的房間和不錯的用餐區域，飯店還附有自己的藥妝店、裁縫店、女性頭飾店、美甲店和報攤，全都是由女性經營。所有員工都是女人。」她嘆了一口氣。「簡直天堂。」

「我完全不知道有這個地方。」我說。

「那裡不打廣告，但在職業女性中眾所皆知。事實上，成立紐約婦女選舉權黨的城際婦女選舉權委員會總部就在我們大樓。我猜你會很喜歡瑪莎華盛頓飯店，貝兒。有那麼多志同道合的女性。」

當她解釋女權運動的工作時，我想到瑞秋，當然了，我也想到伯納德，於是我又點了一杯啤酒。卡翠娜對於這項社會運動的熱情就和瑞秋一樣，這些令人敬畏的女士都讓我留下了深刻的印象。但即使我讀過選舉權運動的相關資料，依然沒有時間或機會表達自己的立場。

卡翠娜繼續道：「希望你不會爲此感到尷尬，但和我一起生活及工作的女性之中，很多人都以你爲榜樣。」

「我聽說了，但我不明白爲什麼她們會那樣想。」

「你是當今最成功的職業女性之一，受到全世界最有權勢的人之一支持，能在藝術界自由運用數千美元的財富。而且，我猜，你沒有結婚和生兒育女的壓力。」

她的熱忱極具渲染力，我忍不住笑了。但就算她沒有那麼熱情，我也會爲她那烏托邦一般的生活條件而微笑。回到紐約後，除了和家人待在一起，我從沒想過要住在別的地方。卡翠娜的生活看起來多麼自由自在啊。

「你也住在那裡嗎，伊芙琳？」我問。

「沒有，而我確定你肯定沒聽過我住的地方。」她說。「我在哈德遜的特羅馬旅館有間房間。是全新的，但沒有瑪莎華盛頓那麼豪華……」她停頓了下，看向卡翠娜。「剛好是我需要也負擔得起的。」

「聽起來都很棒。」我認眞地說。

「很希望你能來看我的其中一場展覽。」伊芙琳表示。

「還有我的集會。」卡翠娜加入。

雖然她們很想聽聽我的世界——尤其是卡翠娜所說的「那個壞蛋摩根，以及你如何閃避他臭名昭彰的花心本性」——但我忍不住一直問有關她們的事。她們除了自己生活、工作和社交，似乎也總是自由地思考和約會，給人一種她們在社交和性別方面都比我先進許多的感覺。她們的生活聽起來是如此豐富又充滿目標，更不用說充滿她們自己選擇的男人了；且是如此大膽，而我以前也曾這麼形容過自己。

當我們手挽著手走過華盛頓廣場公園，穿越拱門朝另一間酒吧前進的時候，我想到了我們的世界之間的差異。我在這個世界上最富有的人之中扮演一位品味絕佳的藝術專家，而卡翠娜冒著一切風險，為**所有**女性帶來合法的投票權，伊芙琳則是一位眞正自由的藝術家。我在感到迷失的同時，也深受這些老友的啓發。

我發誓我們要更常見面。她們已經展示了紐約的生活可以比我現在所擁有的更加自由。或許我應該仿效她們的無畏，尤其是面對伯納德時？或者我應該運用這樣的大膽爭取更多平等權利——不只是女性投票權——不僅限於讓自己成爲有色女孩的祕密榜樣？無論如何，我正在迎接改變。

2 Martha Washington Hotel for Women，該市第一間專為女性旅客服務的酒店，酒店名來自美國首位總統夫人瑪莎·華盛頓，一九〇三年開業後九十五年間都維持專為女性服務的營業型態。

回到家已經超過午夜了，我的朋友們以自己的方式改變世界，我爲此感到活力充沛且備受鼓舞。然而，一踏入房間後，我便開始享受獨處的寂靜，伸手拿起兩封尚未拆封、來自伯納德的信。他離開後的五個月裡，和他的文字獨處的幾分鐘時間——他信守承諾每天寫信，所以有很多這樣的時刻——已經成爲一天當中最美好的時光。

我的貝兒，我最親愛、最親愛的貝兒……

我不禁停頓了下，露出微笑。伯納德的每一封信都是這樣開頭。

你對我做了什麼？我睡不著。我食不下嚥。我甚至無法從我伊塔蒂別墅牆上的藝術品找到樂趣，喬托[3]和維內奇雅諾[4]的畫作也比不上你。在這個世界上，在這段光陰中，沒有任何一個女人如你這般觸動我心，我的貝兒……

接下來他述說了有多愛我，即使我們只相處過幾次。這些話語並不過分華麗也不陳腔濫調，因爲我也抱持著相同的感情。每讀一封他的信，我都更深陷於他的魅力之中。

我也寄信給他，但礙於工作繁忙沒辦法每天寫，所以我會寫成日記，然後按時寄給他。仔細閱讀完他的信後，我拿著紙筆鑽進被子裡開始書寫。

你喜歡我那張袖珍肖像畫嗎？我知道不是喬托畫的，但希望能幫助你想像我昨晚和老朋友在格林威治村酒吧裡的畫面，她們一邊喝著啤酒，一邊滔滔不絕地說明她們是如何改變我們的世界。她們激勵我不斷努力，盡可能成為最棒的女性，用我獨特的地位實現更遠大的目標。我想為了我自己成為那樣的女人，也想為了你成為那樣的女人……

我停筆，想了一下伯納德在上封信寫的內容，然後接著寫下去。

我們之間的關係與我所聽聞或預想過的所有關係都不同。你可能會很驚訝，你和瑪麗的協議剛好很適合我的處境。我是一個擁有自己事業的現代女人，而你不需要解釋任何事情，親愛的。我是你的貝兒……

3 Giotto di Bondone，義大利文藝復興初期畫家暨建築師，將更加寫實的立體感帶入繪畫中，有「歐洲繪畫之父」之美譽。

4 Paolo Veneziano，十四世紀威尼斯畫家，威尼斯畫派開創者，引領了多聯祭壇畫（polyptych）在當地的發展。

21

一九一〇年六月二日
紐約州，紐約市

摩根先生書房那色彩鮮豔的彩繪玻璃窗打開了一條縫隙，溫暖又清新的空氣吹入房中。一瞬間，在我和摩根先生相對而坐打著比齊克牌時，我終於覺得可以呼吸。

循環的空氣緩解了悶熱——包含多層織物下累積的悶熱、瀰漫整個房間的雪茄菸霧，還有摩根先生越來越多的要求帶來的窒息感。

我不介意——事實上正如我期待的——摩根先生對於我的時間和注意力有高度要求，特別是這反映了我對於圖書館和社會的責任有所增加。但自從伯納德回去歐洲後的秋天起，摩根先生便開始要求我參與他生活的各個層面。

首先是被「邀請」參加慶祝傑克生日的家庭晚宴。這相當令我意外，因爲我從未被要求參加僅限家庭成員的聚會。一開始我以爲他只是出於好意、出於我協助安排部分事宜，所以便禮貌地回絕了。

「你是家人，貝兒，但這並不是禮貌的邀請。我**要求**你參加。」

我赴約了，因爲我明白摩根先生這樣的要求意味著什麼——出於只有他自己知道的原因，參加他的家庭聚會突然變成我的職責之一。抵達後，他們是很熱情沒錯，但皺起的眉頭說明他們跟我一樣，對這次的邀請感到驚訝。這是眾多摩根私人聚會中第一場我不屬於其中，但必須參與的活動。接著，我成爲家庭生日晚宴的常客，包括爲孫子舉行的宴會、路易莎週年紀念日的小型聚會，甚至是爲安妮在殖民地俱樂部取得成就而舉辦的海港遊覽活動——就連逢年過節也要求我出席。

這些變化令我感到困惑。不知道摩根先生是不是重新思考了我們的關係，但除了像這樣參與家庭活動外，我們之間並未從專業關係變成私人的情感。每次活動我都被介紹爲他的私人圖書館員，這就是我受到的待遇。但非常清楚的是，摩根先生對我的需求越發強烈。

一束藍光穿透彩繪玻璃落在了他的辦公桌上，微風隨之變成了一陣意想不到的強風，將我們的卡片吹到了地上。我快速跑過巨大的書房將卡牌撿起，悉心地一一放回原本的位子。然後我等著一個完美的時刻到來。

出牌時，我說：「我聽說有本漢斯．梅姆林[1]的泥金裝飾手抄本可能會在這幾個月內出售。」我的語調稀鬆平常，彷彿並未爲了這句話準備好幾天。

「不是吧。」摩根先生沒有抬頭。他在出牌前仔細研究著手中的卡牌。他的思緒都在遊戲上，根本不理會我的話。

「是的。若將它添加進館藏中，我想圖書館的名聲將有所提高。」我評論道。通常提及圖書館的地位都會引起他的注意，但他仍舊研究著手中的牌。

我沒有退縮。「我相信買下它會讓我們更接近、甚或超越大英博物館和法國國家圖書館[2]的地

1 Hans Memling，北方文藝復興時期德裔畫家，活躍於法蘭德斯地區，作品以宗教畫和肖像畫為主，曾被一份稅務文件列為最富有市民之一。

位。」

聽到這些話，他從牌組中抬起頭，而我緊盯著他。「是嗎？」

「是的，」我一派輕鬆地點點頭，「這本書能讓您的泥金裝飾手抄本收藏比大英博物館或法國國家圖書館更齊全——這兩地是唯二能媲美您收藏的地方。更別說，我不認為漢斯．梅姆林有其他泥金裝飾手抄本了。您將擁有唯一的這一本。」

我知道擁有唯一一本梅姆林的想法打動了摩根先生。這位十五世紀早期荷蘭繪畫大師最著名的是以宗教為背景的祭壇畫和為客戶所作的肖像畫。摩根先生很珍視他擁有的兩幅梅姆林畫作。我說的是事實，擁有梅姆林唯一一本手抄本將是巨大的成就。我說的唯一謊話是，我並不完全相信這真的是梅姆林的作品，比較可能是西門．班寧的。但它的來源並不影響我現在的目的。

他抽了一口雪茄。「嗯。」他嘀咕。「這本手稿有名字嗎？」

我不禁臉紅起來。我一直希望還不用談到這個。「它的俗名是達科斯塔時禱，因為它是葡萄牙王室的薩家族曾經擁有的時辰祈禱書[3]。他們的家徽含有達科斯塔的紋章。」

他唸出手稿的名字。「真是荒唐呀，貝兒。你確定吸引人的原因不是那手稿和你家族姓氏的關聯嗎？」

噢，這小小笑話背後有這麼多祕密。我將對話拉回要緊的事情上。「還記得將阿莫斯特男爵的卡克斯頓加入您原有的收藏中，對圖書館的名望有何影響嗎？」

他點頭。

「我們可以再來一次。只是這次，將使圖書館的卓越成就翻倍增加。」

「天哪，真欣賞你的勇氣。」他大笑。「要是替我工作的人有你一半膽量，我們就能橫行整個金融市場了。要是我兒子有你一半大膽就好了。有時候我覺得他老婆潔西……」他最後講了這句，然後又將話吞了下去。他不需要說完，我也知道接下來的語句。我以前聽過他對傑克和他妻子的看法。我還親眼目睹過太多次的交流，摩根先生敦促傑克和公司採取大膽一點的行動方案，但傑克卻選擇了更安全的道路，這令摩根先生沮喪不已。

「所以，你打算怎麼做？」

我維持一派輕鬆的模樣說道：「聽說手稿會在倫敦拍賣，」然後假裝突然想起，「就在這幾個月。」

「你覺得應該去倫敦參加拍賣會？」

「您說對了一半，先生。我希望能去倫敦競標，但也想採取和卡克斯頓一樣的策略——在拍賣開始前買下它。我也想去一趟義大利，不僅爲了拓展人脈，也爲了調查一些尚未上市、但值得收購的物品。」

他點點頭，我不禁微笑。然後他說：「你有可能在那邊找到卡克斯頓的《亞瑟王之死》嗎？」我的笑容褪去。他接著說：「你在這裡的四年，在拓展館藏這方面做得很出色。我只有一點不滿。」我吸口氣，知道他要說什麼。「我該死的卡克斯頓呢，貝兒？那是我真正想要的。你一開始就明白這點。」

「我明白，摩根先生，我最大的渴望就是爲您找到它。然而，與此同時我認爲應該繼續拓展您的館藏。」我停頓一下。「我保證會找到，但此時此刻，這本書是一重要的補強，而最好的獲取方法便是前往倫敦。」

---

2 Bibliothèque nationale de France，法國最重要的圖書館之一，起源可追溯至為法王查理五世（Charles V）建立的皇家圖書館，擁有四千兩百萬件館藏。

3 book of hours，中世紀基督徒使用的祈禱書，用以指示信徒該如何依照時辰進行祈禱。在印刷術出現之前，泥金手抄本的時禱書多用以致贈貴族女性，書中充滿插畫裝飾和獨特設計，奢華且精美。

終於，他說：「那個卡克斯頓的把戲確實有效。」他想了一會兒，接著說：「我准許你去倫敦和義大利——只要達到一個條件。」

「繼續尋找卡克斯頓？」

「去找，但這不是我的條件。」

摩根先生要我做什麼都可以。我會照做，這樣就終於能再見到伯納德了。我發現若要見他一面，就必須去一趟歐洲。將近一年半的時間，伯納德都沒有出差來到美國的機會。現在我找到方法能出國了。

「悉聽尊便。」我認眞地說。

我坐在椅子前緣，等待著摩根先生對我這趟旅程的要求。我看著他呼出一口濃厚的雪茄菸，他得瞇著眼睛才能透過菸霧看見我，然後他說：「你必須向我保證，這趟旅程的唯一目的是獲得這本梅姆林，還有一些鮮爲人知的義大利文藝復興珍寶，而不是爲了和那個**猶太**傢伙——貝倫森——會面的詭計。」

等到他的雪茄菸霧散去，我才看到他鬍子底下的一絲笑意。我深吸一口氣。他是在戲弄我嗎？很難說，而我的心跳使我坐立難安。我語氣平靜而從容地回答：「當然，這次旅行是爲了獲得提升您圖書館聲譽的梅姆林和其他畫作。」

摩根先生放下雪茄，傾身靠在書桌上。「貝兒，」他的嗓音柔和，不知爲何似還有點悲傷，「那個猶太人，伯納德．貝倫森配不上你，如果你眞的喜歡他的話。」

有那麼一刻，摩根先生聽起來像是一位父親，彷彿在敲響警鐘以免我受到傷害。或者說，占有欲大於保護欲。這就是爲什麼提到伯納德時，他不斷說**猶太人**這個詞的原因嗎？他以爲他能操控我，以爲用伯納德的種族就能嚇退我嗎？

摩根先生不會知道，這些警告對我來說毫無意義。他是在和貝兒．達科斯塔．格林說話，但迷戀伯納德的是瑪莉安・格林爾。透過我們的交談、我們的信件，伯納德已經觸動了我，直抵靈魂深處。

「我向您保證，」我開口道：「在歐洲的期間，我會盡一切所能爲皮爾龐特・摩根圖書館帶來利益，也絕對會像往常一樣聽從您的指示。」

他瞥向我，好像知道我並沒有回答他的問題，然後他點頭。「當然，我不擔心。因爲不論你見了誰或做了什麼，你都是**我的**私人圖書館員。你得永遠記得，你屬於我。」

22

一九一〇年八月八日至八月十四日
英國，倫敦

船隻停靠在倫敦碼頭時，我笑得臉頰都痛了。熟悉的城市輪廓浮現出來，而正如我的期待，博物館和私人館藏在我面前展現，隨之而來的是生動、知性的對話，這一切讓我像個度過聖誕節早晨的孩子一樣興奮。

和伯納德團聚的時刻似乎總是在來臨的路上，這不只是因爲我已經一年半沒見到他了。從摩根先生准許我旅行到實際出發，中間隔了十週，這十週過得極其緩慢。

摩根先生已搭乘遊艇海盜三世開始他往常的旅行，沒有他占用我的時間，我的午晚餐時段都被藝術專業人士塡滿，他們是上流人士都離開後唯一留在我身邊的人。就連媽媽和姊妹都無法使我分心，因爲她們還待在我安排的塔卡赫平房裡。在此期間，我和透過卡翠娜及伊芙琳認識的朋友們相處——作家、藝術家、政治人物、舞者，其中包含了伊莎朵拉．鄧肯[1]，她是一位我很欽佩的新朋友，因爲她反抗社會、堅持用自己的方式生活——但我仍覺得少了某個人。只有伯納德能塡補這個空缺，我一直倒數著出發的日子。

現在，我抵達了。

「格林小姐。」我聘請的法國侍女瑪黎同意代替媽媽作爲這次旅行的女伴。

我轉向這個嬌小的黑髮女孩，她不只在旅途中、在家裡替我穿戴每日所需的多層襯裙、馬甲、胸衣、絲襪和吊襪帶，也陪我練習法語。「怎麼了，瑪黎？」我以法語回答，和往常一樣嘗試用我必須熟練的語言交流。畢竟，如果我必須依靠別人翻譯，那要怎麼品評法文手稿呢？

「您想檢查行李嗎？」

「不用了，謝謝。我相信你。」我再度以法語回答。不需要檢查行李，因爲我相信她。怎麼不相信呢？她同意陪我度過整整三週的旅行，而這個時候她通常都待在瑞士陪伴家人。雖然我沒有明確讓她知道有些行程不需要陪同，但她懂的。

我偷偷吸了最後一口菸，這已經成爲一種習慣，而後和其他頭等艙乘客一起上岸。我和瑪黎隨著負責搬運行李的乘務員一起沿著舷梯走向港口熱鬧的一側。蒸氣和霧氣一同擋住了在通道口的紅繩後方等待的人群。雙輪馬車司機的叫喊聲淹沒了親朋好友的呼喚聲。

我搜尋著眾多面孔，仔細觀看紅繩後面的人。在那裡，我看到工人階級和上流人士交雜在一起，就跟上次來訪倫敦時一樣，我看到了各式各樣的膚色，種類多到甚至與紐約街頭不相上下。但我完全沒看到長得像伯納德的人。一個令人不安的念頭襲來。會不會在過了一年半後，我已經忘記他長什麼樣子了？

就在這段內心的獨白停頓時，我看到他了。精心修剪的淺棕色鬍鬚。小小的圓框眼鏡。獨特、慧黠的灰綠色眼珠。他正對我燦笑著。

1 Isadora Duncan，美國舞蹈家、現代舞之母，她打破古典芭蕾舞規制，以大自然為靈感，開創更加自由即興的舞蹈風格。

我轉向瑪黎。「那位是我的同事，貝倫森先生，他說要帶我們去酒店。」

「您為什麼不說法語呢，小姐？」聽到我不是說法語，瑪黎很是驚訝。

我一興奮就忘了。但無所謂，我現在一心只想著伯納德最後那封來信中的話語：我對你的愛是一場我希望永遠沒有終點的旅行。

我把瑪黎和行李員拋在身後，快步跑向伯納德身邊。雖然我知道這麼做違反所有禮節，也違反了摩根先生明確的禁令，但我仍舊撲向他早已敞開的手臂，投入了他的懷抱。我知道自己只能短暫沉迷於這樣的舉動——這還是因為我的紐約同夥全都不在身邊才被容許——所以很快後退一步，掙脫他的懷抱。

「謝謝您來接我，貝倫森先生。」我帶著淺淺的笑意說。

「這是我的榮幸，格林小姐。」他這麼回應，不肯放開我的手。接著他放低了音量，我得靠近才聽得見。「我等這一刻等好久了，久到我以為永遠不會成眞，貝兒。」

「我也是相同的感覺，伯納德。」我也低聲回應。

「我等不及帶你遊覽整個倫敦了，在那之後，容我向你介紹我在義大利的所有私密景點。只有我們兩個。」

「就跟信裡寫的一樣？」我的聲音裡滿是期望。

「一模一樣。」

「你知道的，信裡說了抵達義大利後瑪黎就會離開，我也要帶你看看我的祕密基地。」我低語。我得到預期中的反應。一向自信又鎮定的伯納德雙頰漲紅，一把將我拉得更近。

像傻孩子一樣，我們站著凝望彼此，臉上掛著大大的笑容。等到身後的瑪黎輕咳兩聲這才結束。一位行李員正站在我們必須送達目的地的四個沉重行李箱旁邊。

不到幾分鐘時間，我們已經坐上一輛等候在旁的馬車後座，朝我在克拉里奇酒店的套房前進。

接下來幾天，我踏上了伯納德安排的行程。很高興有他的帶領——兒時的《威尼斯畫家》有了生命——讓我對國際頂尖藝術收藏品、決定市場的經銷商、收藏家和策展人的網絡關係，以及他們如何影響作品的受歡迎程度、能見度及價格，有了新的認識。伯納德帶給我全新的視角，讓我看見藝術領域全貌以及我身處的位置。和伯納德一起工作的時刻，我感受到了卡翠娜和伊芙琳在她們的工作中體會到的歸屬感與目標感。當我們因藝術和彼此的陪伴而感到喜悅，我不禁心想，如果他能一直待在我身邊就好了。

不論是午餐時間我們在拿糖罐時輕擦過彼此手指，或是他輕觸我的後腰領我進門的舉動，都只讓我渴望更多。

但我們不僅將時間花在策展人、經銷商、專家和收藏家的身上。第三天早上，在酒店餐廳享用早餐時，伯納德說了：「我知道你今天下午有個拍賣前的會面，但我已經安排了一起吃午餐。」

「無論你選擇哪一間美輪美奐的餐廳，我都很期待。你知道的，除了今天的會面，我的時間都屬於你。」我停頓一下。「到了義大利後，其他的一切也都屬於你。」

這樣的大膽言詞已經不會令伯納德驚訝了，而他也享受起調情的樂趣。他傾身靠向我，我以爲會聽到什麼暗示性的話，但他說：「這個計畫不是在特別的餐廳。我們會有同伴，瑪麗會加入。」

這話嚇到我了。「瑪麗，你太太？」說得好像還有另一位瑪麗一樣。

「她準備前往牛津出差，她想見見你。」他解釋道，彷彿這種會面很正常。

她想見我？為什麼？當我對她丈夫的渴望只藏在腦袋和心裡時，和瑪麗碰面是一回事，但我們已經承認對彼此的感情了，感受完全不一樣。但我該怎麼拒絕？我是即將染指**她丈夫**的人。

我深吸一口氣，想起在格林威治村和卡翠娜、伊芙琳一起看見的怪異組合和不尋常的情感關係。我參加過男扮女裝的派對，遇過一組一男兩女的三人行，他們自認已經結婚。而就連在格林威治村外，我也聽說過波士頓婚姻。

我把伯納德留在餐廳，單獨一人回房。我試著寫信給媽媽以轉移注意力，但每寫下一個字，我的思緒就會飄到接下來的午餐會面上。最後，在總算寫了兩句話後，我還是放下了紙筆。然而就連用法語和瑪黎交談也無法使我分心。

到了該考慮穿著的時候，我才終於鬆了口氣，因爲至少能專心在某件事情上。今早瑪黎替我穿上紫羅蘭色禮服，但我決定穿得更端莊些。我不認爲衣著和行爲舉止都要那麼大膽。我選了一件全新的灰色禮服，這是我此行帶來最保守的一件。瑪莉開始幫我穿進這身暗色的褶皺之中。

走下通往餐廳的寬闊台階時，我的心怦怦跳。我在最底端的台階停下，看見伯納德和瑪麗坐在餐廳外圍的桌子旁。我很想轉身上樓，但還來不及移動，伯納德就看見我並揮手。

當我走近時，貝倫森夫婦兩人的表情都十分親切且熱情。瑪麗起身張開雙臂迎接我，接著輕吻我的雙頰。多麼奇怪。

「再次見面眞是太好了，貝兒。」她說。

「是呀。」我回應，希望她沒聽出來我在發抖。

翻閱菜單及點餐時，瑪麗和伯納德聊著天，我則僵硬地坐著，發現很難講出什麼有意義的話。

瑪麗終於轉向我。「所以，幾天後你要去義大利？」她問，好像在閒聊有關天氣的話題一樣。

我點點頭，因爲我沒有信心開口。

她又問道：「你之前有去過嗎？」

這次我搖搖頭。

她看向丈夫微笑。「我相信伯納德會爲你帶來一段美好的時光。」

我的雙頰泛紅，想不到任何恰當的回應。我曾經和范德比夫婦比鄰而坐，我參加過洛克斐勒和卡內基家族的宴會，我和名聞遐邇的J. P.摩根先生一起工作。然而，我人生中從未感覺這麼格格不入。

儘管瑪麗和伯納德繼續輕鬆地交談——聊倫敦的餐廳和接下來的拍賣——但我沒有參與其中，只是偶爾點頭或搖頭。我覺得自己像個妓女，能做的只有留在桌邊。我該如何安心地和愛人的妻子待在一起？特別是我即將與這位愛人共享一段浪漫的義大利**雙人行**。

餐廳的鐘聲敲響兩次後，我很高興能用下午的會面作爲藉口離開。「但你幾乎沒吃。」瑪麗說，看了眼我的盤子。

「餐點很美味，但我有工作在身。眞的很謝謝您撥空見我。」

我站起來，瑪麗也起身擁抱我。「我們肯定會再見面的。也許下次在義大利見？」

午餐結束了，我長吁一口氣。但還未走到餐廳門口，伯納德的聲音就從身後傳來。「格林小姐，請稍等。」

我停步轉身。「是的，貝倫森先生？」

「我想和你一起參加拍賣前的會面。」他這麼說。

等他走近後，我小聲說：「你確定貝倫森夫人可以接受嗎？」

「她鼓勵我一起去，貝兒。」他直白地說道。「她覺得你是位出色又迷人的年輕女子，並祝福我們能擁有最幸福的時光。」肯定是因爲我驚訝的神情，他繼續說道：「我知道這一切看起來一定很奇怪，但我和瑪麗的關係——儘管是建立在相互尊重和對工作的熱忱上——已經不再是浪漫的愛情。」

他的話令我釋懷。「聽起來可能很怪，伯納德，但很高興你這麼說。你和你太太的協議，以及你與我之間所追尋的關係非常適合我，就跟信裡寫的一樣。只是有她在場感覺有點奇怪罷了。」

走進邦瀚斯拍賣所裝飾華麗的大廳時，一位下巴方正的嚴肅男子，同時也是被稱作泰勒先生的中古世紀專家，正等候著我們。我很高興伯納德伴在我身邊。這麼多天以來，我已見證了他的藝術敏銳度，以及倫敦的同事如何迎合他，這是我向他展現我的專業能力和實力的機會。

我們穿過大廳進入一條狹窄的走廊，走向存放時禱書的房間，一路上拍賣所的工作人員都熱切地對我示好。在那狹窄的空間裡，我被伯納德、泰勒先生和他的助理包圍。我戴上助理遞來的白手套，開始檢閱手稿。這部手稿的組織形式就像典型的時禱書，頁面交替呈現出優雅、圓潤的哥德字體和精美的插畫，畫中描繪了不同時節的景象並仔細呈現出每個月份必要的農村勞動。然而，令我驚嘆不已的是那繪製於近五百年前、至今仍舊鮮豔的色彩與精妙的筆觸。毫不意外，有關爸爸的回憶滲進了腦海中。*爸爸會多麼欣賞這部手稿，並為我近距離接觸它感到多興奮呀。*

我想要這部手稿成爲皮爾龐特．摩根圖書館的一部分。

「這裡眞擁擠。」我說，用手充當扇子搧風。我想讓房間裡只有我、伯納德和泰勒先生三人，而利用眾人害怕女士暈倒的恐懼是我達到目的的方式。

泰勒先生把助理趕出房間，我繼續執行任務。「你確定這是梅姆林的作品嗎？」我沒有抬眼。

泰勒先生笑了，彷彿聽到一則笑話。「如果備受尊敬的柏納．夸里奇（Bernard Quaritch）認爲是，那我也這麼相信。」

之所以提到夸里奇，是想利用這位上個世紀的傑出書商讓我閉嘴。

「我看到這裡有達科斯塔的紋章……」我小心翼翼翻至第一頁，「但你肯定知道，這頁有好幾層塗料，所以很難確定紋章是什麼時候印上的，也就是說，不能僅透過這個紋章就判斷來源是葡萄牙皇室。你們有其他的來源文件嗎？」

「有、有——」泰勒先生結結巴巴，似乎很少被這樣質疑。「當然有了，格林小姐。可以請您稍等一下嗎？我現在去拿過來。」

我點點頭，忙著研究其中一幅特別迷人的剪羊毛男士袖珍肖像。*妝點禱詞的田園風光真是迷人，*我心想。一聽到他身後的門關上，我就轉向伯納德。「看好門一分鐘，行嗎？」

他眉頭緊鎖問：「你要……」

「噓。」我脫下右手的白手套，吸吮一下手指，然後劃過一幅精美的手繪插畫邊緣。

「貝兒……」伯納德嚇壞了。

「如果是僞造的，顏料會脫落。」

「但你可能會破壞……」他阻止。

我緊盯著自己的手，又噓了他一聲。

我將食指放到燈光下，和拇指相互揉搓。然後我檢查指尖，是乾淨的，沒有顏料剝落。「很好，很好。」我喃喃自語。

門轟然敞開，泰勒先生抱著一疊匆忙整理好的文件走進來。「在這裡，格林小姐。」他不斷道歉時，我假裝看著那堆紙張。「讓我帶您瀏覽這些來源文件。很抱歉它們沒有按照順序……」

我聽著他解釋，專注地皺起眉頭。最後我點點頭，說道：「你願意接受比起價高百分之二十的價格嗎？就現在，在拍賣開始之前？」

泰勒先生驚呼，我聽到伯納德也急促地倒吸一口氣。邦瀚斯的中古世紀專家開始結巴。「格……格林小姐，這裡從來不會這樣做。身爲美國人，您可能不太了解。」

我盯著他。「是嗎，泰勒先生。這不是英國會做的事嗎？那爲什麼一年半前我可以搶先和阿莫斯特男爵協商卡克斯頓，讓它不必在倫敦拍賣會上被競標？」

他雙眼圓睜。「是你？」

「正是。」我回答。

「我有聽到謠言——大家都聽到了——但我不知道竟然是眞的。但很抱歉，格林小姐。我眞的不能違反規定，在拍賣會前出售予你。」

我在狹窄的房間裡走來走去，像繞著獵物一樣圍著他轉，在某種意義上，他確實是獵物。「嗯，如果競標者聽到這不是梅姆林作品的謠言，不知道還能標到多少錢。」最後我這麼說。

「這話是什麼意思？爲了得到手稿，你打算散布不實謠言？」

他似乎表現得有點憤怒過頭了，但我早就料到會是這個反應。輪到我表現出震驚和沮喪的樣子了。我在臉上擠出一個合適的表情。「你怎麼敢質疑我的職業道德！我絕不會散布**不實**流言。我只是想讓其他競價者知道實情而已。這本時禱書不是梅姆林的。」

「什麼……」他瞇起雙眼，看來已識出我使他陷入困局的方法，但還沒決定該如何應對。

「達科斯塔的手稿——順帶一提，我並不質疑它的出處——不是漢斯．梅姆林或他的學派在十五世紀時畫的。甚至不是傑拉德．大衛[2]在十六世紀早期繪製的。它是由法蘭德斯插畫家西門．班寧於十六世紀中所繪。我有文件可以證實這一點。」我從包裡拿出將手稿和班寧聯繫在一起的文件。

泰勒先生發出一聲模糊的怒罵。

「我一點都不在意這本時禱書是班寧畫的。事實上，就我和摩根先生的角度來看，這是好事。我們很欣賞班寧，畢竟他是位偉大的法蘭德斯插畫家，當年也備受推崇。但我不敢說其他競標者會高興。大部分的競標者是爲了收藏梅姆林的作品而來，不然至少要是大衛的。」我停頓一下。「我想，要是他們知道達科斯塔的時禱書實際上出自班寧，價格應該會下跌很多。」

「你想要我怎麼做，格林小姐？」泰勒先生冷靜下來，語氣明顯冰冷許多。他剛剛的殷切全被冰涼的怒意給取代。

我保持歡快的語氣，彷彿正在談論一個天氣特別好的地點。「我想我已經說得很清楚了，泰勒先生。需要我重複一遍嗎？我想替皮爾龐特．摩根圖書館購入達科斯塔的時禱書，我願意支付高於起標價百分之二十的價格。」

我感覺體內有一股力量。有多少女人有機會運用專業知識和經濟優勢——雖然是他人的財力——

鎮壓住一個男人呢？更大的問題縈繞於我的思緒中：有多少黑人女性有這個機會？這種感覺之所以振奮人心有很多原因。也令人上癮。

我們達成協議，泰勒先生離開房間去拿資料。獨處時，伯納德盯著我直搖頭。「天哪，太厲害了。我從沒見過如此兇殘的談判技巧，如此大膽。」他輕聲吹響口哨。

「如果不大膽一點，就沒有壯麗的結果了。我會被騙去購買贗品，或者會讓我低估的競價者標走一件有價值的藝術品。正是因爲我的大膽，皮爾龐特．摩根圖書館正走向無與倫比的境界。」我毫不謙虛地說。

伯納德將我推向關上的門，堵住進出這小房間唯一的通道。他讓我靠在門上，給了我一個用力的深吻。掙脫之後，我倆都上氣不接下氣。

「希望我們已經在義大利了。」他說。

我的心用力跳動，和伯納德有著相同的渴望。當這份渴望湧上心頭時，我說道：「我也是。」

他望著我的雙眸低語：「你眞是個令人驚奇的生物。」

2 Gerard David，北方文藝復興時期荷蘭畫家，作品以宗教場景為主，風格寧靜夢幻、用色柔和且光影巧妙。

23

一九一〇年八月十八日
義大利，維洛納

走在維洛納狹窄的鵝卵石街道時，我們冒險牽著手。他的指尖碰觸到我裸露的掌心，令我渾身顫慄，讓我興奮的不只是我們所冒的風險，還有他承諾過的夜晚。

在此之前，伯納德和我還不敢如此公開地表露感情。太危險了。男女單獨旅行不可能不引起他人的注意。遊覽英國首都時，侍女瑪黎在身邊或其他同事在場都耽誤了親暱的言行。即使乘坐東方快車來到義大利，我們也不能鬆懈。

但現在我們在距離北邊的佛羅倫斯兩百英里的維洛納，可以放鬆戒心。我們將行程限制在這個偏僻的義大利小鎮，可以當一對無名的戀人。

我回頭對伯納德微笑。在夏末燦爛的金色光芒中，他從內而外煥發著光彩。傍晚灑落的陽光溫暖但不灼燙，光束活躍但不刺眼，我們欣賞著維洛納的街道。

當天早些時候，抵達火車站時伯納德提議坐馬車，因爲目的地對於我精緻的鞋跟來說太遙遠了。但我堅持用走的，也很高興這麼做。不然我怎麼能親眼目睹這個熙熙攘攘、傾頹又精緻的小鎮呢？我怎麼有機會路經古老的菱形市中心百草廣場，在一旁的市場嗅到奶酪的刺鼻氣味，並聞到從我們經過的眾多石造天主教堂中飄出的令人陶醉的香氣呢？如果不走在城鎮居民之中，我怎麼會知道當地人的膚色和我的如此相像，從而支持我所聲稱的南歐人血統呢？

我又怎麼能體會回到一處從未到訪之地的感覺，一旁還有個彷彿已相識一輩子的男人呢？

「貝兒，」伯納德叫喚，指著兩座建築中的溝渠，「看向阿迪傑河上方的山丘。」

「天哪。」環顧整個小鎮時我驚嘆不已，這座小鎮緊鄰著蜿蜒的河流一路開展到附近的山丘。「這是委羅內塞[1]和安托內羅・達梅西那[2]畫中的背景。」

藝術在義大利的小鎮山丘間有了生機。我徘徊在綿延起伏的翠綠，以及金色與古老建築相對應的景觀中，驚嘆於眼前無數文藝復興藝術家努力捕捉的景象，任由自己被迷人的色彩所吞沒。想像一下，我心想，還是小女孩的我和爸爸一起為中世紀和文藝復興的藝術品深深吸引時，怎麼想得到有天自己將站在激發心愛傑作靈感的山丘前，一旁還站著撰寫父女倆非常珍視的藝術權威專著作者呢。

伯納德的指尖滑過我的手臂，使我顫抖。他輕柔地說：「我很不想把你帶離這個畫面，親愛的，但不得不這麼做。我們還有個大教堂約會呢。」

我們像老夫老妻一般自然地十指交扣。漫步過四個街區，我們經過了中世紀紅磚建築和散落其中的文藝復興大理石建築，背景是一座鋸齒狀的城牆。我們在宜人的沉默中走向我們的羅馬式教堂目的

---

1 Paolo Veronese，義大利文藝復興時期畫家，出生於維洛納，以精美敘事畫和大幅歷史畫著稱，是十六世紀威尼斯畫派三傑之一。

2 Antonello da Messina，義大利文藝復興初期畫家，繪畫風格具法蘭德斯藝術色彩，其作品影響許多威尼斯畫家。

地：聖柴諾聖殿（Basilica of San Zeno Maggiore）。

穿越青銅大門，我們踏入教堂中殿，沐浴在穿透教堂十三世紀圓花窗的五彩光芒之中。我們的鞋跟聲響迴盪在這個空曠如洞穴般的空間。到達祭壇時，伯納德指著懸掛在祭壇上方的著名曼特尼亞三聯畫。

第一次見到安德烈亞・曼特尼亞[3]的三聯畫是在伯納德的書中。雖然我沉醉於那幅複製品，但它並沒有公正地還原實際的聖柴諾祭壇畫，畫中聖潔而哀傷的聖母瑪利亞將聖子抱在腿上，周圍環繞著歌唱的孩子，聖徒站在兩側。

「貝兒，我們凝視這幅畫的同時，也正在跨越時間，實際看著文藝復興藝術家對繪畫空間理解的演變。曼特尼亞創造了透視法，啓發了李奧納多[4]。」他指著圖畫背景中尺寸較小的建築和人物。「從某個層面上，仍然可以看出某些關鍵人物是以中世紀平面化的方式描繪。但他創造了三維空間的錯覺。義大利教堂這些美麗之處啓發我皈依羅馬天主教。」

當他看向我時，語氣裡滿是喜悅。「你在哭嗎，親愛的貝兒？你真是最迷人的生物。」他從口袋裡拿出一條刺繡手帕，輕輕拭去我的眼淚。「第一次站在這幅傑作之前，我也是相同反應。就在那一刻——那已是多年前，當時我還是個住在佛羅倫斯、勉強能溫飽的青年——我以一種長久以來沒人有過的方式，愛上這幅畫和文藝復興時期的作品。有太多藝術家與作品都被遺忘了。我也意識到，透過將這些默默無聞的藝術家和其他畫家、雕塑家重新引入當代世界，我或許能在富有的藝術愛好者中獲得崇高的地位，讓自己在一個原本不屬於我的階層中占有一席之地。就跟文藝復興時期的匠人一樣。就跟你一樣。我們是文藝復興的產物，你和我。」

他握住我的雙手。「我相信這就是你我對彼此懷有這種感情的原因。我們在很多方面都很相似，一些我們未曾提及的方面。」他將我拉得更近，呢喃道：「我感覺我們正在進行一場神聖對話[5]，就跟聖柴諾祭壇畫裡的聖徒一樣。這一刻除了神聖的對話，還能是什麼？」

某人輕咳的聲音打斷我們。是教堂的神父。他和伯納德用義大利語友好地打招呼，而後示意我們跟他一起走上祭壇。在那裡，曼特尼亞的筆觸變得清晰可見，我能想像藝術家在這個喧囂的空間裡後退一步欣賞自己的作品，並因此點燃完成這幅傑作不可或缺的靈感。

離開大教堂後，我們坐馬車回酒店。這天很美好也很漫長，我們還有特別的晚餐安排。在涼爽的馬車內，我把頭倚在伯納德的肩上，望著沿途經過的維洛納風景。這是被文藝復興雕鑿出來的時刻。

馬車在酒店前踉蹌停下，早些時候行李已經從火車站送來這裡。伯納德先踏出車廂以攙扶我，但當我試著滑過車廂的長椅時，有東西將我固定在原地。低頭一看，原來是海軍藍禮服勾到長椅的釘子了。我彎腰解開時，聽到了馬車外傳來的聲音。

「伯納德！是你嗎？伯納德．貝倫森！」一個帶著濃厚口音的聲音用英語喊道。然後是法語。「貝倫森先生？」

伯納德回應時我頭還低著。「啊。」對不知情的路人來說，這語氣聽起來可能很熱情，但我聽出了其中的警戒。「想想看在維洛納遇到你的機率，塞利曼先生！」他爲了我喊出對方的名字。

雅各．塞利曼。不，不，不。怎麼會這麼不幸，剛好遇到和我們兩個都很熟的藝術經銷商？

趁著伯納德吸引住塞利曼先生的注意力，我指示車伕驅車遠離酒店。馬車在維洛納兜圈子時，我思考著該怎麼做。伯納德和我不能這樣被看見。我的聲譽以及——較小程度上——他的名望，受到的損害將無可估量。

3 Andrea Mantegna，義大利文藝復興時期畫家、雕刻家，使用純熟的透視法作畫，以低視角追求更宏偉的效果。
4 即達文西。
5 sacra conversazione，文藝復興時期成形的宗教群像構圖方式，常以聖母子為中心，兩側圍繞著神態似乎正在進行某種交流的聖徒。

在維洛納街道漫遊一個小時後，我請車伕再回到酒店，但抵達後仍不敢進去。不久後，看到伯納德朝我的方向衝來，眞令人鬆了一口氣。

「你怎麼讓他離開的？」我敢說塞利曼先生邀請了伯納德加入他及隨行人員共進晚餐。

「我答應下次去法國會去參訪他在巴黎的藝廊。針對一些作品提供諮詢。」

「眞不敢相信所有人之中竟然是遇到雅各・塞利曼。」

他點頭。「我知道，美麗的貝兒。但現在只有我們兩個了，今晚屬於我們。我們就在這裡用餐，在酒店裡，就不必再冒險了。」

我點頭同意。重要的是我們終於獨處了。上樓的路程中，我們已感焦急難耐。我們的慾望累積太久，幾百天感覺彷若幾千個夜晚，待在倫敦時更顯強烈，在那裡每天都是沒完沒了的忍耐。門還沒關上，伯納德的雙唇就貼上我的，令我驚訝的是，他的吻很輕柔，甚至很和緩，好像我們拿回了那數千個夜晚能夠探索彼此。接下來，彷彿把溫柔全用在了那個吻上，他將我抱起，穿過客廳走入昏暗的臥室，裡頭的照明只有酒店人員點燃的煤氣燈。他讓我躺上床後身體壓了上來，慾望顯而易見。

在一個比我想像中更深、更長的親吻後，他的舌頭開始了一段新的旅程，滑入我耳後的柔軟地帶，然後一路游移至頸項底部。在他的手指靈巧地解開我衣服上的鈕釦並拉開我的緊身胸衣時，我幾乎無法呼吸，同時他的嘴唇與舌頭繼續在我的肌膚上摩挲。突然間他脫掉了我的襯衣，我赤身裸體地躺在他的面前。他摘掉眼鏡凝視著我，用充滿感情的嗓音說：「你太美了，我的貝兒。」

我將他的雙唇拉近，讓他的手覆上我的身軀以示回應。他的指尖在我身上探索，愛撫我的胸部、肚臍及其他部位。他的觸碰令我顫慄，我也有所動作，替他脫掉衣服。看著他的胴體，我意識到自己見過的眾多裸體男人大理石雕像，全都無法捕捉眞實男人的觸覺誘惑。我像他撫摸我一樣觸碰著他，直到兩人都喘不過氣爲止。

他的眼裡滿是慾望，在我上方猶豫不前。「你確定嗎，貝兒？」

「拜託，」我在他耳邊嘶啞地說道：「我等太久了。」

正如我過去一年中許多夜晚的夢境一樣，我們的身軀交融，屈服於動作和情感，直到音量拔高到淹沒其他所有聲響和思緒。然後他對我呢喃「моя любовь[6]」，才倒在我的身軀之上。一會兒後他滾向一邊，雙手將我擁入懷中。

我們粗重的呼吸聲延續了幾分鐘，伯納德吻我後低聲說：「貝兒？」

他不需要說完，我就知道接下來的問題了。「嗯，伯納德。你是我的第一次。」

聽到這些話，他將我摟得更緊了，他的手臂是保護我免受世界傷害的蠶繭，我想永遠待在裡頭。

「我不知道。」他說，語氣裡摻揉著罪惡感。「我甚至沒想過。」

他這番話讓我的心臟更猛烈地撞擊胸口，一串名字掠過我的腦海，都是傳聞過去和他有過關係的漂亮女人的名字，貝倫森夫婦參訪紐約期間，我在上流人士中聽到了一些耳語。我怎麼可能比得上沙遜夫人艾琳·德·羅斯柴爾德[7]這樣的女人呢？我怎麼比得上任何一個人？

他變得如此安靜，使我不得不這麼問：「我讓你失望了嗎？」

他很快否認。「不是的，親愛的。」他輕吻我的額頭。「你不可能令我失望。我只是不知道。」他將我拉近，讓我的頭倚靠在他的胸膛。「你看起來比較……」語音漸漸消失。

伯納德不需要把話說完。我明白。爲了轉移人們對我所屬種族的注意力，我用挑逗的舉止裹住自己。但我沒有充分考量這樣賣弄風情傳遞出的訊息。我所表現出的世故，和我的實際經驗相反。

---

6 俄語，意為「我的愛」。

7 Aline de Rothschild，法國名媛，來自羅斯柴爾德家族，丈夫為愛德華·沙遜（Edward Sassoor）爵士。

我們雙腿交纏，我的思緒亂成一團。「伯納德？」我問。

他摟緊我。「太美了，親愛的。」他這麼說，以爲我需要更多安全感。

煤氣燈投射出的陰影遮蓋了他一半面容，我問：「我也覺得很棒。但是……」我遲疑了。

「怎麼了？」他撫摸我的頭髮。

「剛剛做愛時，你講了一句不是英文的話。那是什麼意思？」其實我問的不是字面上的意思，而是在那樣脆弱的時刻，爲什麼要說另一種語言。

他用手指壓著我的雙唇。「這個意思。」他比先前更加熱情地親吻我，令我喘不過氣。「你只需要知道這些。」

我蜷縮在他的懷抱中，很快地空氣中充滿了他輕柔的鼾聲。煤氣燈的暗影在牆上翩翩起舞，我想著伯納德的話：你只需要知道這些。我清醒地躺在床上，既滿足又不安。最高潮的時刻，伯納德說的是什麼語言？爲什麼不回答我的問題？

這些問題一直徘徊到燈火熄滅，房內變得一片漆黑。伯納德到底是誰？今晚他說的話聽起來像俄語。搞不好摩根先生說的是眞的。或許伯納德是俄羅斯猶太移民，出生時根本不叫伯納德·貝倫森，但他爲了在不屬於自己的世界擁有一席之地，所以創造了這個名字，就跟貝兒·達科斯塔·格林一樣。

好主意，我欣喜地想道。掛著微笑，我就這麼在伯納德，或者管他是誰的懷裡，心滿意足地睡著了。

24

一九一〇年九月二十一日
義大利，奧爾維耶托

清晨的陽光穿透敞開的陽台大門，灑在過去一小時我用來寫信的桌上。破曉時灰藍色的光芒變成了晌午時耀眼的金光。

「不回來床上嗎？」

伯納德躺在一團白色亞麻床單和提花棉被中，少了眼鏡的雙眼顯得赤裸且帶有睡意。還有慾望。

「我也很想，親愛的。但我今天早上必須把這封信寄給摩根先生。」我打趣道：「過去幾週你讓我太忙了——早上忙藝術，晚上忙激情——我幾乎沒時間寫信給他。」

伯納德發出一聲咕噥。「他一定可以多等一天。」他的雙臂伸向我時，我感到滿腹慾望和渴求，昨晚和先前諸多夜晚的回憶令我興奮。但這些都比不上在一起的第一個夜晚令人難忘——我的初夜——一個月前在維洛納的時候。

「貝兒？」伯納德再次輕聲呼喊。

我深受吸引。比起古色古香的小鎮、壯麗的風景和被遺忘的義大利傑作，和伯納德共度的夜晚更加令我陶醉。早晨偶爾的激情就更不用說了。

但要是我沒有在今天中午——星期五——之前完成並寄出這封長信，碰上週末就得再延後三天才能投遞。摩根先生已經超過一週沒有收到我的報告了。很快他就會開始疑心或是擔憂。他會發電報找個人跟蹤我。

伯納德又說道：「你知道的，我不相信你寫給我的信有寫給摩根先生的長篇巨著一半長。而且你幾乎一天到晚見到他。」

這是我們的旅程中不斷重複的話題。爲什麼我不像伯納德一樣，幾乎每天都寫信？

「嗯。他是我的老闆，且要求我代替他出國旅行期間，要定時匯報行蹤。」

伯納德安靜了很久才開口。「我覺得你沒有坦白，貝兒。你有所保留，這是我解不開的謎題，即使那些祕密是我能理解的語言也一樣。某方面來說，那可能是我說得最流利的語言，我猜你也是如此。然而，我解讀不了。」

爲什麼一封寫給摩根先生的信，會讓伯納德得出我有所隱瞞的結論？還是他想藉此詢問傳聞中的流言蜚語？

「你怎麼能這樣說，伯納德？」我認爲這是最好、也是唯一可行的回應。

無論我和伯納德感覺多麼親近、情感和知識上有多少連結，也絕對不會洩漏祕密。

我接著再說：「和其他人在一起時，我總感覺自己在重新組裝身體的各個部分，就爲了呈現出最動人的整體樣貌，但和你在一起，我就是我自己，完整又眞實。所以你可以想見你的指控令我做何感想。」

「只、只是——」他語無倫次，這很罕見。「你和摩根先生的關係親密得不太尋常。」

他聽起來很嫉妒，但也許只是在開玩笑，或者只是單純想收回那些冒犯人的話。不管怎樣，我決定換個做法。我站起身，讓淡紫色絲綢浴袍滑落至腳邊，我們凝望著彼此。

我靠在他身上得意地說：「你在嫉妒皮爾龐特嗎？」說完吻上他的雙唇，但他沒有反應。
我退開後，他問道：「旁邊沒人時，你都是這樣叫他的嗎？」

這種占有欲的表現不帶一絲幽默。這和在公眾場合表現得相當拘謹的伯納德完全不同，甚至不像臥室私密空間中那個更加開放、但仍舊矜持的伯納德。噢，我們是多麼相像。

「當然了。只有我們兩個的時候是皮爾龐特和貝兒。」我笑道，想用一點點事實化解他的嫉妒。摩根先生確實叫我貝兒，但我不敢叫他摩根先生以外的任何稱號。

伯納德的嫉妒某種意義上是種解脫。我應付得了吃醋的伯納德，但多疑的伯納德就沒辦法。最近他給了我提高警覺的理由。在兩個不同的親密時刻，他講出了令我不安的話語——你的頭髮在早上看起來很不一樣，而你的肌膚在義大利的陽光下真是黝黑——這些話聽起來比較像是揭露事實，而非單純的陳述。

每次我都能藉由輕笑和親吻轉移話題，但我猜他還沒說完。因此，現在面對的是嫉妒而非審問，反倒令我鬆了口氣。

「別逗我了，貝兒。」他說，將我的思緒拉回來。我發現他是認眞的。他無法就這樣擺脫情緒，他的感受太過強烈，沒辦法忍受這樣的玩笑。

「我只對你有這種感覺，」他說：「我需要知道他之於你的意義。」

我坐在床上，指尖畫過他的臉頰。「摩根先生只是我的雇主，伯納德，我很感激他，因爲他賦予我巨大的財富和權力。我對他忠心耿耿。」我給他一個長長的深吻，他也回應了。我退開只是爲了告訴他：「我的心不在他身上。你必須知道，那只屬於你一人。」

他回應我的吻時嘴角上揚，我知道今天不必寄信給摩根先生了。我輸了。輸給義大利。輸給伯納德。

25

一九一〇年九月二十九日至十月一日
義大利，威尼斯

一開始，只是在伯納德的觸摸下，胸部感到輕微疼痛。兩天後，醒來過後幾個小時，腹痛加上強烈的疲憊感也跟著襲來。我以爲是生病或吃到腐壞的食物，但接著我開始回想上次生理期是什麼時候，通常都很準時的。已經超過兩個月了，上次是在我抵達歐洲之前。我把這嚇人的可能性拋諸腦後，一直到吃早餐時看到半熟的雞蛋忍不住衝進廁所。

我懷孕了。

我獨自藏著這個祕密一整天。我該怎麼做？到了隔天早上，我發現自己想不到答案。我得先解決其他重要的問題，其中最重要的是，伯納德和我有可能將這個孩子生下來嗎？

我必須放棄工作。懷孕的話，摩根先生不會繼續用我的。我將必須離開母親、手足還有紐約。或許歐洲較寬容的道德標準和部分波西米亞社群會友善地歡迎我們。但孩子不一定會遺傳到我較淺的膚色，我必須先設想社會和伯納德的反應。

若選擇留下孩子，就必須向伯納德坦承**所有**。他需要知道我是一名黑人女性，我真正的名字是瑪莉安·格林爾。而我的生命中需要他。社會對未婚媽媽不太友善，不論白人黑人都一樣。雖然我知道他愛我，但那份愛是否濃烈到足以接受這件事？他能不顧一切愛我嗎？

獨自待在房裡時，我站在鏡子前用指尖撫摸微微隆起的腹部。我想像自己的肚子腫脹又飽滿，伯納德的雙臂摟著我的肩膀。然後我想像未來，有個男寶寶在我的臂彎中。一個擁有伯納德的膚色和我的韌性的男寶寶。一個和父親一樣迷人、有著和母親相同的野心，和我們倆一樣熱愛藝術的男孩。

思考這件事越久，我想要留下孩子的念頭就越強烈，而伯納德必須知情。我只希望伯納德口中對我的愛是眞實的。

隔日早晨，我們緊緊相依躺在床上時，我輕聲說道：「伯納德，有件事必須讓你知道。」

他把我摟得更緊。「你可以告訴我任何事情，貝兒。事實上，我希望你告訴我一切。」他低聲強調這點。

我把臉埋在他的肩上說：「我想我懷孕了。」

他的身體變得僵硬，向後退到床的另一側。「不可能的，貝兒。」他緊盯天花板。「我們不能有孩子。」

我起身看著他。「事實上，有可能。我很確定。」

「我以爲你會處理好。」

我一時不知道他在講什麼，然後才搞懂他是指避孕措施。這問題嚇到我了。我怎麼會知道？我生長在一個嚴格的家庭，從來沒想過婚前性行爲，也沒有能夠傾吐祕密的女性朋友。「沒有。」我說。

「我以爲你有。畢竟你是有經驗的那個。」

他的語氣很冰冷。「我說過我不想要小孩。」

「你說你不想和瑪麗生小孩。你沒說過你完全不想要孩子。」他怎麼能這麼快又這麼無情地打碎這個夢，一點都不在乎我的感受？我忍著憤怒和失望，表現出相同的冷漠。要是不這麼做的話，我知道我會潰堤，而我不能容許那樣的事發生。

見他保持沉默，我繼續說：「但這並不重要，因爲我沒打算留下，伯納德。你必須清楚這點。除了其他因素外，我還有事業要考量。」

他突然坐起身。「你必須明白，我們的處境不容許有孩子。除此之外，我已經結婚了，而且看在老天的份上，她還是我的商業夥伴。**你**必須爲這事做點什麼。」

我？爲這事做點什麼？他和我一樣得負全部責任。

我衝進浴室，把自己鎖在裡頭抽泣。我一再告訴自己，我不想，也永遠不可能有機會成爲母親。但是我懷孕了，而我渴望這個孩子。

我再次計算這個極複雜狀況的所有變數。我如何才能獨自實現這件事？住在紐約並繼續爲摩根先生工作不在選項內。即使我的孩子膚色白皙且我能持續保有白人身分，身爲未婚媽媽的恥辱也會讓我被排除在藝術與圖書館的世界之外，更會讓我的家人蒙羞。因懷孕而導致社會地位和經濟條件惡化，以及隨之而來的環境改變，都可能害我母親與手足失去白人身分。

我可以回去華盛頓特區，和弗利特親戚們一起住在寶寶的膚色不會造成麻煩的社區嗎？不，那裡也存有未婚媽媽的恥辱。就算沒有，我也得好好聽母親的話。由於南方種族隔離和白人至上主義的束縛，我不能讓自己和孩子過著日益惡化的壓抑生活。

事實就是，我沒有容身之處。身爲一個未婚的黑人女子，在美國沒有人會聘請我擔任圖書館員或藝術專家，若沒有摩根先生的推薦——要是他知道我懷了伯納德或其他人的孩子，則永遠不會推薦我——歐洲也沒有人會僱用我。帶著一個孩子，我無處可去，無人可依靠。只有伯納德的接納和支持能改變這點，而他甚至懶得來浴室查看我的狀況。

我打開門，因伯納德的退卻感到失落。我對著一條毛巾尖叫，用空著的手敲擊浴室地板冰涼堅硬的磁磚。**我的**身世究竟有多大問題，竟不值得將孩子帶來這個不公平的世界？

我只能想到兩年多前自己聽到的那句話，那句應該要留心的話。你沒有犯錯的空間，格林小姐。

26

一九一〇年十月十二日
英國，倫敦

我被疼痛撕裂成兩半。那種割裂般的急迫痛楚將我逼瘋，直到我無法思考、無法感受，什麼都無法，僅剩痛苦侵蝕著我。浪潮退去後我鬆了口氣，發現自己並未完全被吞噬。在痛楚留下的空虛之中，記憶的碎片——也許是夢——進入了我的意識。凝視著頭頂金色光環的聖母瑪利亞和聖人、紅瓦屋頂和燦爛的陽光。我們從餐館後門溜出去躲避摩根先生在拉溫那的朋友時笑成一團。看著傾盆大雨落在威尼斯狹窄的街道上，聖伯多祿聖殿前遼闊的城市廣場被不斷上漲的雨水淹沒。躺在鋪著潔白床單的華麗義大利床鋪上，聽著波特萊爾詩文的朗讀節奏慢慢入睡。手牽手漫步在威尼斯附近的穆拉諾島葉隙流光下，在那裡，人們將鮮豔的藍色、紅色與金色玻璃吹製成一系列令人目眩的形狀，彷彿施展魔法。

什麼是夢？什麼是眞？

聽到說話聲，我努力睜開雙眼。一位身穿白衣、頭戴白帽如修女頭巾的金髮女子站在一個男人旁邊，那男人穿著單薄的棉外套，外頭是一套標準的灰色精紡羊毛西裝。我瞇起眼，但不敢太用力。每個動作都會帶來疼痛。我不禁心想，他們是誰？我在哪？

「格林小姐，能聽見我說話嗎？」男人用英國口音問道。這人蒼白瘦弱，完全不像義大利人。他拿著掛在脖子上的東西。我知道這個醫療器材的名字，但字詞卻停留在大腦深處，拒絕來到我嘴邊。啊對，是聽診器。這男人一定是醫生。我在醫院嗎？爲什麼？

我張口試著說話，但只聽到像是動物的咕嚕聲。是我嗎？眞希望我能看到更多房間內的跡象好釐清現狀，但我甚至無法將頭從枕頭上抬起來。儘管如此，我知道必須發出點聲音。必須讓醫生和護士知道疼痛並沒有讓我完全失去意識。爲了發出能被聽懂的聲音，我又試了一次，卻只聽見那粗嘎的雜音。那眞的是我發出來的嗎？

我用力使勁，試圖將頭從枕上移開，但世界突然變得一片漆黑。

再醒來時，我很快就弄清楚自己身在何方。我想移動，但四肢和身體有如千斤重。我試著抬起右腿、然後是左腿，卻徒勞無功。我的手掌和手臂如鉛塊一樣沉重，只有手指能稍微離開床鋪表面。但有一點我很感激——疼痛已經減輕了。

「格林小姐，很高興今天早上你的雙眼這麼清澈。」

聲音來自我的右邊。轉頭看過去後，原來是之前那位護士。我試圖在黑暗再次襲來之前開口，但喉嚨和嘴巴極度乾燥。我終於能夠發出嘶啞的說話聲，「請給我水。」聽起來一點也不像我的聲音。

「沒問題。」這位護士是效率的典範，馬上伸手拿起邊桌上的一杯水送到我的嘴邊。

喝水時我環顧這間無菌病房，看到護士起身按鈴。接著她說：「我們很擔心你。你已經發高燒兩天了。」

兩天？我毫無意識躺在這張床上兩天？我爲什麼會在英國？我最後一段清晰的記憶是和伯納德的朋友，埃瑟爾・哈里森夫人，一起登上從威尼斯開往倫敦的火車。

埃瑟爾・哈里森。伯納德。威尼斯。倫敦。

回憶排山倒海而來，填滿了那些空白。我知道爲什麼我在這裡了。回憶讓我從喉嚨裡發出一陣劇烈的抽泣，一種不同的痛楚撲在了我身上。我突然啜泣起來，熱淚流下雙頰，直到喘不過氣爲止。

「沒事，沒事的，格林小姐。」護士將一手覆上我的手，撫慰著我。「不用擔心。你已經度過了最嚴重的感染時期，不到兩小時前就退燒了。恢復體力後，很快就能完全康復了。」

她怎麼能這樣說？我能「完全康復」嗎？在經歷這一切以後？在伯納德鼓勵我、我也同意這麼做以後？

見我哭個不停，護士接著說：「需要請你朋友過來嗎？她就在走廊和你的醫生講話。」

我得停頓一下，才想得起來她是在說誰。然後我點點頭，意識到她指的是埃瑟爾，其實應該是伯納德的朋友。但過去幾天她爲我做的一切——在醫院裡，以及先前從義大利來到英國的旅程——應該也證明了她是我忠心的朋友。我的雙眼又腫又痛，得休息一下了。眼睛才剛閉上，就聽見房門吱吱作響和鞋跟的喀噠聲——肯定不是護士的軟底鞋——我馬上又睜開雙眼。就在上方，埃瑟爾悲傷的棕色眼珠正凝視著我。

「噢，貝兒。」她輕呼，聽起來鬆了口氣。「看到你睜開眼睛，臉頰也有點血色眞是太好了。我們擔心死了。」

「我們？」我不記得還有其他人一起從威尼斯過來倫敦，但這不代表沒有其他同伴。我的記憶斷斷續續地運轉。

「伯納德和我。」她壓低音量。「只有我們兩個知道——」她試著找到正確的委婉說詞。「知道你的療程，沒有別人。」

聽到這話我眨眨眼。「伯納德在這裡？」我什麼都不要，只希望他能握著我的手，告訴我一切都會好起來。

會好起來嗎？我的行爲——我們的行爲——造成的汙點深深烙印在我身上，若我的眞實身分讓我有另一個選擇，不知道當初我還會不會同意。在發生這一切之後，和他四目相對不知道會是什麼感覺。但不論如何，他**應該**要在這裡，特別是在「療程」為我帶來痛苦之後。

「不在。」她遲疑地說，眼睛盯著地板。「他還在巴黎，沒辦法過來倫敦。」她抬眼，下一句話聽起來較為雀躍，「但我一直發電報告訴他最新情況，他也表達了他的愛意。」

我感覺得出來，善良的埃瑟爾——忠於伯納德及瑪麗，和他們有著長久的友情——捏造了最後那句話。

沒辦法來，還是不想來倫敦？若伯納德對我的感情真的有如信中及在義大利所說的那樣深厚，那麼沒有任何人事物能夠阻止他踏上下一班前往倫敦的船來見我。尤其他還是造成這個狀況的原因，也是促成這場手術的人。他的缺席說明了一切。原本我認為密不可分的情感已經斷了。或者打從一開始就不是我所認為的關係。

我必須獨自前進。「一切都……」我搜索著正確的用詞。「都搞定了嗎？」

埃瑟爾問：「你是說你的病情嗎？」

我點頭，似乎沒有人說得出「墮胎」這個字。連我也說不出口。

「嗯。」她點點頭。「手術已經治好你的病情了。他們認為隨後的感染可能是源於你在威尼斯吃的『護肝藥』。」她搖搖頭。「那沒有效。」

「護肝藥」這個字喚醒了我的記憶。現在，我想起約莫兩週前伯納德和我剛抵達威尼斯時發生的一連串恐怖事件。我一告訴伯納德懷孕的消息並表示擁有的選擇不多，他馬上把忠誠的埃瑟爾叫來，我像個樣品一樣坐在兩人之間，聽他們以令人焦慮的大量專業知識小聲討論我的處境。我同意了第一個步驟，埃瑟爾不知怎麼從一位和善的醫生那裡買到了墮胎劑「護肝藥」。吞下後我開始乾嘔，但「病情」仍然存在。

吃下失敗的「護肝藥」隔天早上，伯納德提出「下一個步驟」，這委婉的用語令我寒毛直豎。一開始，我拒絕討論這個「步驟」的細節。從我多年來無意間聽到的竊竊私語推斷，似乎比單單吞下一顆藥丸殘暴得多。看到我的沉默，伯納德堅定地提醒我雙方已經同意的事——這個提醒表明了他堅決要進行人工流產——我這才不再抗拒。就在那時，他要我前往位於倫敦的特殊診所，在那裡，我的「病情」——而不是我的孩子——可以被治癒，且埃瑟爾，而不是伯納德，將陪同我前往。他說他必須去巴黎出差。懦夫，我在心裡暗自這麼想。

「貝兒？」埃瑟爾打斷我這段恐怖的回憶。「你有聽到我說的感染的事嗎？」

「有。」我急忙回答，即使根本就沒專心聽。「是『護肝藥』導致感染。」我頓了一下，然後問了一個肯定有過回答的問題。即使我討厭那個答案。「伯納德會從巴黎過來倫敦嗎？」

埃瑟爾遲疑了。她把椅子拉近病床，雙手形成一個近似祈禱手勢的三角形。「貝兒，眞的很抱歉，但我剛剛收到電報。伯納德向你問好，但他終究無法前來倫敦。」

27

一九一〇年十月二十六日
紐約州，紐約市

「貝兒、貝兒，別離開我們！」愛蘭・黛麗（Ellen Terry）大喊，這位曾與我對飲幾杯香檳的英國傳奇女演員新朋友揮手示意，要我再度加入她的紐約老友群伊瑟爾、P. G.格蘭特等人之中。但我笑著揮揮手。

「我需要一點新鮮空氣。」今晚頭等艙休息室的酒吧擠滿了人，這裡是大洋郵輪上最吸引人的地方。這艘白星航運遠洋郵輪於一八九九年下水，從餐廳頂上高聳的壁畫鍍金圓頂到客艙內的精美木鑲板黃銅飾面，無一細節不堪稱奢華——頭等艙休息室也不例外。摩根先生也會贊許這艘船，畢竟國際商業海洋公司是他的持股公司，所以他也是白星航運的所有人之一。

「但**你**就是新鮮空氣啊，親愛的。」愛蘭反駁道。登船時愛蘭站在我旁邊，很快她就將我介紹給她的朋友，並安排大家在酒吧碰面。兩杯香檳下肚後，她宣稱我們兩個是船上所有人之中堪稱最爲前衛的靈魂，所以整段旅程**必須**形影不離。女演員交朋友肯定很容易。

我舉起一直緊握的香檳杯，遠遠地向大家敬酒。「晚餐見！」

我穿梭在甲板上的成群乘客之中，在欄杆旁找到一處空曠角落占爲己有，然後看著倫敦海岸線漸漸遠離，在漸暗的天空和大海襯托下變成一抹模糊的汙痕。眞希望和伯納德在一起的最後幾天，還有在倫敦的過去幾週，能順利消失在視線之外。我只想變回原本的自己。

伯納德。甚至想到他的名字就使我再度受傷。在倫敦休養的幾個星期以來，我們相互寫了苦中帶甜的憂傷信件給對方，講述可能發生的事情。有些信件對未來充滿希望，還附有佛圖尼[1]睡衣及巴黎的香水作爲禮物。從某方面來看，這是最沉痛的部分。每一封信他都承諾很快就會橫越英吉利海峽來見我。

但他一次都沒來。登上大洋郵輪時我很生氣。我在離別的信中寫了這些話：

你怎麼能離我僅僅幾小時路程卻始終逃避，一再找藉口搪塞？我愛的男人——我獻身給他的那個男人——怎麼會做出這種事，尤其是在我經歷了那些失去和痛苦之後？你怎麼能這樣對我？

我沒有寫下，卻肯定少不了的問題是，我怎麼能允許他那樣？

我離開欄杆旁。只剩一些人還在閒逛。我猜大部分的人都回船艙休息、更衣，準備吃晚餐了。走過木地板，我的鞋跟喀噠作響，就在正要進入通往船艙的走廊時，我遇見了一位熟悉但意想不到的人。安妮·摩根。

「安妮？」我驚呼。

「貝兒？」她如此回應。

「看到貝兒在這裡不用那麼驚訝，安妮。你知道她在船上。」貝西·馬布里站在安妮旁邊插話。她那宏亮的嗓音和壯碩的體格很相配。近來，我漸漸開始認識並喜歡上這位著名的戲劇與文學經紀人。她是該領域中不可或缺的動力。她在奧斯卡·王爾德生前就是其作品的代理人，這意味著她無所畏懼，不在乎社會的蔑視。代理蕭伯納精采的戲劇同樣說明了這點。此外，即使安妮和艾西・德沃夫對我反感，但她似乎開始喜歡我了。我們對彼此露出眞誠的燦爛笑容。我發現艾西——傳聞中這段波士頓婚姻的第三人——不在這裡，不禁好奇她人在哪裡，我很少在社交場合單獨見到她們。

貝西給了我一個溫暖的擁抱，大喊：「見到你眞是太好了，貝兒。」

「我也很高興見到你，貝西。」我親切地點個頭，接著說：「還有你，安妮。你們是在巴黎上船的嗎？摩根先生有提到過去幾個月你們都待在特里亞農別墅。」

但我不知道安妮和我搭了同一艘船返回紐約。值得慶幸的是，由於安妮和他父親的政治觀點相互矛盾，尤其是安妮公開支持女性製衣工人這點惹怒了她父親，所以她較少出現在圖書館了。

「沒錯。」貝西回答，安妮只是冷淡地點點頭。「眞是一段美好的時光。當然了，我們最後一段時間是待在巴黎。」

「啊，巴黎如何？」我這麼問，同時帶領她們離開狹窄的走道，去到更寬敞的甲板上。

「魔幻之地，一如往常。美食令人垂涎，劇院更是令人流連。」貝西代表回答。她是少數幾個性格強勢的人之一，顯得安妮不那麼有威嚴。

「你們眞是幸運。」

「巴黎不在你的行程之中嗎？」貝西看起來很驚訝。

「短暫拜訪而已。我大部分時間都在倫敦會見策展人和經銷商，然後在義大利待一個月，爲圖書館評估藝術收藏。可惜只有在前往義大利的途中在巴黎停留兩天。」

---

1 Mariano Fortuny，西班牙服裝設計師，以古希臘服飾為靈感，在二十世紀初與妻子韓麗葉・尼格林（Henriette Negrin）共同設計出具有獨特皺褶與垂墜感的 Delphos 禮服。

貝西先是對我搖搖手指，然後也對著安妮這麼做。「你們必須說服那個控制狂摩根先生放鬆一下你們的時間表，才能在巴黎多待一陣子。」

我看向安妮，然後對貝西說：「老實說，我毫無怨言。我在義大利一些小鎮中漫步，度過了一段愉快的時光。」

安妮總算開口了。「你去了哪裡，貝兒？」

雖然在典型的對話中這是很自然的問題，但我和安妮從來沒有過普通的對談。從來沒有。這是這陣子以來她第一次沒有忽視我的存在。我謹慎回答：「我先是去了些較知名的城鎮，像是佛羅倫斯和威尼斯。但我發現小一點的地區，如維洛納、拉溫那、西恩納和奧爾維耶托，才是眞正的勝地。」

「你怎麼知道這些城鎮的？」安妮問。

安妮的好奇心在我看來很不尋常，所以我小心地措辭。「我有一位出色的導遊。」

安妮對貝西露出一個意味著勝利的淺淺笑容。「我就知道，我應該知道是誰帶你去的。」

我感到胃部一陣痙攣。這就是她用看似無害的問題設下的陷阱。在所有人之中，被安妮知道我和伯納德待在一起——甚至知道我們的關係——是最糟的。她已經在懷疑之前所說的熱帶地區血統了。要是被她發現兩個祕密，她會做出什麼事？

「貝兒，」貝西開口，不悅地看了安妮一眼，「安妮的意思是我們登上大洋郵輪的前兩天晚上，在巴黎和伯納德・貝倫森共進晚餐。」

「喔？」我決定絕口不提任何伯納德沒有提過的細節和表露過的情緒。我很氣伯納德，因爲他有可能跟安妮・摩根分享了我們相處時的**任何事**。他明知道我們倆的關係有多不好。

「他說他建議你參觀義大利的一些城鎮。」貝西說。

「是的。」我承認這個微小的事實，等著聽接下來還有什麼。

「他還說，時間允許的時候，他也去了其中幾個城鎮分享重要的藝術資訊。」貝西繼續道。

「畢竟他是世界第一的義大利文藝復興藝術專家。他的導覽大有裨益。」我擠出一個微笑。

安妮表示：「他肯定不僅僅是一位導遊。你似乎傷了他的心。」

即使我打算保持冷靜且有所保留，此時也忍不住開口道：「**我**傷了他的心？真不敢相信他會這麼說。」

貝西責備地看了安妮一眼。「他沒有那樣說，貝兒。伯納德暗示說，在你們相處的短暫時間裡，他發現你的魅力難以抗拒，而這個世界似乎有點……」她頓了一下，找尋適當的字眼。「在你離開之後黯淡了一點。」

安妮大聲說道：「很難相信花幾分鐘帶你參觀教堂和博物館會使他這麼沮喪。」

伯納德很沮喪？有一瞬間我沒有聽出安妮想要影射些什麼。但後來這個暗示變得很明顯。我並沒有表露戒備，而是決定使用在社交領域對自己有利的技巧。「倘若他拜倒在我的魅力之下，那我也沒辦法。」我邊說邊甩動絲巾。「我沒有刻意賣弄風情，但男人總會看到他們渴望的東西。」

貝西大笑，聽起來完全不像個淑女。但她本來就一點也不像淑女。「說得太好了，貝兒，大多數男人都不知道他們的觀點有多蠢笨。『愚人自以為聰明，但智者知道自己傻』，莎士比亞不是說過嗎？」她搖搖頭，接著說：「安妮和我試著說服伯納德和我們一起搭乘大洋郵輪——我們說清新的海風和船上的放縱能使他振奮——但不知為何他知道你會上船，說你不會想見到他。」

我懷疑安妮是故意邀請伯納德登上大洋郵輪。說不定她想打破我們之間保守彼此祕密這個不言而喻的約定，將這段戀情的證據帶回去給她父親。

伯納德知道自己多麼令我失望，且他自己也在受苦，這或許是種慰藉。只有我一人受折磨並不公平。

「真不敢想像他在說什麼。」我回應。

「這個嘛，男人的思想是無法解釋的。」貝西這麼說：「是時候回艙房了，不覺得嗎，安妮？」兩個女人睡同一間房嗎？貝西似乎無意間提供我確鑿的證據，證實她和安妮及艾西眞的締結了波士頓婚姻。這樣的訊息能將謠言化爲事實。

「去吧，貝西。我馬上來。」安妮說，雙眼緊盯著我不放。她等到貝西離開才再次開口。「貝西說得太委婉了。從伯納德口中可以聽出你們確實有什麼。你去歐洲應該是爲了工作，不是爲了戀愛。不知道我父親會作何感想。」

我很清楚摩根先生會怎麼想。他會恨我欺騙他，尤其我還承諾過這趟旅程跟伯納德一點關係都沒有。他會恨我在所有男人之中被伯納德吸引了注意力，也恨任何人將我的注意力從他身上移開。

對於接下來該說什麼，我別無選擇。「不知道他對於你和貝西．馬布里共用一間艙房有何看法。房間很大很豪華，但我想裡頭只有一張床。」

安妮緊咬牙關。「你以爲這樣的小小威脅很聰明，但別忘了結果對我有利。現在我知道你的兩個祕密了，但你只知道一個。」

我搖搖頭，硬擠出一抹笑容。「安妮，我眞的不知道你在說什麼。我沒什麼要隱瞞的。」

「我會看著你的，貝兒。我父親或許對你的詭計和騙局視而不見，但我不一樣。」

這種威脅應該令我害怕才對，但卻反常地讓我更加大膽。這就是一個心胸狹隘、被寵壞的有錢姊姊在對擁有太多父愛的寶貝妹妹窮追猛打。安妮並沒有把我當成員工，而是當成了家庭的一份子。現在我很確定，雖然這段旅程中我因伯納德遭受了巨大的痛苦，且最終沒能抓牢他，但我和摩根先生之間有著牢不可破的連結。我不會讓任何人事物奪走這一切。

28

一九一〇年十二月十四日
紐約州，紐約市

我用指尖抵住太陽穴，設法讓房間停止旋轉。有個聲音叫著我的名字，我試圖忽略水晶燈漩渦狀的光芒和女士們色彩鮮亮的禮服，專注在那道聲音上。我一手扶在身後的牆上，在世紀劇院的主廳穩住身子，這間劇院的設計類似於巴黎的法蘭西喜劇院，開幕式活動在我身旁大肆進行，不適感也大肆侵襲著我。

「你還好嗎，格林小姐？」有著漂亮天藍色眼珠的男子不斷詢問。

這是誰來著？他的名字在我記憶中朦朧的邊緣跳動，但我想不起來。不過我認得大廳另一側對我揮手的紳士。他是大都會歌劇院導演朱利奧．加蒂－卡薩扎（Giulio Gatti-Casazza），所以我也朝他揮揮手。

男子持續盯著我，我知道自己得說些什麼才行。「我沒事。只是這裡太吵了。」我聽見自己在說話，聲音很大。我口齒不清嗎？

「對呀。」他環顧門廳。「這樣的傳音效果不太適合劇院，你不覺得嗎？而且指揮好像有點……

焦躁，是不是？」他滔滔不絕，但我沒辦法專心聽他說話。

儘管比幾個小時前抵達的時候少了一些人，但整個空間仍舊擠得水泄不通。現場還有很多紐約的權貴，其中幾位是這個大型戲劇展演的贊助者。不過，今晚有錢人的禮儀都到哪兒去了？通常，即使是談論最複雜的事情，人們也會禮貌地輕聲細語，盡量隱藏任何不得體的言詞或行爲。今晚不同。夾雜著酒精的聲音響亮又渾厚，足以和可能喝了太多勃艮第紅酒的指揮家所指揮的管弦樂團回聲相互較勁。

我因爲自己的觀察咯咯傻笑，直到那男子再次叫喚我。「格林小姐，我想今晚你該休息了。最後一杯香檳似乎讓你好點了。」他指著我手中的香檳杯。

「不，夜晚才剛開始呢。」我笑著說，吞下最後一口氣泡酒，將杯子遞給經過的侍者。一個黑人服務員。

侍者接過我的玻璃杯後又給我一杯新的酒。然後，我做了身爲白人女性從未做過的事——我直視著黑人男子的雙眼。他也注視著我，我知道自己被看穿了。但我沒有像往常一樣，如媽媽所教導的別過頭。我緊盯對方微笑，彷彿在挑釁對方開口，挑釁他對這個擠滿紐約最尊貴**白人**的地方大聲說出自己知道的祕密。

作爲白人女性，這是我第一次無所畏懼，因爲我已經體驗過最糟糕的感受了。還有什麼能比我上個月所經歷的罪惡、痛苦和失去更糟？

但侍者沒有說話。他恭敬地向我點了個頭，就繼續在劇院裡環繞，提供香檳給狂歡者們。

「格林小姐，你確定要再喝一杯嗎？」我的同伴問。「我覺得你有點喝多了。」

我聳聳肩。「通常凡事不宜過量——香檳除外。香檳喝多了只是剛好。」我邊笑邊又啜飲了幾口，男子也跟著笑了，我覺得他的聲音聽起來很誘人。

「很晚了，格林小姐。或許現在是道別的好時機？」

我抬起眉毛，再一次試著想起他的名字。我認識這個男人，我隔著拍賣會場的走廊和舞廳見過他，但他的名字沉在香檳杯裡某個角落。「好吧。」我走近他，低聲說道。「我可以隨你去任何地方。」

他接過我的酒杯，朝我伸出手臂。對此我很感激，因爲我頭好暈。經過門口時，一名僕從抱著我們的大衣跑來，這位男士替我穿上了毛邊外套。離開劇院時我朝其他賓客揮揮手，就在跨越門檻時，我跌倒了。

「哎喲！」我驚呼，一把抓住他的手臂。

「你沒事吧？」他看著我問道。「我想你會沒事的。」

「沒錯，因爲和你在一起。」十二月的冷風刺骨，但抱著他時我感覺很溫暖。漫步前往中央公園西區時，我很想把頭靠在他的肩上，但光要保持平衡就很費力了。

如果不能喝更多香檳，那至少能和這男人一起回家。我想不起來他的名字，但這並不重要。今晚我只想對某個人有點感覺，到了隔天早上，或許就不再對伯納德有任何依戀了。

這位紳士抬起手，一輛馬車順勢出現。肯定是他自己的，不是租來的。在他的幫助之下，我踏入奢華的車廂，滑過鋪著軟墊的長凳，讓他有足夠的空間可以進來。但他只是點點頭，拍了拍車廂側邊示意啓程，接著他說：「很高興再次見到你，格林小姐。請代我向皮爾龐特問好。」

「我們不一起回家嗎？」

他的眉毛上揚。「不了。你是一位喝了太多香檳的女士，而我是位紳士。直接回家的話，明早你會好受許多。」

「我今晚就想要好受一點。」我說。

他忍不住笑了。「晚安，格林小姐。」

最後一杯香檳的後勁襲來，我抓住他的手。「怎麼回事？我的黑人血統露餡了嗎？」

他眉頭緊皺，好像這句話毫無意義一般，接著他朝車伕點頭。當馬車猛地駛離路邊時，我嘆口氣靠向椅背並閉上雙眼，試著阻止胃部繼續翻騰。這不是我想要結束今宵的方式。我想要有個男人，幫助我忘記那個始終無法忘懷的男子。

不到幾分鐘就抵達公寓了。一踏上街道我就感受到冷冽的氣溫，幫助我保持清醒並穩住腳步。一直到我躡手躡腳走進公寓後，才跌跌撞撞地撲向玄關的桌子，把準備好要寄出的信件盡數掃到地上。「該死。」我喃喃自語。穿著酒紅色珠飾晚禮服必不可少的緊身胸衣，想拾起東西並不是件容易的事。

雖然我們搬進了一間較豪華的公寓，媽媽的房門仍舊會嘎吱作響。「貝兒，是你嗎？」她低聲問，把泛白的髮絲從眼前撥開。「你還好嗎？」

「我沒事，媽媽。」

「看起來你喝多了。」她看向座鐘。「已經超過兩點了。這時間還待在外頭對未婚女子來說太晚了。」她冒險繼續說道：「且沒有個適當的同伴。」

從大洋郵輪回到家後，媽媽就試圖想將傳統的繩索重新套回我身上。「媽媽，你知道社交是我工作的一部分，而且——」

「你在歐洲發生了什麼事，貝兒？」

過去幾週她問了好幾次這個問題，所以我絲毫不驚訝。「沒什麼，媽媽。只是替摩根先生採買藝術品。」儘管喝了最後那杯香檳，我仍努力保持言語清晰且立場堅定。

「別耍小聰明，貝兒。」她的語氣很嚴厲。「回家後你就變了。似乎……」她停下來尋找對的字眼。「心煩意亂又焦躁。甚至很輕率。」

輕率。這就是我的感受，因爲我無法忍受被任何一個安靜的時刻吞噬。倘若發生，有關伯納德的思緒就會將我淹沒，或者更糟，有關我的孩子的思緒將淹沒我。

然而，趕走伯納德是不可能的，因爲回家後過沒幾週我們又重新連絡上了。事情的開端是一封單頁的信，上頭寫著：我最親愛的貝兒，我愛你。我心跳加速，但以理智回了一封沒有寒暄的信：伯納德，在我看來你比較擅長光說不練。我接著寫下了一連串我遭受的苦難和他應負的責任。

但他持續寫信，持續傾訴他的愛慕，雖然我的理智要求我謹記眞相，但我的心更樂意回想義大利之旅前的那一年，那時我看到了他的愛所蘊含的力量和奇蹟。

最後，我回應媽媽的話：「事實上，今晚參加派對的人也說我不一樣了。但他們說我看起來沒有這麼好過。」我竭盡全力讓話語清晰且音調沉著。千萬不能讓媽媽知道我有多醉。

「你敢再說一次派對上的玩笑話試試看，貝兒。對那些愚蠢的上流人士可能有用，但我很清楚你這是在轉移焦點。」她美麗的眼眸寫滿了批判和憤怒。「船上發生了什麼事嗎？」

大洋郵輪上？想到那個歡樂又忘憂的堡壘上可能發生什麼爛事，我差點忍不住大笑。最不愉快的就是遇到安妮，在那之後，我都確保自己離她遠遠的。除此之外，我盡情享樂。

「當然沒有了，媽媽。你也有過那段旅程。上頭除了食物和歡樂之外什麼也沒有。」

她搖頭。「一定出了什麼事，貝兒。就在大洋郵輪上或者在歐洲。我就是知道。」

她的堅持令我猶疑，幾乎就要脫口而出，因爲我覺得自己快崩潰了。這趟旅行之前，媽媽一直是我的知己，我相信伯納德也會成爲那個人，他會認識眞正的我。但他傷害了我、改變了我。他永遠不會是我的密友，甚至不是朋友。

我說道：「幾個深夜不代表什麼。別胡思亂想了，媽媽。」我脫下大衣扔到沙發上，然後坐下。倘若要繼續這段談話，坐下比站著好多了，至少房間不再在我眼前旋轉。

「我不是在說派對，貝兒。」她的語氣比較柔和了。「我是說你在派對喝的那些酒。我是在說你每天都太晚回家。我是在說你痛苦地醒來，又累又渙散地離開家裡。我是在說你冒的所有風險。」

有一瞬間，黑人侍者的影像掠過我的腦海，還有我說的那句話——「黑人血統」。我當時在想什麼啊？但我不能承認這點，不能驚擾媽媽。
「爲了工作必須參加聚會而在外頭待到很晚，根本稱不上是風險。」我閉上雙眼，揉揉太陽穴。現在這節骨眼，我只想趕快去睡。

「和你所謂的朋友一起在派對上喝得爛醉然後洩漏眞實血統，這是我們承擔不起的風險，貝兒。因爲夜生活而無法完成在皮爾龐特．摩根圖書館的工作，這將會影響整個家庭。你看不出來嗎？」

媽媽眞正擔心的事情令我憤怒。我今年三十一歲了，在這整段成年人生活中，我一直承擔著經濟責任和眞正種族淵源的重擔。「我什麼時候沒有完成工作——或者沒有盡到家庭的義務了？」

她揚起雙眉，感受到了我的怒氣。再次開口時她的聲音平靜多了。「我有沒有告訴過你，當你父親還是個教授的時候，我和他一起待在南卡羅萊納州哥倫比亞市的那些年？」

我感到錯愕。不只是因爲突如其來的話題轉變，也因爲她提到了我父親。我搖搖頭。我當然知道他曾是一名教授，但對他們早年的生活一無所知。

她在我身旁坐下。「你父親是個風度翩翩且前途無量的人。我們在一八七四年結婚時，我很高興能離開父母舒適的房子前往南卡羅萊納。有他在身邊一起搭火車和馬車旅行就像一段浪漫的冒險。我從沒去過梅森－迪克森線[1]以南那麼遠的地方。這是戰爭前我們做夢也想不到的事，當時自由的黑人都被搶走賣到農園。但戰爭結束後，保護我們的法律通過了。你父親和我天眞地以爲這個國家眞的改變了。」

「結婚前一年，理查被新成立的南卡羅萊納大學聘請，成爲學院的第一位黑人教授，就在該州首府哥倫比亞。」看到我揚起的雙眉，媽媽接著說：「現在，不用想像任何宏偉的畫面，事實證明這座首府是個土路城市，有木造的建築、一間大學，其抱負遠高於實質地位或是國家的政治願景。校園本身稍微氣派一點，但就那麼一點點。」

「大學裡有十二座寬敞的磚砌建築，隔著一片漂亮的草坪相望，全都矗立在一座七英尺高的磚牆之後。我承認那道牆令我稍微安心了一點。從火車站搭馬車到學校的路上，南方的白人對我們投以冰冷的目光，而有色人種好奇得瞠目結舌也沒有好到哪裡去。」

她的神情緩和下來。「起初那是段振奮人心的時光，貝兒，我現在可以這麼承認。我們膽敢放鬆警惕。你父親是心靈與道德哲學教授，也是位圖書館員。我們和白人化學教授威廉·曼恩一家合住在一間漂亮的複合式住宅。」

我幾乎要打斷媽媽的話了。我有好多疑問，但什麼都沒說，只是清醒且著迷地聽著媽媽——一位不想回顧過往的女人——陳述這些往事。

她繼續道：「那是個非常友好的居住環境。鑑於你父親的哈佛背景，他有 定的威望。但一切都隨著時間改變了。當地的保守人士很生氣他們的白人小孩……」她只停頓了一秒，但我看得出來她在控制怒火。「在教室裡坐在黑人隔壁，老師也是個黑人。他們的情緒蔓延到了該州的立法者那裡。你父親無法坐視不管。他加入戰局，參與了學校和立法者的會議。他組織了教堂聚會和相關集會。」

「正是在那時候，他因爲民權主題的演講而聲名大噪，特別倡導了他朋友查爾斯·索姆奈（Charles Summer）生前提出的《民權法案》。」

「爸爸和查爾斯·索姆奈是朋友？」媽媽的話令我震驚。爸爸怎麼會和這位戰後爲自由奴隸爭取公民權和投票權的麻州著名參議員成爲朋友呢？

「嗯，這是當然。」媽媽回答。「當時你父親和大部分參與民權運動的人都是朋友，像是弗德瑞克·道格拉斯、布克·T·華盛頓、W. E. B.杜博依斯（W. E. B. Du Bois）。嗯，在他還沒有爲了如何捍

1 Mason-Dixon Line，美國馬里蘭州和賓州的分界線，也是傳統上的美國南北分界。在一八六五年內戰結束以前，北方為自由州，南方為蓄奴州。

衛平等與那些人產生爭執前，確實是那樣。」

幾週前我讀到一篇關於新民權組織美國全國有色人種協進會的文章，W. E. B.杜博依斯被列為其中一名創始人。

她的視線已經不在我身上了，而是望向過去。「儘管格蘭特總統簽署並通過的《民權法案》沒有期望中有力，儘管我們知道人民對大學一體化的憤怒與日俱增，但我們仍然樂觀地認為，這個法案保護人民之公民與法律權利的精神終將獲得勝利。我們仍懷有希望，仍然快樂。」

媽媽說的是「我們」，彷彿她也身在其中，彷彿她和父親是夥伴，那是我從沒在他們的婚姻中看過的。我再度感到震驚。當然，我知道父親的工作，也明白這是他們婚姻破裂的原因。但我總相信媽媽是站在另外一邊。不是說她不希望美國的黑人獲得權利，只是我一直以為她覺得這樣的鬥爭沒有意義，因為在白人至上的環境下，永遠不可能實現平等。

我感覺自己彷彿正用一雙嶄新、理解的眼睛看著媽媽。

「那也是你父親實現人生夢想的地方。他錄取上大學法學院。當他的職涯不斷擴展時，我懷孕而後生下了第一個孩子。」她忽然停下，令人無法確定她是否會說出孩子的名字。「小賀拉斯。」淚水盈滿媽媽的雙眼。

小時候我們曾聽說在路易絲之前還有一個孩子。但每當我們踏進房間，大人的竊竊私語就會結束。媽媽從未提及這個孩子。

聽著這些話的同時，我的手撫上腹部，為失去孩子感同身受。不能持續太久。意識到自己的動作後，我立刻將手移開。

「感覺就像一瞬間被黑暗吞噬。賀拉斯夭折時才九個月大。他是個小不點，打從出生起就體弱多病，我們不得不將他葬在校園的墓地。要不是因為懷著路易絲，我應該會蜷縮成球等著死亡到來。尤其是還有你父親每天晚上帶回家的消息。」她的聲音成了一絲耳語。「保守的民主黨人在南卡羅萊納乃至整個南方都變得更有權勢。三K黨[2]也是如此。黑人在集會上遭到謀殺。你父親的性命也遭受多次威脅。他不顧危險繼續演講，特別是在競選期間。白人容不得無知的白人群眾中有一個驕傲、善於言詞、強壯的黑人——他們當然不能忍受眼裡騾子也不如的人擁有平等權利。」

「你父親爲了讓共和黨人繼續在立法機關與州長辦公室掌權而奮鬥，」她驕傲地說：「但最後輸給了民主黨，後者很快就廢除了『重建』。南卡羅萊納大學關閉了好幾個星期，而後變成一所小型白人男子私立學院。」

「最後一天，當我們走過大學大門、進入哥倫比亞市，我看見沿路經過的每個白人是多麼憎恨我們。我也看到……」她停下，彷彿需要深呼吸才能繼續。「他們朝我們吐唾沫，在我們背後扔垃圾。眞幸運我們沒有被私刑處死。」

「你父親和我經歷了歷史上一段短暫的和平時期，那時平等是可能實現的。但每當白人被要求和黑人並肩作戰時，種族主義和恐懼就會從心中升起，消除了合作的可能性。正是那一刻，我清楚地看見了未來。我們已落成的渺小有色人種社區很快就會消失。戰後崇高的一體化理想也將不復存在。世上只會有黑人和白人，兩個種族各過各的，但絕對不會平等。」

「早在你父親理解或接受事實之前，我就看清這一切了，貝兒。我知道他的工作只是徒勞。搬到紐約後只剩一種選擇，只能做一種選擇。」她的目光從遙遠的過去回到我臉上，回到此時此刻。「我們唯一的希望就是以白人身分過活。」

她嚴肅地盯著我。「如果你不想告訴我在歐洲發生了什麼事，貝兒，那是你的權利。但我需要你了解你正在承擔的風險，以及你爲這個家帶來的危險。因爲，倘若你的、我們家的眞實身分曝光，我

2 Ku Klux Klan，奉行白人至上主義的恐怖組織，創立於內戰後重建時期，反對黑人獲得基本權利，並迫害黑人和改革者。

們都會變回黑人。你不會想變回瑪莉安．格林爾的，我向你保證。」

媽媽的故事嚇得我默不作聲。我很感激她和我分享過去那段重要的時光，但也意識到她並不是要跟成年女兒分享內心生活。這是媽媽的警世寓言。這不關乎歷史，而是關於未來，以及要是我敢飛蛾撲火，我的世界將會是什麼模樣。我反抗了她最近提出的所有「建言」和警告，這回卻難以抵擋。

她起身背對我，關上了臥室房門。我坐在原地消化她所說的話。我感受到了另一條訊息：以白人身分過活並非她所願，但她**必須**這麼做。她假裝成那些威脅我父親性命、差點將我雙親趕出城市、動用私刑的人，只因為她不得不這麼做。儘管她曾經是華盛頓特區有名黑人家族的驕傲成員，仍舊成為了那幫人的一份子。她以弗利特家族為傲，但她放棄了自己鍾愛的身分，和憎恨的人一起生活，**只為了**成就她的孩子。

我從沙發起身，媽媽的故事和啓示讓我清醒過來了，身軀也不再搖晃。我明白了她的犧牲，也接受了所有人做出這一選擇的必要性。我會謹記在心。

29

一九一一年四月二十日
紐約州，紐約市

經過四個月前和母親的那場對話之後，我允許她以她的指令引導我的生活，至少表面上是如此。在工作相關的社交場合中，我節制飲酒，和摩根先生在一起時，我是禮儀達人。稍微縱容自己叛逆時，我也調整了回家時間和行爲舉止。所以當我和卡翠娜一起參加女性權利集會，或和伊芙琳一起去格林威治村的詩歌朗讀會時，我都早早就回家，而且在那些場合只當個旁觀者。就算和圈子裡的新朋友在一起——女演員瑪莉・加登（Mary Garden）、愛蘭・黛麗、莎拉・伯恩哈特（Sara Bernhardt）——我也僅是在旁聽著她們的獨立自主和性生活，從未表露出輕率的行爲，連近期才發生的事都沒提起。

有時候我不明白自己爲何要冒險。將精力集中在圖書館和工作所需的社交活動上不是更安全嗎？但我發現，每當我允許生活中有片刻的寂靜，對伯納德的思念就會填滿那份空虛。儘管我讀了他持續不斷的情書，也保留了他寄來的藝術品及禮服等贈禮，但我得採取所有必要的方法才不會對他心軟。偶爾幾個晚上在阿利斯泰・巴倫家的愛撫，或是在歌劇院空包廂裡和塞穆爾・亞德利接吻都能填補我的盔甲上爲了伯納德而敞開的縫隙。我不允許自己奢望會有全新版本的伯納德出現，取代我認識的眞正的他。

過去幾週我開始了一個新的計畫，爲此付出極大努力，希望能永遠奠定我待在摩根先生身邊的命運，也永遠消除媽媽的恐懼。幸運的是，執行這件至關重要的任務時，沒有時間也沒有空間去想伯納德。

「貝兒！」

呼喊我名字的聲音讓我從沉思中驚醒過來。通常我會在摩根先生吼叫前出現在書房門口，但今天我已經去那裡十七次了。

今天早上有個獨特的挑戰。摩根先生的四位情婦中有三位同時在城裡，他指派了一個不討喜的任務給我，要我把她們重疊的來訪時間區隔開來——今天已經發生三次了，而且現在還不到中午。這一切都發生在今天早上，而今天也是我即將參加一個重大拍賣會的日子，我希望能在那裡標到一件備受期待的寶物。

「貝兒！」摩根先生再度大吼。「我知道你在那裡！你不只羞辱我，還冒犯了我親愛的客人約翰史東夫人。」

聽到這名字我就來勁了。約翰史東夫人是摩根先生四個情婦中我唯一尊敬的一位。她精明又聰慧，和我在殖民者俱樂部的幾次午餐聚會中締結了友誼。約翰史東夫人的藝術知識和文化內涵吸引了我，一如我對摩根先生的了解也勾起了她的興趣。

爲了確保在無可挑剔、總是穿著巴黎最新禮服的約翰史東夫人面前表現得體，我先撫平頭髮才從座位起身。我才剛開始整理今晚霍家拍賣的筆記。藝術界手稿圈的所有重要人士都在紐約準備參加羅伯特．霍（Robert Hoe）的藏書拍賣，我必須做好準備才行。但儘管今晚事關重大，我也不能冒犯摩根先生或約翰史東夫人。

今晚不只是我的另一場重要拍賣。今晚，我終於能夠執行面試那天摩根先生指派的任務。今晚，我鐵了心要帶走拍賣大獎。歷經數個月的調查，我終於找到它了。早在今晚的拍賣前我就渴望要得到它——湯瑪斯．馬洛禮《亞瑟王之死》珍稀的威廉．卡克斯頓版本，這是摩根先生當作聖杯一般，要我追尋的搖籃本。

我大步走進摩根先生的書房，問候道：「日安，約翰史東夫人！要是知道您在書房，我一定立刻衝過來，而不是躲在辦公桌後面假裝沒聽到摩根先生的聲音。」

我們嘲弄著其他人絕對不敢忽視的摩根先生。

他說：「在我和金短暫會面時，你能不能招待一下約翰史東夫人？」

「我的榮幸，先生。」

他從書桌後方起身。「約翰史東夫人，我有沒有告訴過你，今晚貝兒要帶回我的寶藏？」

「有的……」約翰史東夫人笑道，「昨天晚上你有說過，今天早上又說了一次。」

「有嗎？我一定是太興奮所以忘了。」

「我會盡全力爲您贏得它，先生。」我再一次向他保證。

「盡力而爲是好事，貝兒，但得到我的卡克斯頓是必須的。」

摩根先生踏出房間後，我對約翰史東夫人露出笑容。「他對這本卡克斯頓很興奮，畢竟他已經等很久了。」

她點點頭。「你知道嗎？他今晚不想和我一起參加阿斯特家的活動。他一直在講拍賣會，把這當成不去阿斯特家的理由，說要跟你一起去。我不得不堅持要他出席。」

「我不會假定摩根先生的任何行動，約翰史東夫人。」

她又笑了，聲音悅耳悠揚。「如果有人能確定皮爾龐特的需求和意願，那就是你，格林小姐。」即使她掛著笑容，但我聽出了陰暗的弦外之音。「比起和我參加晚宴，他更想和你一同去拍賣會。」

「我不知道。但若眞是這樣，也只是因爲他多年來一直渴望這本特別的卡克斯頓。」

她開始在房裡走動，手指撫過無價巨著的書脊，將它們移出精心安排的位置。「格林小姐，你知道昨晚皮爾龐特是怎麼說你的嗎？」她的語調變了，問問題時不再看著我。

我不確定自己想要知道什麼，但我輕笑了一聲。「不知道，我甚至想像不到他會告訴您有關我的什麼事。毫無疑問他有很多抱怨我的理由。」

她停下腳步，現在一絲笑意都沒有了。「他告訴我，你是他人生中最重要的人。」

這番話令我訝異又受寵若驚，但我仍舊不當一回事的擺了擺手。必須這樣做。「他肯定是開玩笑的。只是因爲我們即將贏得一本重要的著作，他這才開始關注我。」

「他的語氣絲毫沒有玩笑的意味，格林小姐。只有尊敬和欣賞。」

我們相識也好幾個月了，她是否會無故把我當成競爭對手？距離摩根先生和我共享的親密時刻已經過了四年。很久以前，我們就心照不宣地決定彼此之間不會有情感關係。那爲什麼現在約翰史東夫人會有這種想法呢？她是不是發現了什麼我沒有察覺到的事情？

還沒得到答案，辦公室的門就打開了，當大門華麗的雕花邊緣差一點擦過一本被約翰史東夫人拿離書架的中世紀時禱書時，我不禁嚇得跳起來。摩根先生的聲音響徹整個房間。「好啦，貝兒。約翰史東夫人和我該走了。」下一句話他的語調較爲輕柔，「但我知道你有辦法一個人在拍賣會上應付豺狼。明早見，也希望見到你拿著卡克斯頓。」

約翰史東夫人的笑容回來了。至少現在，她將是約翰．皮爾龐特．摩根生命中最重要的人。

拍賣會開始前，我回家換上一套更引人注目的鮮豔寶石藍佛圖尼禮服，是伯納德送給我的。拋開他不代表我不能充分利用他的禮物。

今年，我在四十街和公園大道轉角處一棟有門衛的大樓買了兩間相鄰的公寓。步行即可輕鬆抵達皮爾龐特・摩根圖書館。兩戶各有自己的大門，但中間區域有一扇可相通的門，只有我一人能解開門鎖。我嘗試獨立生活，就像卡翠娜和伊芙琳一樣。我很高興能用全新的簡約淺色家具裝飾我這一間公寓，也擺出了伯納德送我的藝術品，像是皮耶羅・德拉・弗朗切斯卡[1]的繪畫。沒有社交活動的晚上，我喜歡待在安靜的公寓裡，在自己的沙發上細讀珍貴的書籍和藝術作品。

待在客廳時，我聽到媽媽和手足在他們那間更大的公寓裡爭吵，但我不理會那些口角。拍賣時間快到了，我不能冒險捲入冗長的談話或辯論。我出於禮節的要求而就近居住，但這不代表我必須表現得好像我們共享同一個空間。且今晚對於我們全家人的未來太重要了，不能被眼前的瑣事拖累。

一抵達拍賣會場，我就被引導到我如今偏愛的第三排靠走道座位，旁邊坐的是大英博物館的印刷與珍稀書籍負責人阿弗雷・波拉德（Alfred Pollard）。第一次去倫敦時我就和阿弗雷成爲工作夥伴和朋友。我們閒聊著其他拍賣參加者的消息、翻閱目錄，等待其餘一百多位競標者就座。燈光暗下後人群

1 Piero della Francesca，義大利文藝復興時期畫家、幾何學家，風格寧靜古典，對透視法和幾何形式有獨到研究。

也安靜下來，我的心期待得怦怦跳。

如往常一樣，拍賣官以銷售亮點作爲開場，這次是一本稀有的《古騰堡聖經》。我問過摩根先生對這本《聖經》是否感興趣，但他拒絕了。「我有太多該死的古騰堡了。」這讓我在拍賣官開始拍賣後有機會研究其他競標者。

我猜有兩三位常客會競標古騰堡，最後得標的會是大都會藝術博物館。但我錯了。一位新的競標人加入了通常僅由知名成員組成的領域。

「他是誰呀？」我輕聲問阿弗雷，競價已經接近五萬美元了，這是《古騰堡聖經》前所未聞的數字。

「我覺得是亨利．杭亭頓（Henry Huntington）。」

我認得這名字。「加州鐵路大亨？」

「正是。」

「雅拉貝拉的姪子？」我在社交圈的熟人，收藏家雅拉貝拉．杭亭頓的家庭關係忽然變得清晰。

阿弗雷的低語聲小到幾乎聽不見。「有些人說亨利愛上雅拉貝拉了，他叔叔——雅拉貝拉的丈夫——過世後，他便展開追求。據說他相信只有在她的牆上和架子上擺滿傑作才能贏得芳心。」

「姪子愛上叔母？」就算我見過一些非傳統的伴侶，包括我和伯納德，但還是很驚訝。

「只是謠言。」

我看向杭亭頓。「要是他繼續下去的話，會把其他拍賣品的價格推到不必要的高度。」

「天哪，希望他別再繼續競標古騰堡了，要是跟你猜的一樣，我們會被天價逐出市場的。」

阿弗雷和我觀望著。不出我所料。亨利．杭亭頓對每項物品的出價都超過了競爭對手。看起來他對每項物品都很感興趣，不論書本還是文物，不論中世紀還是文藝復興。

我的卡克斯頓抵達拍賣台時，我蓄勢待發。我坐得筆直，脖子像天鵝一樣伸長並堅定地盯著拍賣官，開始前他點點頭以示知曉。

「現在在台上的是非常重要的珍稀搖籃本。這本著作爲湯瑪斯．馬洛禮的《亞瑟王之死》，於一四八五年由著名印刷商暨出版商威廉．卡克斯頓所印製。此書講述了亞瑟王與圓桌騎士的傳奇故事，以及他們對神祕聖杯的追求。世上沒有其他副本，只有從遺失的卷冊中撕下的幾紙書頁。」他深吸一口氣，用獨特的腔調說：「有人出價嗎？」

在我舉手前，拍賣官便喊道：「一萬五千美元。有一萬六嗎？」

我大吃一驚。不會有人以如此高的價格開盤，肯定是杭亭頓先生。我舉起自波士頓拍賣會後便成爲我的信號的紅色絲巾。「兩萬美元。」人群裡傳來一陣驚呼。

杭亭頓先生和我繼續以高價碼爭鋒相對，一直到其他競價者都退出仍不罷休，接著價格來到了四萬五千美元。拍賣官恢復五百美元的追價單位，我們不相上下了。我承認我很緊張。摩根先生告訴我買下這個獎品的金額沒有上限，但我從沒想過會接近五萬美元。

「四萬六。」我揮揮絲巾出價。

「四萬七。」杭亭頓先生回應。

「四萬七千五百。」

會場裡鴉雀無聲，很長一段時間他都沒有反應。「四萬八。」最後他終於開口。

「五萬美元。」我示意拍賣官和對手，我會擁有這本書。這個金額是我始料未及的，但我鐵了心要替摩根先生贏得這部引人垂涎的寶藏。

我等著，認定杭亭頓先生的五萬一千美元隨時會出現。但我沒有等到，會場接著傳來一片細微的嗡嗡聲響。他的沉默引起了人群的騷動。

「成交！」拍賣官大喊，「五萬美元成交。」

我的心仍舊劇烈跳著，慶幸卡克斯頓是在拍賣最後才出現，因爲若還要等待其他物品出售，我不知道自己能保持冷靜多久。卡克斯頓的排序可能是杭亭頓先生中途退出的原因，也許他已經用完了留給這次拍賣的現金。起身時，眾人紛紛祝賀我得到今晚的一大珍寶。這場勝利令我飄飄然——直到我踏出門外。

大批記者聚集在拍賣會場的台階上。我猜他們是在等待大獲全勝的杭亭頓先生，除了我的卡克斯頓以外，他完全宰制了這場拍賣。但沒有一位記者在找這位鐵路大亨。他們呼喊我的名字時，我在心裡瑟縮了一下。除了某篇《紐約時報》的報導消失得相對慢一點之外，我一直避免在媒體上公開露面。

「格林小姐，格林小姐！」一個又一個記者呼喊我的名字。曾經有報社接洽過我，但這完全不能相比。

我費了好大的勁才聽見問題，然後舉起手。「各位男士，請一個一個來。」

第一位記者說：「晚安，格林小姐。我是《紐約時報》的喬治·索，首先要謝謝您。很高興其中一位紐約客——一位美麗的年輕女士——贏得了拍賣。我們不希望那個加州收藏家從我們的城市偷走所有寶藏。」

人群中爆出歡呼聲，拍賣時坐在我隔壁、留著小鬍子的男人繼續走下我旁邊的樓梯，看上去很驚慌。這樣的媒體關注在古板的藝術世界並不適宜。

他們的反應說服我無論面對什麼樣的風險，都應該把握這個機會。一如往常，我藏身在大庭廣眾下，以堅定的立場大膽發言。

「謝謝您，索先生，謝謝您這麼客氣。我也很高興。如果像杭亭頓先生這樣的富有收藏家獲得所有現存的寶藏做爲私人收藏，那麼這些寶物就不在學術研究的範圍內了。不能讓這種事發生。今天我代表摩根先生購買的這本珍本不僅將留在紐約，也將安置於皮爾龐特·摩根圖書館供學者運用。」

記者們再次爆出一陣歡呼。站在他們面前，我感到一股勝利的滋味，作爲一個黑人女子立足於他們的白色世界中。

30

一九一一年四月二十日
紐約州，紐約市

即使已經接近晚上十點，我還是先回圖書館完成一些爲了參加拍賣而暫時擱置的工作。而且，我想將這本等待已久的卡克斯頓《亞瑟王之死》放在摩根先生的書桌上，如此一來，這就會是明天一早他坐上獅王寶座後第一眼看到的東西。對我們雙方來說這都是一場勝利，雖然形式並不相同。

但當我經過警衛進入我的辦公室時，摩根先生正坐在桌旁，腰圍大大超出了我辦公室的小椅子。一踏進門我就笑著停下腳步。「竟然能在這裡見到您，先生。」

「我怎麼能不過來祝賀你呢，貝兒？你不僅爲我贏得卡克斯頓，聽說還成了城裡的紅人。」

他怎麼已經聽說了？「我確實成功贏得卡克斯頓了。」

「從各方面來看，這都太輕描淡寫了。你成功從一個無賴手中獲得卡克斯頓，他還以爲自己能橫行我的城市奪走所有寶藏。」

「很高興您這麼開心。」

「開心？可不只是這樣。多少年了，貝兒？」

「五年，摩根先生。」

「在你手裡嗎？」

「是的。」我笑著走到他身邊向他展示。當他翻閱著精美的書頁、研究著裝飾和插圖時，我在一旁觀察並等待。

「你辦到了，貝兒。」他這麼說。「這值得喝一杯。」

他起身替我們倒了我存放在餐具櫃的烈酒。「我知道明天各大報紙都會報導。」

天哪，他怎麼知道的？我猜他到處都有線人。

「眞的嗎？」互碰水晶酒杯時，我有點警惕地問。

「報導你的勝利，當然了，也報導你這個人。J. P. 摩根先生美麗、年輕又聰明的圖書館員，在拍賣會上脫穎而出贏得卡克斯頓的作品。這是一則屬於美國的成功故事。不僅如此，」他繼續道：「看來你的名聲會傳到紐約以外的地方。有關你的報導將出現在倫敦和芝加哥。」

我深吸一口氣。我父親曾住在芝加哥。莫札特舅舅在約莫每半年寄來的信中提到了這一點，通常「父親」兩個字很少出現在信中：

我還想告訴你有關你父親的事。過去好幾年我都沒有他的消息，但上週他聯繫我了。他正在寫作並定期演講，但也拚命想尋求一份像律師或學者那樣有意義的工作。不知道為什麼，他在政治圈中遭到朋友排擠。芝加哥的生活對他來說不容易，但他的表親在經濟與情感上都不遺餘力提供支持。我知道你不想聽聞他日本家人的消息，但他們並沒有和他在一起……

一想到爸爸會在報紙上讀到關於我的文章，我就感到興奮又心煩。

摩根先生打斷了我的思緒。「眞希望我年輕一點，貝兒。」語畢，他再次將酒杯舉到唇邊。

我歪著頭問道：「爲什麼？您的健康和權勢都正處於頂峰。」

「這樣就能和你相處久一點。」他的雙眼透出哀傷，語氣也很傷感。

我很驚訝，接著迅速轉移注意力，試著提振氣氛。「別逗我了。」

「我不是逗你。」他說，在他低頭看著玻璃杯之前，目光強烈且難以解讀。

他喝完威士忌後將水晶杯放回餐具櫃，書房內一片靜寂。他的雙眼再次看向我時，眼中的渴望令我喘不過氣。他舉步走近，即使距離近到能聞出他鼻息中的威士忌氣味，我也沒有退開。

他抬起手，以指尖撫過我的臉頰。「貝兒……」他的嗓音渾厚，「我想要在你身邊久一點，和你一起體驗這個世界。」

說完他低頭，我們的雙唇相碰，這個吻出乎意料地輕柔但強烈。分開後我們緊盯彼此，試圖在對方的神情中找到答案。然後他嘴角上揚，緩解了兩人之間的緊繃。

「噢，貝兒。」他深呼吸一口氣。「我不知道。」

我不確定該有什麼反應，所以又開始嬉鬧。「應該嗎，我們？」

「可以嗎？」他回答，語氣一點也不輕鬆。他是認眞的。

摩根先生是在問我們能否當情人嗎？若因爲彼此相互吸引而採取進一步行動，一切都將面臨風險。我們不只是同事，我們是夥伴，是藝術界的聯合部隊。我們都熱衷將皮爾龐特．摩根圖書館打造成最棒的圖書館，因此在某些方面比朋友和家人都更爲親近。我們是父親和孩子。我們不能爲了將來糟糕的結局犧牲這一切。

我緊張地笑了。「不，我們不應該，也不能。」五年來我看著許多女人在他的世界裡來來去去，我太在乎摩根先生了，沒辦法困在他的後宮裡。我的立場必須堅定不移。

他的眼神變得暴躁，不知道我是不是冒犯到他了。但接下來黑暗退去，一抹解嘲的笑容浮現在他的鬍鬚底下。

「這正是我想說的。」再次靠向我時，他的雙唇輕輕點了一下我的臉頰。

他離開後我鬆了口氣。但我注意到他的肩膀下垂。這是他第一次看起來如此矮小。厚重的青銅大門關上的聲音傳來，我不確定自己做了什麼。沒有人會拒絕摩根先生。即使我們雙方都同意這是正確的選擇，但最後做決定的不應該是他嗎？我會後悔自己說的話嗎？

31

一九一三年一月十四日
紐約州，紐約市

我和摩根先生的關係改變了。究竟是爲什麼，又是從何時開始的？是那個吻嗎？那個吻是否燃起了緩慢的改變？我們每天時而愉悅、時而充滿挑戰的玩笑，何時變成了惹人厭又好妒的審訊和公開的盤問？什麼時候開始我們不再討論手稿、中世紀藝術和他的圖書館成就，而是開始討論我這個人？什麼時候開始他不再要我爲他朗讀、不再找我打牌了？

或許不是因爲那個吻。可能是因爲獲得卡克斯頓之後幾個月我變得更受追捧，關於我情感關係的謠言也越來越多。還是因爲今年四月聽到的鐵達尼號的消息？他是那艘郵輪的所有人之一，本來要參與從英格蘭到紐約這段攸關性命的處女航。一千五百個殞落的靈魂中有我們都認識的人。他所有的執著和嫉妒是否都源於對死亡步步進逼的恐懼，就跟世間所有凡人一樣？

我們恢復過往關係的跡象時不時戲弄著我。去年十二月有幾週燦爛的時光，我們在埃及哈穆里的農場找到的一批無價之寶讓我們再次友好。當我們收到一封詢問十五世紀早期基督教科普特[1]手稿收購意願的信件時，我知道這是必須擁有的寶物。這批手稿比其他科普特《舊約》和《新約》早了將近兩百年。和摩根先生討論了好幾天後，他同意了。我們倆都明白，這批手稿能將皮爾龐特・摩根圖書館變成東方學專家和《聖經》研究的國際中心。

他把最後的決定權和協商權交給我，最後我以四萬英鎊買下手稿，遠比他們開的六萬英鎊便宜許多。我們共享這份喜悅。但當月下旬手稿送達後，他又再次變得善妒且多疑。

聽到他在書房翻閱文件的聲音令我緊張。此前我一直沉浸在自己的思緒中，沒有聽見他已從和約翰史東夫人冗長的午餐聚會回來，她是四位情婦中僅剩的一位，然而她的地位也岌岌可危。

她曾經是我最喜歡的一位情婦，但她卻從友善變得心懷戒備，最後變成了滿滿敵意，但有鑑於摩根先生的反常態度，這也不能怪她。唯一令我感到欣慰的是，他將在三週後前往埃及旅行，離開皮爾龐特・摩根圖書館度過幸福的幾個月。

「貝兒！」

在他第二次大吼之前，我就殷切地走向他的書房。約翰史東夫人站在他身側，一手自然地搭在他的肩膀上。她身穿一襲淡粉色禮服，優雅的纖長頸項上綴滿成排閃閃發光的鑽石。他們倆在一起看起來就像是為了拍攝肖像而精心打扮。

我進門後，她彎腰親吻他的臉頰，說道：「我就不打擾了。」她站直看向我。「交給她了。」她譏笑。

沒有其他人在場後，摩根先生用他手中的菸指了指書桌前的椅子，但接著安靜了很長一段時間。我將銀色鋼筆放在筆記簿上，問道：「您找我來是要討論歸還給維多利亞與亞伯特博物館的物品編目事宜嗎？」最近英國稅法做了一些對我們有利的修改。將摩根先生放在倫敦的收藏品送回家是對的，我一直在監督這個具有紀念意義的過程。

「你今天和誰吃午餐？」他突然這麼問。

他從未問過我這個問題。我只為他而存在，所以他並不擔心我在皮爾龐特・摩根圖書館和其業務之外的活動。直到那天晚上。直到那個吻。

如果那個吻之後有更進一步，情況會不會好一點？

我老實回答。「沒有人。我自己吃。」

「很難相信。」吸一口雪茄後，他朝我的方向吐了個大菸圈。菸圈環繞著我，我覺得脖子好像被套了套索。

「如果沒有和藝術圈的同事共進午餐，我就會在辦公桌前吃。這是我一直以來的習慣。」

他不相信地哼一聲。「你以爲我會相信你不是和其中一個仰慕者吃飯嗎？說吧，是不是哈德遜與曼哈頓鐵路公司的總裁威廉・吉布斯・麥卡杜（William Gibbs McAdoo）？」

「不是的，摩根先生。」我嘆口氣。他問起麥卡杜先生好幾次了，這位紳士單方面地愛慕我。「我從來沒有和麥卡杜先生單獨用餐過。事實上，我已經六個多月沒見到這位先生了。」

摩根先生的問題開始變得和伯納德很像，伯納德在信裡的語氣已經從愛慕我，變成了不停指責我的情感糾葛。伯納德和我好多年沒有見面了，如果謠言可信的話，他就是那個正和新情婦悠遊歐洲的人。我唯一一個有過極放蕩行爲的對象竟然指責我和其他人有可恥的行爲，聽起來眞是諷刺又傷人。

「那個年輕暴發戶銀行家呢？那個古巴人，哈羅德・馬斯特（Harold Mestre）？」

另一個對我感興趣的人。雖然我沒有承認過，但我發現馬斯特先生的關注挺討喜的，甚至允許自己沉浸在和他輕微的肢體接觸中。他的青春和活力很吸引人，我甚至假裝接受他的其中一次求婚。有一小段時間，我想像自己可能和橄欖膚色的證券經紀人結婚甚至生孩子，他的膚色跟我的很像。但我和他之間少了和伯納德那種難以捉摸的聯繫，再說，要是我不再擔任摩根先生的私人圖書館員，我的

1 Copt，北非基督宗教民族群體，在基督教歷史中對修道院制度的發展貢獻卓著。

家人，無論是生活方式、日常開支，還是身爲白人的生活，都將面臨什麼樣的變化？

「沒有，摩根先生。我沒有和馬斯特先生吃午餐。」

他又吸了一口菸，但沒有再吐菸圈過來了。「我應該要高興你的眾多愛慕者都在歐洲。」現在我在歐洲有眾多愛慕者？在他已多年不允許我去歐洲的情況下？「您在說什麼呢？」

然而，像這樣提起歐洲男性是他的新策略。「聽說大英博物館那個查爾斯．雷德很喜歡你。他顯然稱你爲『小貝兒』。」

他怎麼會覺得我對雷德先生感興趣？他不顧大眾強烈反對，一直很支持摩根先生將藝術品與典籍收藏搬離英國的決定。這位親切的英國人或許可能喜歡我，但視我們爲情侶，這想法太可笑了。「雷德先生對我沒有、也從來沒有過男女方面的興趣。」

他又吸一口菸。「所以說，你愛上伯納德．貝倫森先生的謠言也是假的？」他淺淺一笑。面對那些手下敗將，他也是露出這樣的笑容。

這是長時間以來摩根先生第一次提到伯納德。我眼睛眨也不眨地說：「貝倫森先生和我彼此熟識，從他和他妻子來訪那日起您就知道了。但我好幾年沒見到他了。」希望我的聲音聽起來很鎮定。

「那爲何這個謠言一直冒出來？」

是時候抵禦他的攻擊了，我用幽默的應答巧妙迴避。「我也多次聽到我是您的私生女的謠言，但出現好幾次並不代表比只出現一次更值得相信。」

但摩根先生不爲所動。

他待在書桌正後方，盯著我一會兒才開口：「要是你打算背棄我——結婚或其他理由——那麼你應該知道這將是我最後一次見到你。也絕對是我最後一次付你錢。」

從我擔任摩根圖書館員的最初那刻起，我就一直是「他的」貝兒。但這種占有不是出於愛。這是一種威脅，帶有經濟與情感影響的威脅。

我明白摩根先生為我付出了多少。過了六年，我已經很高的工資翻漲了三倍。我賺得跟一些醫生一樣多，足以讓我和家人過上好生活。我必須向他保證，無論這位七十五歲的大亨還會活多久，我一定會永遠待在他身邊。但現在光有保證已經不夠了，我們需要開誠布公。

「我們之間怎麼了，摩根先生？」我努力穩住聲音。「您列出倘若我背棄您，您會做出的事情，但大多數時間我感覺您好像不再希望我在身邊。是因為我……」提起卡克斯頓拍賣那天晚上前，我打住了。

他盯著我，神情就跟如今嚴厲待我的心一樣苛刻。「你要說什麼，貝兒？」這個問題是個挑戰，彷彿在挑釁我詢問那個吻。他將那天晚上的話當作拒絕嗎？難道他不明白，正是因為我真心實意在乎他，所以才想維持我們擁有的一切嗎？

見我沒有回應，摩根先生說道：「你才是想要離開的那個人。」接著他的語氣變得自憐。「你有沒有想過我為你付出了多少？你對我而言有多重要？」

「您怎麼不明白您對我有多重要？這座——」我指著整個空間，「這座我們共同打造的機構對我有多重要？在所有人之中，是您每天從早上八點到晚上八點都在圖書館及您的書房內見到我，有時候還更晚。那麼，除了我們共同創建的東西外，您怎麼以為我待在這裡還有別的原因？您怎麼會覺得我要離開？」

我以為自己說服他了，但他又說道：「要是你離開我，我會把你從遺囑排除。」

摩根先生用他的遺囑威脅我——幾年來，即使我沒有要求任何東西，但他仍時不時暗示和影射我在他的遺囑之內——這是種暴政。他就是這麼看我的嗎？就算是在聽完我剛剛說的話以後？他就是這麼看待我對這份工作、還有對他的珍寶的付出嗎？

「說不定你已開始相信《華盛頓郵報》和《芝加哥論壇報》上那些有關你的恐怖描寫了——你是完美的上流社會女孩和嚴肅的學者。但你——」他用拳頭重擊桌面，對我表現出未曾有過的憤怒，

「你是**我的**私人圖書館員。是我造就了今天的你。沒有我的資助你什麼都不是，別忘了這一點。」

我心中燃起怒火。他怎麼敢這麼說？我一直很感激他僱用我以及對我的信任。我很感謝他所做的一切。但我也有貢獻。我長時間工作並努力學習。日復一日，我完成了他的指令，建成了這座機構。他認定我和皮爾龐特．摩根圖書館的成功全歸功於他的財力，這話太令人震驚了。我感到既憤怒又深受傷害。遠遠不只這些。摩根先生的話語中隱含著一種我無法再忽視不管的不合理情緒。

「您不能把我當作用錢買來的東西。」我的聲音在打顫。「好像我是您的其中一份手稿一樣。或是……」剩下的話語徘徊在舌尖乞求釋放。或是一個奴隸，我反覆這麼想著。

沒錯，我作為一名白人女性度過了成年的人生，但夜深人靜垂首時，我就跟三百年前第一批登上這個國家而後被奴役的非洲男女一樣是個黑人。是我父親爲爭取平等付出一切，是我母親爲了確保我保有最好的機會放棄了一切，我不允許任何人把我當附屬品一樣對我說話。摩根先生不行，任何人都不行。

他垂下雙眼。「爲什麼不？在我看來，我已經擁有你了。」

儘管我顫抖不止，儘管我想要尖叫，儘管我的心懇求我哭出來，但我只是慢慢起身、冷靜地站到他面前。「您可以用您的黃金買下大量物品，摩根先生，但您不能買下我。」

接著，我第一次不經允許就離開他的書房。回到辦公室時我還在發抖，強忍著不流下淚水。他對我說話的方式彷彿他是主人，而我是——我趕緊打住，不允許自己想那些不能想的事。

32

一九一三年四月一日與四月十日
紐約州，紐約市

我從送報童手中接過電報，有一瞬間很想就這麼把它留在暫時擱置的那堆信件上，因爲我有緊急的協商要處理。但後來我想起五天前收到的一封電報，通知我摩根先生在開羅旅行期間生病，被送往羅馬的醫院接受進一步治療。雖然我接獲通知說他已經完全康復了，但還是忍不住打開了電報。要是裡面寫著有關他身體狀況的消息怎麼辦？

我用拆信刀割開信封，瞇眼看著電報上幾乎難以辨認的潦草字跡，上頭寫著：

J. P.摩根先生於一九一三年三月三十一日在羅馬逝世。已安排將他的遺體送回家。

電報從我手中落到地上，淚水霎時湧現。怎麼會？我盈著淚的雙眼看見那令人難以置信的語句正從猩紅色地毯上盯著我。

「他不能死。」我低語。

我們是對方的一切。我早就明白這點，但現在他走了，我才如此確切地感受到這個事實。對他來說，我是他從未有過的兒女，是他一直尋找的知己，是大膽支持他的目標的商業與藝術夥伴，也是他夢寐以求但暫時擱置一旁的情人。對我來說，他是我失去的父親，是可以一起討論日常瑣事的夥伴，是支持著我狂野夢想的商業導師，也是我渴望但不能擁有的情人。

我擦掉淚水。必須停止哭泣。接下來的日子還有很多工作要做，而摩根家族的人絕不會認為我不適任。我必須以摩根先生想要的方式表達敬意，並照顧將如我一樣哀悼他的親愛的朱尼厄斯。但很快我就必須獨自面對難以想像的事──活在這個沒有他的世界。

幾天後，我站在摩根先生的家人、朋友和同事身旁。陽光照耀著港口，捕捉翩翩起舞的浪尖。但天氣寒冷、強風吹拂，在四月天裡很是不尋常。這是每個人談論不休的話題，也是分散了所有人注意力的因素。我只是聽著，並未開口。我因悲傷而心碎。

號角聲響徹港口。法蘭西號延遲了一小時後總算緩緩靠近，為他曾經強大的主人完成最後的使命。它帶他回家了，將他帶回他如王室般統治的城市，帶他回到他的精神與知識家園──皮爾龐特．摩根圖書館。

法蘭西號漸漸駛近的同時，我迷失在自己的思緒裡，完全無法想像沒有摩根先生為中心的生活。有關他的快樂回憶閃過我的腦海。坐在他的書房為他朗讀他最愛的《聖經》故事。參加派對時調查賓客，決定下次要消滅哪些「敵人」。拿著《亞瑟王之死》走進圖書館時，看見他臉上驕傲的神情。

回想起那天晚上，我不禁再一次感到疑惑，我們之間可怕的吵架還沒有解決，他怎麼能丟下我離開？他已經旅行四個月了，我們的通信裡對那件事隻字未提，而現在再也沒機會說起了。我再也沒有機會向他道歉，也永遠聽不到他的歉意了。

這樣的重量將我壓垮。我努力安慰自己。死亡一向是嚴厲的考驗，陷入絕望對我並沒有任何好處。那一刻，我決定永遠埋葬最後一段對話的記憶。摩根先生給了我很多珍貴的東西，我一直都知道他很珍視我。回想他在生命的最後幾個月變得憤怒又絕望的樣子，只會減損他人生中的光彩。

做出這個決定帶來極大的解脫。看見華麗的棺木被抬下舷梯，而後置入等待在一旁的馬拉靈車時，這樣的決定讓我保持堅強。摩根先生的遺體會被運送至皮爾龐特・摩根圖書館，將在那裡供大眾瞻仰。

馬車一離開視線，所有人都鬆了口氣。傑克接著轉向我。「貝兒，我希望你和我們一起乘坐家族馬車回家。」

安妮瞪大雙眼。「那是只允許家人參與的場合，傑克。」她插話。

若我以為這種蔑視會隨著她父親的去世而消失，那眞是大錯特錯。安妮似乎會繼續和我爭奪在家族裡的一席之地——甚至有可能是家族機構中的位置。

「安妮，貝兒若不是家人，那是什麼？過去幾年她和父親相處的時間比任何人都多，而他總是堅持讓她參加所有家庭活動，就連小型聚會也不例外。」傑克說。

「父親已經不在了，傑克，除非你沒有發現。」

他皺起雙眉。

「傑克，」我開口道：「眞的沒關係。我有自己的馬車，而且我計畫要直接過去圖書館。在明天對大眾開放之前，我沒有多少時間能做準備，而我也希望今天你父親抵達時，我人就在圖書館內。」

皮爾龐特・摩根圖書館的樣子必須配得上他身為美國重要人物的地位。

「不如我送你過去吧，貝兒？」傑克提議。

「我不想拆散你和家人，尤其是今天。」我邊說邊看向安妮。

「瞎說。你也是家人，馬車送你到圖書館後可以直接載我回家。」

「那太好了，很高興能有個伴。」傑克和我一起登上馬車時，我看見了安妮眼中的嫌惡。我幾乎可以聽到她發誓，她絕不允許另一個姓摩根的男人陷入我的情網中。

她不必擔心我把傑克從她身邊搶走。傑克有很多值得欽佩的特質——穩固的婚姻和家庭生活，而且他很有耐心——這些特質都使他不會趨近我和摩根先生經歷過的特殊親密關係。但還有一個沒有人想得到的區別。這位以冷酷出名的金融家經營館藏的方式是基於對藝術與美的純粹熱情，而傑克則是根據它們的價值來管理。我擔心傑克計畫要拆除他父親的遺產。

但現在我們並未討論這些。失落感就像馬車裡的第三人坐在我們之間，沉重、黑暗且難以理解。經過褐砂石建築、辦公大樓、熙熙攘攘的人行道和擁擠的街道時，馬車顛簸搖晃，彷彿這天只是紐約市普通的一天。我不假思索地脫口道：「這一切似乎不該就這樣存在——沒有他，紐約怎麼能照常運作。他**就是**這座城市。」

「貝兒。」傑克忽然開口，聲音低沉。我轉向他，看見他的雙眼噙滿淚水。「我們會確保他繼續活在這個世界上。你和我。」

一抵達圖書館，我便站在台階上等待靈車。摩根先生被帶入室內後，我專心用紅玫瑰與白玫瑰花環布置圓形大廳。直到將近破曉我都保持清醒，以確保這座我們共同創建、閃耀宏偉的機構內每一處細節都是完美的。

回到家匆匆洗個澡、換上乾淨的黑裙，我就準備好迎接哀悼者排隊弔唁。十點鐘他們進門，幾個小時內數百人湧入了圖書館，緩慢地繞著圓形大廳和棺木向這位傳奇大亨道別。媽媽和我的兄弟姊妹也在其中，因爲所有人都因摩根先生的慷慨受益良多。全球各地將有數千人降半旗向他致敬，華爾街也將關閉一天。我將自己的哀傷存放好，撐過了大眾瞻仰的兩天，我知道晚上七點關閉圖書館後，我的悲傷就會湧上。

終於關上堡壘般的青銅大門後我面對著棺木，這裡只剩我和摩根先生了。我甚至把警衛打發走，如此就能獨處。我站在棺材尾端閉上雙眼，將手置於拋光的木頭上。我們最後的對話浮上腦海，我想說的是，我很抱歉，但我搖搖頭把這句話趕走。

取而代之，我衝進摩根先生的書房，抓起其中一本他最珍愛的《古騰堡聖經》，翻到幾個月前在我們之間罕見的寧靜時刻爲他朗讀的章節。這不是他最喜愛的《聖經》故事，但卻是他最欣賞的段落。再次回顧這段文字時，我發現它不可思議地非常適合這個時刻。

我深呼吸，彷彿摩根先生正坐在面前的獅王寶座上，然後開口。「你們心裡不要煩憂，你們信神，也當信我。」讀完全部二十八節經文後，我小心翼翼闔上珍貴的《古騰堡聖經》。我垂下頭，讓我的悲傷塡滿圓形大廳，無聲地祈禱並暗自啜泣。希望無論身在何方，這些文字都能撫慰他。

明天，摩根先生將在由五十輛馬車組成的隊伍中接受景仰，隊伍中不只有家人，也包含了政府官員和傑出公民，可能會有數千名百姓站在人行道觀看這場悲傷的遊行。但今晚只有我們——一如既往，也是我一直希望的樣子。

33

一九一三年八月十四日與九月八日
紐約州，紐約市

這是個哀痛的夏季。我在圖書館裡度日，假裝摩根先生的書房沒有感覺上那麼空蕩。傑克開始出現在圖書館時，我瞥到他坐在他父親的桌前，這景象令我不安。他們相似的外表讓我一度以為摩根先生回來了，但接著我想到並意識到——沒有人能眞正坐上他的獅王寶座。

我將悲傷區隔開來，試著和傑克建立一種不同於多年來如同家人的關係。這不容易，而我努力掩飾絕望，完成他交辦的盤點和估價任務。我必須讓他知道他能依賴我。雖然他發現有些繪畫或手稿很迷人——尤其是古騰堡——但我知道他和藝術產生連結的方式不同於摩根先生。他是一位崛起的金融新星，將收藏品視爲一系列資產。他父親賦予圖書館的使命——也是我的使命——並不是奠基於經濟方面，而是基於對藝術的熱忱，並渴望打造一系列無論廣泛度及重要性都勝過歐洲與其他美國機構的收藏。面對傑克想將所有珍藏打包並成堆賣給最高出價者的傾向，我該如何確保皮爾龐特・摩根圖書館的館藏完好無缺？這就是摩根先生的遺產的結局嗎？也是我的結局？

到了八月，我又緊繃又悲傷，便趁母親和手足再次去阿第倫達克山脈時讓自己喘息一下。我接受伊芙琳一位朋友的邀請，去長島北岸度過兩週，只有傑克和他家人都不在時才有這個機會。楠西將她父母的莊園出借給我們，在這座十間房的大宅裡，我們七個人——包括我和伊芙琳——都有自己的臥室。在這座美麗且寬闊的灰瓦房屋中，女士們閱讀、素描、繪畫，而我大部分時間都在寫日記探索自己的想法，並努力適應一個新的世界，一個沒有J. P.摩根的世界。也或許是一個不再身爲皮爾龐特・摩根圖書館職員的世界。

偶爾我會讀一下伯納德持續寄來的信，自從摩根先生過世後數量變多了。在最初表達誠摯的哀悼後，他又繼續表達對我的愛意：我珍視你，我親愛的貝兒，希望有一天能再次擁你入懷。他的溫情並沒有打動我。雖然我仍舊渴望那個我曾經相信的伯納德，但已不再渴求真正的他。不知道能否再次找到我與伯納德或摩根先生共享的那種連結，無論多麼稍縱即逝。

那些日子裡，我獨自思考著摩根先生和我的未來，既傷感又苦惱，與住在楠西家的其他女性朋友於夜裡狂歡於是成爲一種必要的撫慰。我們窩在石造壁爐前的沙發上，打橋牌、談天說地直到天空轉爲午夜藍。有一晚，幾杯紅酒下肚後，楠西說起她曾姨婆艾絲黛兒的悲傷故事，一百年前她死於這座宅邸，我們一致認同能感受到她的存在。自那個晚上起，每天睡前我們都會對她呼喊「晚安，艾絲黛兒」，而我是唯一一個也會呢喃「晚安，摩根先生」的人。

回到紐約後，我發現無論是悲傷還是擔憂都因爲陽光明媚的假期而有所緩和。幾週後傑克歸來，我希望大量的工作能消除或減輕我的傷心和焦慮。但不到一週他就把我叫進辦公室，語氣嚴肅得令我暗自驚慌。他在暑假旅行期間決定要賣掉圖書館並遣散我嗎？摩根先生去世，再加上傑克對藝術和手稿的看法如此不同，我和家人的未來將會如何？

他示意我進門，但在我坐上往常的座椅後並沒有說話。我盡量不去想看到傑克坐在那張書桌後面有多奇怪。他戴上眼鏡，謹慎地打開一份文件，將之高舉到書桌的檯燈下方。我一動也不動，等待他的裁決。

他翻過一頁又一頁，最後清清喉嚨說：「貝兒，我要你來辦公室，是爲了討論我父親的遺囑。」

遺囑？

「我相信你不會感到驚訝，我父親指定將皮爾龐特．摩根圖書館及其中的物品傳給我。」

我也是這麼認爲的，即使沒有人明確說過。「我一點都不驚訝。您父親一直相信您天生就是這座圖書館的接班人。」我停頓一下。「他經常跟我說，他確信您會爲圖書館帶來應有的國際讚譽。」

「是嗎？」他驚訝地揚起眉毛。

我點頭，有點後悔講得這麼誇張。

「很高興聽到這席話，貝兒。我知道你很清楚，我父親和我並不總是有……」他遲疑了，思索著合適的說法。「最好的關係。雖然我非常敬重他，也非常愛他。」

「他也是同樣的感受。」我說道，然後我們對彼此微笑。身爲偉大的J. P.摩根的兒子，不論過去或現在肯定都很令人疲憊。光是當他的圖書館員就已經夠難了。

他示意我們回到手頭上的事務。遺囑。傑克翻到下一頁。「這裡有兩條專門爲你制定的條款。」

「我？兩條？」我大吃一驚。雖然摩根先生一直提到他的遺囑——通常是用來威脅我——但我從不覺得眞的會從他那邊得到任何重要的東西。

「沒錯，第一條明確指示我保留你的職位至少一年。」他抬眼。「我父親不需要說明這點，貝兒。我一心想留住你。」

「謝謝您。」我低頭看著大腿上謹愼交疊的雙手。我不想讓傑克看見我的雙眼噙滿喜悅的淚水，同時也因爲摩根先生透過遺囑傳達給我兩條訊息感到放鬆。首先，即使在那次爭執過後，他依舊足夠信任且原諒我，在遺囑中爲我制定這項條款。再者，我看得出來他希望我引導傑克走向我們共同的目標。摩根先生知道我需要時間說服傑克館藏本身的重要性，以及和我一起掌舵保存它們的意義。

他停頓了一下。「還有第二條條款，是關於財務方面的。你被贈予了除家人之外最大的一筆個人遺產。」我屏住呼吸，不敢想像金額。「我父親想留給你五萬美元。」

「五萬美元？」我瞠目結舌。這幾乎是普通人年收入的五十倍。這是一筆鉅款，將爲我家人和我帶來終生的經濟保障。最重要的是，這是個溫婉又慷慨的舉動。摩根先生本來可以加入各種附加條款，確保我會按照他的意願照顧圖書館，或者只有在一連串特殊條件下我才能收到這筆錢。但相反地，他給了我自由去選擇想要的生活。

「這是你應得的，貝兒。」傑克這麼說，我再也忍不住眼淚。

回家路上我的腳步輕盈。摩根先生過世後，我又有了新的希望和目標。我匆匆穿過連接我的住處和家人公寓的隔門。他們沒料到我會過來，但我知道他們會爲我空出時間，且不會因爲我之前的缺席說任何挖苦的話。媽媽、泰迪、路易絲和她丈夫、艾瑟爾和她丈夫全圍坐在餐桌旁，每個人都用溫暖的擁抱迎接我。

已經好久沒有和全家人一起坐下吃飯了。我的手足多已結婚並開創事業，過著和我截然不同的生活。羅素從佛羅里達回來在紐澤西擔任工程師，和妻子在那裡有間房子。雖然我的姊妹仍然都是老師，但路易絲的丈夫正在找一份語言治療師的工作，而艾瑟爾的丈夫也正在找工作，做什麼都可以。

泰迪再過幾個月就會獲得教師資格，她變得更有自信，就連外表也變得更加有魅力。由於兩位姊妹夫都待業中，情況改變前大家全都住在這裡。這是個很好的安排，男士們非常愛護媽媽，她也很享受這點，不過沒有什麼比女婿的就業保障更令她開心。雖然她嘴上不說，但我知道她不喜歡整個家庭都依靠我一人。

媽媽在我的盤子裡裝滿一大堆雞肉和馬鈴薯的同時，我拉開椅子說：「我有消息要告訴大家。」

「什麼消息？」媽媽一邊問一邊替姊妹們盛裝食物。

「摩根先生把我列進了遺囑。」

起初，他們全都停下動作盯著我。然後，媽媽和姊妹們突然七嘴八舌起來。在她們紛雜的聲音中，我聽見了媽媽的問題。「他把你列進遺囑？」聽起來和我一樣震驚。

「你們猜他給的禮物是什麼？」我問，輪流看向媽媽和姊妹們。

「他會留給你你愛的東西，」媽媽說：「一本文藝復興手抄本。」她篤定地點頭。

「不是！」泰迪插嘴。「我猜他留給你三件沃斯[1]禮服還有相稱的珠寶。」

「我也這麼想。」路易絲也加入。

我笑著聆聽姊妹們的猜測，知道她們都希望是禮服和珠寶，因爲這樣就能得到被我淘汰的東西。

「所以，誰猜對了？」泰迪問，雙眼興奮得發亮。

「沒有人。」

「那是什麼？」泰迪問，不耐煩地跺腳，這動作我再熟悉不過了。

我揭曉答案。「他留給我——五萬美元。」

姊妹們發出尖叫，但媽媽從桌邊跳起來擁抱我。「噢，貝兒，」她說：「太感激摩根先生顧慮到我們了。」

接著媽媽回到姊妹們身邊，相互擁抱並爆出尖叫聲。現在，連姐夫和妹夫都站起來加入慶祝的行列了。

「有這麼多錢，我可以買那件B・奧特曼的粉色洋裝了！」泰迪大喊。

「有那麼多錢，你可以買一棟房子來搭配這件衣服了！」路易絲尖叫道。

她們又是拍手又是跳上跳下，男士們則是笑著站在一旁。媽媽退後一步看著這一切，臉上漾起笑容。他們開始把我當作金錢來源。由於我的工作，他們變得如此安適自在。

我坐了下來。他們不僅沒有對我表達感謝，也沒有看見這筆意外之財帶來的損失。

媽媽看往我的方向時，一滴淚珠滑下我的臉頰。她快步走來跪在我的椅子旁。「很抱歉，貝兒。我們都沒想到要感謝你。」

姊妹與男士們停止慶祝。

「不是那樣，媽媽，不過若有一聲謝謝就更好了。」

「那是怎麼回事？」

「我想念摩根先生，沒有他我很失落。我——我們——能擁有這一切都是因爲他。他可能不好相處且占有欲強，但他成就了現在的我。」

媽媽緊緊握住我的手。「摩根先生是你生命中強大的力量，而透過你，也成爲我們人生的力量。但別搞錯了，貝兒。是**你**讓自己成爲了現在的樣子。他提供了機會，但所有的成功都屬於你自己。你是貝兒·達科斯塔·格林。」

1 House of Worth，法國時裝訂製工作室，由英國服裝設計師沃斯（Charles Frederick Worth）於一八五八年創建，因獲得皇室的青睞而廣為人知。

34

一九一三年十一月二十日
紐約州，紐約市

隨著傑克於十月前往英國進行一年一度的短期旅行，我的工作也可以暫緩一下，尤其可以舒緩讓傑克明白保持圖書館館藏完好如初的價值所在的壓力。但幾個月前和母親說的話是眞的。我很失落。摩根先生去世後，我意識到一種全新的黑暗和日益漸長的漫不經心。

我想念他，他的離世讓我的心爲過去不曾全然意識到的悲傷打開一扇門。在那扇門背後，我看見伯納德、我的孩子和我的父親在一起。在工作暫緩獲得的空間裡，我發現自己渴望他們所有人——摩根先生、伯納德、成爲母親的我、我的父親——也知道這些人永遠不會團聚。

我試著用言語緩解這種渴望。我讀遍了摩根先生珍藏的《古騰堡聖經》，在華美的經文中、在栩栩如生的插畫裡、在紙頁邊緣的裝飾和《聖經》本身的語言中找尋他的身影。我寫信給伯納德，嘗試理解這個和我有獨特連結的男人的靈魂，以及捨棄我們的孩子的決定，同時也和他保持距離以保護自己。我透過父親的寫作找尋和他產生連結的方法。我分析他的文章〈白人問題〉（*The White Problem*），感到費解又困惑。然後我開始讀那些會令他高興的作品——莎拉．霍普金斯．布拉德福[1]的《哈利葉特[2]，她民族的摩西》（*Harriet, the Moses of Her People*）、自傳《弗德瑞克・道格拉斯的一生》（*Narrative of the Life of Frederick Douglass*）和布克・T・華盛頓的《擺脫奴隸制》（*Up from Slavery*），還有皮爾龐特・摩根圖書館自己的藏書，菲麗絲・惠特雷（Phillis Wheatley）詩集的早期版本，她是一位十八世紀時期的前奴隸，寫了美麗但備受爭議的奴隸主題詩歌。

這還不夠，我找了更多書籍來幫助我了解父親及他當初的決定，還有這件事對我的影響。對他來說，沒有什麼比這個國家正在發生的事情更重要，這些是我在追求個人成功時可能會忽略的事件。我研讀大量報紙，想像威爾遜總統決定嚴厲打壓種族平等並准許聯邦政府內部的種族隔離時，爸爸憤怒的樣子。我想像當他得知艾達・B・威爾斯（Ida B. Wells）、瑪麗・丘奇・特雷爾（Mary Church Terrell）等黑人女性以及來自霍華德大學的二十二名年輕女性所做的工作時，臉上露出微笑的樣子，這些人是有色人種聯誼會戴爾塔西格瑪西塔（Delta Sigma Theta）的成員，儘管不受歡迎，但她們還是與成千上萬的人一起參加了在華盛頓特區舉行的婦女選舉權遊行。雖然這些正在進行的工作很吸引我且令人印象深刻，特別是有色人種兄弟會及姊妹會，但我不知道自己能提供什麼幫助。身為一個白人女性，我可以加入這種為了黑人權益奮鬥的重要工作嗎？還是我應該放棄假身分，開始爭取平等？我覺得在父親的世界裡——以及白人的世界裡——全都沒有我的容身之處，我漂泊無依。

1 Sarah Hopkins Bradford，美國作家、歷史學家，以哈利葉特傳記著作聞名，另著有多部兒童文學作品。
2 Harriet Tubman，美國廢奴倡導者、社會運動家，她也是內戰中的重要人物，晚年活躍於婦女選舉權運動。

「身爲女人，我拒絕被男人定義。」卡翠娜說，我看著滿桌身穿嚴謹暗色襯衫和裙子的女士紛紛點頭表示贊同。瑪莎華盛頓酒店餐廳內的旁觀者可能會覺得其他女性和我相比顯得很邋遢，我穿著時髦的青色洋裝搭配相稱的圍巾，某種程度上這已經成爲我的標誌，但事實上她們過得比我獨立也更激進。

「千眞萬確。」另一位披著一頭紅髮、拒絕被髮髻束縛的女士回應。「尤其大部分男人都認爲順從又盡責的妻子等於眞正的女人！」

「這不適合我們之中任何一人。」卡翠娜說。

「一點都不。我們是自主的個體，值得擁有自己的政治身分。」紅髮女士接著說。

接著，卡翠娜和其他三名女子異口同聲開始說話。「我們相信這些眞理不言而喻，所有男性和女性都是平等的……」

她們高舉甜酒乾杯，雖然我也跟著舉起酒杯，但感覺格格不入。卡翠娜問我要不要和她及另外三位朋友一起喝酒、吃甜點時，我把握住這個機會，想藉著令人麻木的酒精和分散注意力的談話平息我不安又徬徨的心。沒想到這段談話反倒讓我更深刻體會到身處在這個世界中的孤獨感。

卡翠娜看見我的神情，低聲說道：「我們剛剛背誦了一部分塞尼卡福爾斯會議的《感傷宣言》[3]。」聽到後感覺更糟了。難道我不應該了解這些嗎？我竟然讓自己如此遠離自身的性別和種族重要議題。我心想。我的獨立似乎只是名義上的且自我中心。我只是個騙子嗎？

「不好意思，女士們，要再來一些酒嗎？」

我抬眼看向黑人服務員，好奇我和他的共通點是否比我和假裝所屬的白人世界還多。但當我同情地透出微笑時，那一點點善意教他大吃一驚，不知是對我的笑容還是外表感到困惑。我看得出來他是少數幾個沒有發現我是冒牌貨的黑人之一。他已經習慣當個隱身於白人世界中的黑人。

「小、小姐，要再來一杯甜酒嗎？」當卡翠娜和其他人爲了更多我不明白的事情哄堂大笑時，服務員結巴地問。

「我要。」我說。接著我又靠過去，說道：「謝謝你的服務。」

他從桌邊退開，因我的同理心感到困惑。「嗯，我去替您拿酒。」說完他便匆匆離開，彷彿我的善意是個白人的圈套。太哀傷了，我想。

一位白人侍者代替那位黑人侍者替我把酒送來，我知道必須停止這種魯莽的行爲，不能再表現得好像立刻要在瑪莎華盛頓酒店爲我的種族歸屬做出決定一樣。肯定有其他方法能夠安撫不安，同時不會危及我的身分。至少今晚是如此。

喝下最後一大口酒，我準備向眾人道別，這時有三名年輕男子走到我們的桌子旁。「我們能加入嗎？」一位削瘦的金髮男子開口，另外兩位黑髮的友人等在一旁。

卡翠娜尖叫著跳起來。「查爾斯，你怎麼在這裡？」她將我們介紹給她的弟弟，三位男子便加入了。雖然學生時期就認識卡翠娜，但我沒見過她弟弟。

其中一位黑髮同伴坐在桌子尾端，我旁邊的位子。過了很長一段尷尬的沉默後，我決定點第三杯酒，然後問起他帶在身上的書。

「《黑人的靈魂》（*The Souls of Black Folk*）。」他唸出書名。「你有讀過嗎？」

「W. E. B.杜博依斯寫的。」我說。

「你知道他？」

我開始撒謊。「不算是。」說話時父親的身影閃過腦海。然後我又說：「稍微知道一點點。」以防自己露餡。

---

3 *Declaration of Sentiments*，美國第一個婦女運動宣言，主張男女生而平等，並指出女性的基本權利長期受到嚴重剝奪。

「你知道這邊的這個人——」他輕叩書上一處，「是第一個從哈佛取得博士學位的黑人嗎？」

我睜大雙眼。「不，我不知道。」此時此刻，驕傲的感覺湧上心頭，我好想告訴他這位有史以來第一個從這間著名大學畢業的黑人的故事。但我隻字未提爸爸，這位年輕人繼續述說他對這本書的熱愛以及對種族平等的希望。我不能冒險。

「閱讀這本書讓我深入了解這個國家的黑人。黑人必須時時刻刻睜著兩雙眼睛，看著截然不同的兩種視野，因爲他們必須留心看待自己的方式，這可能和世界看待他們的方式完全不同。所以，就像在走平衡木一樣。」他滔滔不絕。

我很驚訝，這位年輕白人竟如此了解這本書，還有我的生活。他繼續說下去，訴說的話語就和父親一樣，儘管這些話是出自白人嘴裡，但聽起來如此誠摯。太驚人了，我心想，不同膚色的兩個人說著同樣的話。這位白人出身富裕家庭，但仍舊渴望平等；父親的渴望卻是源於一方倖存之地。這給了我希望。

但喝完第四杯酒後，另一件事情發生了——這個年輕人身上不再有父親的影子。我看到、我**感覺到**伯納德。一有這種想法，我就知道自己必須離開了。開始向眾人道再見時，卡翠娜對剛剛和我交談的年輕男士說道：「強納森，替格林小姐叫一輛回家的馬車好嗎？」

他護送我穿過高雅的大廳到門外。放眼望去沒看到馬車，所以我們朝公園前進，有時會有成排的馬車在那裡。他挽著我的手臂，但我沒有保持一貫的禮貌距離，而是靠在他身上，因爲最後一杯酒令我頭暈目眩。當我踮起腳尖親吻他時，他很驚訝。他的回應很馬虎，雙手也不太靈活，但缺乏經驗對我而言不是問題。我在找一個東西——一個可以依靠的連結，無論多麼轉瞬即逝。

強納森牽起我的手，帶我走往附近一棟建築。我等他打開門，然後默默地一起走上樓，進入一個堆滿書籍的單人房間。我意識到強納森一定是學生，看見裡頭簡樸的家具時不禁好奇他的年紀——一張書桌、一張跟折疊床差不多大的床鋪、一張緊挨著冰箱、爐台和小水槽的小圓桌。然而，這一刻我一點都不在乎他的年齡或擺設。

他伸手過來替我解開衣衫時，我試著屈服於這種感覺。我們躺上床，我任由他替我脫掉衣服。但親吻和愛撫並沒有帶來我需要的東西——用以填補空虛的明確**意義**。我坐起身將他推開，二話不說穿上內衣和禮服離開，甚至連再見都沒說。

我衝進夜色中，好不容易才頂著抽痛的頭和一顆破碎的心踉蹌進了公寓裡。我無法待在這令人不安的夜色中。我必須找出問題的答案，摩根先生去世後我究竟該成為誰，如何成為也許不真實、但是完整的貝兒·達科斯塔·格林。躺上床後，這個問題在海腦裡不斷盤旋。然後，在一瞬間，我知道要怎麼做了。為了前進，我必須先後退。

35

一九一三年十二月四日
伊利諾州，芝加哥

餐廳裡擺滿了幾十張鋪有黑色桌巾和白色檯心布的長方形餐桌，除了領班侍者和坐在雙人桌旁的老紳士外空無一人。他在哪裡？時間沒錯，上個月我們在互通的書信中確認了。

但接著，我仔細看著那位身穿炭灰色西裝的年長男士。

他站起身，以低沉悅耳的嗓音問：「是你嗎，貝兒？」我認得這個聲音。他捲曲的頭髮和鬍子變得一片花白，但那貴族氣質、細長的鼻子和輪廓分明的顴骨——全都一如往昔。

「貝兒。」他又說了一遍，伸出雙臂彷彿在尋求擁抱的許可。被拉進熟悉的溫暖懷抱時我不住顫抖。自從他離開後，我從未被這樣抱過。

爸爸喊我中間名的方式很特別，拉長的音節聽起來就像反覆的旋律。對他來說，這不僅僅是名字，也是他對感情、對我的表達方式。

「坐吧，我的寶貝女孩。」他拿起我的皮革旅行袋，替我拉開椅子。

我脫下大衣。現在是芝加哥的冬天，走在外頭時寒風刺骨。

兩人都坐下後，我們朝彼此露出緊張的笑容。桌上的白色亞麻布在我們之間延伸，像一片無法航行的汪洋。

爸爸終於開口。「貝兒，你不知道我有多渴盼這一天。」

我開始哽咽。多年來我思念著父親，但直到這一刻我才明白他的缺席不只帶來情感上的痛苦，還有身體上的。因他而起的疼痛一直都在，現在自體內開始蔓延。

他是首先橫渡汪洋的那個。他靠向桌子握住我的手。

「爸爸，我好想你。」我的面頰溼透了，我趕緊縮回手，匆匆找出手帕擦乾雙眼和雙頰。侍者彷彿是等我恢復平靜才走過來。我們快速瀏覽菜單並點菜，我點了一道簡單的雞湯，爸爸點了羊排。我們都渴望能獨處。

「十七年了。」他邊說邊搖頭。「不敢相信已經過了十七年。我很感激你能找到我。」

「莫札特舅舅一直盡可能讓我知道你所在的地方，是他給我你的住址。」

「他給我第一封你寫的信時，我——」他再次搖頭。「我也一直關注著你。」

「眞的嗎？」

「當然了，我一直期待著這天，但不敢奢望。」

「有太多要分享的事了，該從哪裡開始呢？」

「看你想從哪裡開始。我等不及聽到所有故事了。」

我開始生動地描繪兄弟姊妹的事。「那麼，你記得路易絲和艾瑟爾小時候有多形影不離嗎？」

他點點頭。

「現在還是一樣。他們找到了住在同一間公寓的辦法——丈夫們也一起。」我決定不提他們住的公寓是我買的，還有媽媽跟泰迪也住一起。沒必要爲這次團聚徒增困擾。

爸爸靠在椅背上大笑時，我彷彿回到了三十年前，回到了大家聚在一起吃飯的餐桌，那時爸爸坐在最前端講故事，爲整個家帶來歡笑。

「所以，羅素不在那裡？」

「不在，謝天謝地。」我回答，兩個人一起大笑。「他也結婚了，但和妻子住在紐澤西。他是一名工程師，如你所培養的那般沉穩踏實。」

他點頭，但笑容褪去，使我後悔說了這些話。爸爸離開時羅素十四歲，他已經開始撫育兒子，但顯然沒有完成。他沒有和我們任何人一起完成這項任務。

說到泰迪，他的表情又亮了起來。「然後是泰迪。噢，爸爸，她眞的好迷人，而且很快就要從師範學院畢業了。」

他問了一些細節，我們談天說地，但沒有提到媽媽。我告訴他手足們伴侶的名字和職業時，省略了他們的族裔。現在還沒必要討論種族。

接著爸爸問到我的事業。我把湯匙擱在碗裡。「爸爸，我沒有一天不想你。每當我手裡拿著什麼東西時，比如思韋海姆和帕納茨的味吉爾印刷本，都會想到你。」接著說下去前，爸爸輕聲吹了個口哨。「我好希望可以和你分享那一刻。有一次，我甚至有機會去到我們最愛的地方的高牆之後……」

他興奮地插話：「大都會藝術博物館？」

「你還記得？」

「我怎麼能忘記週末時總是和你一起在那裡度過一整天。」知道他還記得這些回憶，我感到平和又溫暖。

他接著說：「貝兒，你環遊世界蒐集這些稀有手抄本時，我總是很高興聽到你的戰績。但最讓我驕傲的是《芝加哥論壇報》的文章，你贏得卡克斯頓的《亞瑟王之死》的時候。多偉大的勝利啊！」

我露出微笑，但沒有多說什麼。那場拍賣會的記憶是我人生的精華，要是那天晚上沒有回去辦公室，就會一直都是最精采的記憶。但我盡量不去想那件事，繼續和父親分享工作中的小細節。聽我描述每天處理的手稿、蒐集到的世界級典藏和其他探索過的輝煌藏品讓他很開心。

「多大的成功啊，貝兒！但那些文章幾乎沒有著墨你的學術成就。能夠不斷學習並蒐集稀有書本及珍貴藝術品作爲一生的工作，如果哈佛畢業後有這種機會的話，我一定會追求這樣的志業。眞是天大的禮物。」

「是你給我的禮物。是**你**帶我認識藝術之美，還有印刷文字及其歷史的重要性。」

「很高興你能追求所愛。我只希望……」他突然打住並垂下視線。

「怎麼了，爸爸？」

他抬起頭笑了，但眼裡沒有笑意。「我希望在你身邊，做你的後盾。我希望一直在你身旁，而不是到俄羅斯開始一個新的……」

我知道他要說的是「開始一個新的家庭」，但時間有限，我不想被他的日本家人轉移注意力。所以我快速岔開話題說：「不，不是的，爸爸。不需要這樣想。你替我的事業種下了種子。」

「是你培養起它們。這遠遠超出所有黑人女孩的夢想，也比身爲黑人男子的我擁有更多機會。」

我因他的用字遣詞感到緊繃，立刻環顧周圍確認沒有人聽見，但隨即停下動作。聽力可及範圍內沒有別人，且芝加哥也沒有人認識我。

一看到我的反應，爸爸自我抵達以來一直掛著的笑容消退了。他推開餐盤向後靠。「但是有代價的，對吧？假裝成一個不是自己的人。」他的語氣沒有一絲審判意味。「在《紐約時報》上看到你的照片時，我好驕傲。但也非常傷心。我意識到爲了實現一個夢想，你不得不放棄最重要的身分。改變名字很容易，但改變靈魂是不可能的。」

「你不贊同，對嗎？」我傾身向前。這是我一直想要知道，一直希望他能回答的問題。

他報以一聲苦笑。「這無關乎贊同與否，是這個社會強迫你做出那樣的選擇。那是種嘲諷。對你和你母親而言沒有所謂好的選擇。我無權評判你們的決定。」

他擁有一切評判的權利。爸爸的膚色和泰迪一樣白皙，他能過我們的生活。但他沒有這麼做，而是犧牲一切，以有色人種的身分眞實地生活著。

「摩根先生去世後，我感到非常失落，爸爸。我想知道若是當初做了不同的選擇，會不會也是一樣的感受。」他點點頭表示理解。「有時候我會懷疑爲了成功所做的犧牲是否值得。」像這樣坦承心中的疑慮是種解脫。

「親愛的貝兒，」爸爸握住我的手，「你比所有我認識的人都活得更眞實。你已經過上了適合自己的生活，只是因爲種族主義，所以你必須以白人的身分這樣做。」他嘆了口氣。「我希望你知道，曾有一個無論膚色爲何，黑人男女都能昂首挺胸、茁壯成長的時代，只不過，那是一段短暫的時光。」

「我知道，爸爸。媽媽告訴過我你在南卡羅萊納大學擔任教授的事。那肯定是段光明又充滿希望的時光。」

他露出傷感的神情。「希望這能讓你理解我爲什麼無法放棄爭取平等權利。但我也希望你了解我離開的原因。」

我對媽媽做了很多評判，而我錯了。現在我很高興爸爸有機會對我訴說屬於他的故事。

侍者前來清理桌面，讓爸爸有些時間整理思緒。侍者離開後，爸爸娓娓道來。「踏出那扇門時，我不確定該往哪裡去，但我知道我不能生活在兩個世界。我不可能假裝是白人，不能以白人家庭的父親這個身分生活，又同時繼續爲種族平等奮戰。眞正能保護家人的方法，就是繼續積極爭論並爭取我們的權利。我想爲你們所有人帶來更光明的未來。」

我們點了甜點，而後父親用他身爲教授的語調說道：「重建時期[1]讓我們平等。歧視有違法律，聯邦政府保護了我們。」

「但當最高法院推翻《民權法案》後，種族隔離合法化，所有的保護都沒了。我們失去自由，但我沒有失去希望。我認爲有辦法改變裁決。我相信這會是場戰鬥，但我們能夠獲勝。」他搖搖頭。「但這比我們想像得要困難許多。」

「就算很難，你也一直在正義的一方奮戰。」我安慰他。「你有太多值得驕傲的事。」

「或許吧。」他說。「但這是一場政治鬥爭，有時候領導人會互相打鬥。那時我失去了老盟友。我站在布克．T．華盛頓那邊，因爲我很欣賞他聯合企業家和政治家制定策略的方式。但趨勢已經改變，現在是W. E. B.杜博依斯在領導這場運動。我很欣賞他，特別是他關於全國有色人種協進會的計畫。那些計畫很吸引人。但不知爲何我令他很緊張，因此我一直處在荒野中，和熟悉的生活分離。」我憂心忡忡的表情一定讓他很不安，因爲他努力打起精神並露出微笑說：「但我寫了一些好東西。」

他指著〈白人問題〉時我點點頭，但沒有說話。他聽起來就像是記憶中的演說家爸爸，我不想打斷他。

「我爭論道，黑人與白人之間的問題並非起源於有色人種男女天生的某種缺陷。這是白人對我們的偏見，以及種族主義造成的結果。我提出證據證明，若不受種族主義的束縛，有色人種能夠抵達什麼樣的高度。我列出了自獨立戰爭以來數百名有色人種男女，他們在藝術、科學、政治、商業、文學甚至軍事方面都取得了傲人的成就。」

「曾有一段時間，你母親也有著相同的信念。在我們結婚之初，她和我一樣堅信『人生而平等』這句話。然而，在直接面對種族主義之後，那就成爲她所看到的全部了。她看不見諾言，失去了希望。她感受到了保護孩子的原始衝動，我能理解。」他停頓一下，我想知道父親是否後悔離開。但接著他繼續道：「但我仍然相信。我仍然相信有一天這個國家會迎來平等。有一天會有新的《民權法

---

1 美國內戰結束後的戰後重建、南北整合時期，約為一八六五至一八七七年間。

案》，會有新的總統和國會去實行。不論種族，每個人都將能夠追尋夢想。《獨立宣言》[2]中關於男女平等的那些話將會成眞。」

儘管很難想像這樣的未來，但我聽見了他的期望。雖然有色人種大學裡追隨我父親腳步的年輕男女啓發了我，但影響我最多的仍是日常經歷。報紙仍舊充斥著毆打和私刑的報導。我看到無數黑人男女受僱爲最低階層的飯店工作人員和臨時工，還有許多黑人女性擔任酒店廚師和裁縫，這些都是踏實的工作，但他們在崗位上並沒有受到有尊嚴的對待，而我所到之處依然能聽見種族主義觀點在上流社會中散布。這一切都讓我不可能看見父親的期望。

我搖搖頭。「眞希望我也有這樣的期待，爸爸。我想要，但我沒有。」我打住，想像這番話和媽媽多年前告訴爸爸的有多像。「所以我才會如此掙扎。我**知道**我的生活本質上是虛假的，雖然我渴望另一種人生，但這樣的世界令我害怕。」我眨掉聚積在眼眶裡的淚水。「希望你不會對我太失望。」

他以溫和的語氣說道：「不會的，貝兒，我絕不會對你失望。我失望的是，爲了讓你擁有這樣的生活，你必須扮成白人。我正在爲下一個時代奮鬥，一個讓你身爲黑人女性也能擁有同樣生活的時代。」

我抹掉再也忍不住的淚水。「我發現自己正站在一個十字路口。我有走自己的路的自由。也許能更眞實地……」

「你自己的路。」他重複。「是摩根先生留給你的遺產帶來的自由嗎？」

幾個月前新聞報導了這件事，所以我不驚訝他知道。「一部分是。但我也正在考慮職涯和人生的下一步。」

「你要離開皮爾龐特．摩根圖書館嗎？」他的語氣很震驚。

「這就是我想不明白的。摩根先生在遺囑中設立條款讓我留下來。」

「你還熱愛這份工作嗎？你覺得自己正爲世界做出有價值的貢獻嗎？是在建立一個不僅是你自

己、你母親和你的手足，而是更多人都會受益的機構嗎？你的道路有**意義**嗎？」

「是的，這是對所有的問題的回答。我的計畫是將皮爾龐特・摩根圖書館從私人圖書館打造成一個公眾的機構，讓成千上萬的人都能看見早期書面文字的美麗和意義——閱讀和書籍是促進人類平等的強力媒介。但我並未公開以『有色人種』的身分生活。」我的聲音接近耳語。「我也開始思考自己是否該這麼做。」我直接這麼問爸爸：「我應該像你一樣說出眞相，作爲一個榜樣嗎？就像你在文章裡寫的那樣？」

他嘆口氣。「貝兒，我只希望我的孩子有機會翱翔，不論血統爲何，都能過上**有意義**的生活。這是我的戰鬥。但在當前的社會和現行法律中，只要你能成功、能在工作中追隨熱情，並留下一份遺產造福大眾就足夠了——有一天，甚至能造福有色人種。說來傷心，但我覺得就現在而言，你沒辦法兼顧血統與工作。」

我很訝異。這不是我預期這位一生致力於平等權利的人會提供的指導。抵達芝加哥以來，我一直相信離開時我會受命於自己的血統，開始考慮一條可行的道路。

「繼續你的工作和獨特的任務，貝兒，也繼續完成偉大的成就。現在不是轉換跑道的時機。你是這個國家最重要的圖書館員與藝術歷史專家之一，也是白手起家的女性中最成功的其中一人，現在重要的是留下屬於你的遺產。如同你剛才告訴我的那些。」

我眼裡有困惑的淚水，也有寬慰、驚訝和一絲失望的淚水。我期待爸爸會幫我打開一扇新的門，以爲在他的建議之下，我就能重塑自己。但他卻將那扇門關閉了。他只允許我繼續以貝兒・達科斯塔・格林的身分成長茁壯。

2 *Declaration of Independence*，美國獨立聲明，於一七七六年七月四日宣告北美十三個英屬殖民地脫離英國獨立。

「有一天，貝兒，我們將能夠回到幾十年前，你能夠聲稱自己是我們的一員。你的成就將會成爲歷史的一部分，讓白人知道有色人種的能力。在那之前，請驕傲地過你的人生。」他給了我一個充滿愛與溫暖的笑容。「我很以你爲榮。」

我握著爸爸的手。然後，我閉上雙眼，品味他的話語並汲取他的希望。

36

一九一三年十二月十日與十二月二十二日
紐約州，紐約市

在貝爾蒙特飯店大廳等待時我保持冷漠。就跟大都會藝術博物館希臘與羅馬展區的雕像一樣冰冷又平靜，我心想，也沒有感覺。這就是我看起來的樣子，感覺也是這樣。冷漠又麻木。然後我看見他了。他和瑪麗一起走下寬大的階梯。他們走近時，我先朝瑪麗伸出手。

「真高興再次見到你。」我說，彷彿這次會面是我們倆安排的。

「貝兒，你看起來更美了。」她這麼說，一如往常大方稱讚。

「你也是。」我回應道，口是心非。瑪麗比上次見面時更肥胖，且皮膚看起來有點病態。她病了嗎？伯納德的信裡沒有提到，但他本來就很少談她。

伯納德穿著一件剪裁精良的優雅灰色西裝。他的雙眼如記憶中一般明亮又慧黠，頭髮和鬍鬚也一樣烏黑且剪得很短。當他上前給我一個問候的吻時，身上濃烈的氣味令人難以抗拒。

我們的用餐氣氛很友善，互相講述了各自的旅行和共同朋友的故事。我聽見自己正舒適地談話，這是過去年輕又不成熟的我做不到的事。我已經不是在義大利和伯納德上床的那個女人。

講到幾個月前我在格林威治村最瘋狂的遭遇時——那是個喧鬧的夜晚，我和支持女性參政的朋友及藝術夥伴差點和一群流氓起衝突——伯納德激動地說：「這種人配不上你，貝兒。你值得比一群歌手、音樂家、藝術家和為了無意義之事奮鬥的激進份子更好的人。」

我故意將話題帶到我在格林威治村所做的努力，因為我知道這會激怒他。我想讓他明白，我們現在生活在不同的軌道上，毫無任何共同點，除了工作以外沒有任何產生交集的理由。

「我想我能決定誰配不上我。」我用銳利的目光看往他的方向。說完我點燃一根菸。「總之呢，心胸別那麼狹隘，伯納德。那些女性正在開創全新的獨立生活。不需要男人的生活。」

瑪麗發出一陣調皮的笑聲。「真有趣啊。」她說。

我繼續：「我們必須習慣新的思維方式——就像我們過生活及創造藝術的方式。」希望他能聽出我想傳達的訊息。我不只是在說波西米亞風格或我在二九一畫廊看到的類似風格。

「什麼意思？」他皺緊眉頭。

我朝天花板吐了口菸圈，說道：「你肯定猜得到抽象藝術將成為主流。我們必須找到方法讓當代藝術與鍾愛的文藝復興大師一起出現在牆上。你在這裡時不會去看軍械庫展覽會[1]嗎？」那很振奮人心——也很驚人——位於公園大道的展覽於今年早些時候開幕，震撼了古板的紐約藝術界。它的特色是展出發人深省的印象派、野獸派和立體派作品，包括保羅·塞尚[2]、文森·梵谷[3]和馬塞爾·杜象[4]引人注目的畫作。從這些風景畫和肖像畫中看到全新的觀點，就跟和泰迪一起在一間新的電影院裡欣賞刺激又震撼的《龐貝城的末日》[5]一樣令人興奮。

就在這個知識與藝術理念產生分歧的緊張時刻，伯納德起身告辭。他走開後，瑪麗把椅子拉近，與她平常震耳的音量相反，這次她幾乎是耳語道：「可以和你坦誠地談談嗎，貝兒？」

除了可以，我還能說什麼。

「我知道你和伯納德上一次在一起時，鬧得很不開心。」

我吸口氣，好奇她知道多少。

她繼續說：「但我也知道你們倆仍然有感情。他每週空出幾個小時寫信給你，也渴望讀你的信。他一直在倒數見到你的日子。自從我們抵達以來，他就一直為你精心打扮。沒有人能取代你。請給他一次機會，貝兒。若你還沒有準備好，也許可以等下週我們從波士頓回來之後？」

和前任情人的老婆談論他真是奇怪。真是不對勁。「我不確定，瑪麗。」

「貝兒，我覺得你沒有意識到你對伯納德的影響——而且一直持續著。」她勸說道。「你成功翻越了他年輕時築起的心牆，那道牆是他在這個對他這樣的人充滿偏見的世界賴以生存的手段。這對他並不容易，一個住在波士頓的立陶宛小男孩。相信他有跟你說過這些故事。」

我微笑，沒說他不曾告訴我。

她接著說：「因為你，那道牆已經不存在了。你找到了他。在你離開後他整個人都垮了，即使我們回到義大利已數週，他也吃不下睡不著，每天盯著窗外好幾個小時。我鼓勵他找你，但他說你因為他沒有去倫敦非常失望。」

她知道她丈夫讓我承受了多大的痛苦嗎？

1 Armory Show，又稱國際當代藝術展覽會（International Exhibition of Modern Art），是美國第一場大型當代藝術展覽，於紐約國民衛隊軍械庫首度展出。

2 Paul Cézanne，十九世紀法國畫家，承接後印象派、啟發立體派，引領時代畫風轉變，被譽為「現代繪畫之父」。

3 Vincent van Gogh，十九世紀荷蘭後印象派畫家，鮮豔用色與生動筆觸對二十世紀影響深遠，以〈星夜〉（*The Starry Night*）等作品聞名後世。

4 Marcel Duchamp，二十世紀法國藝術家及藝術先驅、達達主義（Dadaism）代表人物，以〈噴泉〉（*Fountain*）最為著名。

5 *The Last Days of Pompeii*，義大利黑白默片，一九一三年上映，改編自英國作家利頓（Edward Bulwer-Lytton）同名小說。

她繼續道：「他待在巴黎，因爲他不知道該怎麼處理那麼多情緒，但自此之後，貝兒……」

我打斷她的話。「我不認爲過去三年他一直想著我，瑪麗。我聽說他有個新朋友能提供慰藉——伊迪絲・華頓[6]。」

聽到伊迪絲的名字，她瑟縮了一下，但這份不安沒有阻止我說下去。「還有其他人。」我不希望瑪麗——或伯納德——以爲我還是一樣天眞。

「貝兒，所有人都知道其他男女……」她凝視我許久，表示他們也有讀過八卦專欄並聽到謠言，「可以作爲分散眞實情緒的方法。」

她緊緊握住我的手。「伊迪絲對他而言沒有意義。但是你有。答應我再給他一次機會好嗎？」

伯納德睡著後，我盯著他，小聲和瑪麗的大方和智慧道謝。不只因爲我現在和他在一起，也因爲在過去三天我得以進一步了解伯納德，也了解自己希望他在我的生活中扮演什麼角色。

三天前，瑪麗和伯納德在波士頓待了一週後回到紐約，我首先答應讓伯納德陪我一起去新開的舒伯特劇院，我們在那裡欣賞蕭伯納的戲劇《凱撒和埃及豔后》（*Caesar and Cleopatra*），另一回則是在大都會藝術博物館的大廳漫步整個下午。在這兩段時光中，我有所頓悟。我發現自己不需要在身邊設立第一次和伯納德與瑪麗會面時的高牆，因爲我不再需要預防他的傷害。在他面前，我不再感受到同樣的情感和渴望，取而代之的是一種和睦關係，這種關係奠基於我們在這個思想狹隘的領域都是局外人，享有共同的世界觀，也奠基於我對於他的才智和藝術知識的敬重，還有共享的歡笑。

現在，當我凝視著頭髮淩亂的伯納德，彷彿才第一次眞正見到他，第一次見到他作爲一個有缺陷的人類的模樣。他是一個害怕親密感的男人，因爲他一直生活在自己創造的角色後面，保護自己不會遭受兒時與成年後皆感受到的排擠。正因如此，他不允許任何人靠近，就連我也不行。自從摩根先生提到伯納德是猶太人以來，我就一直懷疑這點，而伯納德在我們共度的第一個夜晚說出俄文字詞更強化了我的猜疑。但直到瑪麗說起他兒時在立陶宛遭受的偏見，我才確定伯納德並非如他所聲稱在波士頓土生土長的上流人士。

難道伯納德不知道只有他自己以為他的猶太血統是祕密嗎？即使被發現的後果不如我這般嚴重——那是我不允許自己真正去想像的恐怖——但也不能怪他想隱藏身分。

他睜開雙眼。「早安。」說完後他親吻我。

我享受著嘴唇交疊的感覺，但在一起的這幾天證實了我已經不受他影響。我是自由的，這種自由不代表我想完全將他拒於門外。我將按自己的方式邀請他進門並享受他——包括他身為一個情人的技巧。

「我們真的能這樣嗎？」我起身坐在床上。

他將我摟在懷中，在我頸部落下如羽毛般的親吻時眼角皺起。我閉上雙眼仰著頭。再一次，我很感激自己在他的床上。

昨天的晚餐時間，戴莫尼科的私人包廂裡只有我們兩人，我已經準備好像從前一樣被他用藝術勾引。享用勃艮第紅酒、生蠔和菲力牛排時，我容許他用幾位自己欣賞的當代藝術家迷惑我，而古斯塔夫・克林姆[7]就是其中之一。我允許他以言語描述克林姆的筆觸及運用金箔與馬賽克的方法來誘惑我。我也屈服於他對克林姆如何在藝術中捕捉情色女性形象的誘人描述。

6 Edith Wharton，美國作家，出身紐約上層階級，一九二一年以《純真年代》（*The Age of Innocence*）獲普立茲小說獎，成為該獎項的第一位女性得主。

晚餐結束後，我準備好跟他一起回去他在韋伯斯特飯店的房間。我在那裡享受他的技巧和魅力，發現只有他了解我的身體和需求。我臣服於他的觸碰和呢喃細語，感覺就像是回家。但這次，儘管我最終睡在他的床上，但我知道自己再也不會受到伯納德的傷害——情感上的傷。

「我想我們可以的，」他終於在我耳邊低語，「我不明白爲何不行。」他的指尖劃過我赤裸的背部，引起一陣顫慄。

我得掙脫他才能開口。「我不確定是否有情侶成功完成過這種挑戰。」

「但我們不是普通情侶。」他這麼說，一邊從我背上勾起一綹長捲髮纏繞在手指上。

「的確。」

「我會每天寫信給你，如此我們才能保持聯繫，你也要在皮爾龐特．摩根圖書館的工作許可的情況下，盡可能多多寫信。我好喜歡你寫的那些日記體的書信。感覺彷彿整天與你在一起。你可以聊聊你欣賞的當代畫家，而我承認克林姆先生的作品對我有種特別的吸引力。畢竟他運用金箔的方法跟文藝復興時期很像。」我們同時笑了。伯納德和我很享受熱情談論不斷變化的藝術世界。

「聽起來很合理。」我回答。「我沒辦法和你一樣寫那麼多信時，你不會嫉妒我的工作吧？」

「保證不會。」

「待在一起時，只能心向彼此。」

「絕無二心。」他解開手指上的捲髮，又勾起另一綹。

「但分開的時候，我們有追隨激情的自由——無論是工作還是娛樂的形式。」我說。

「你堅持的話。」他這麼說，提醒我他想要一個更堅定的承諾。我拒絕了。我指出，過去期待忠心的愛情只會帶來衝突和不安——不論是內心感受還是信中表達的皆是如此——我要爭取一些新的東西。他已接受了這種更彈性的協議。

「其他方式注定會失敗。」我已堅持多次。

「而我們不希望失敗，」他接口，親吻我的腰椎處，「我們將依賴信件和——」

「約會。」我替他說完，再次鑽進他的懷抱。

---

7 Gustav Klimt，十九世紀末奧地利畫家，維也納分離派、象徵主義（Symbolism）代表人物，以〈吻〉（*The Kiss*）等作品聞名。

37

一九一三年十二月二十三日
紐約州，紐約市

圖書館厚重的青銅大門砰一聲關上。會是誰呢？除了警衛之外，只有我一人在，而日曆上沒有註記今天下午有約。事實上，我已經排開行程，好爲明天傑克自歐洲回來做準備。

我起身大步穿過辦公室，朝圓形大廳走去，正好碰上傑克。「太令人驚喜了。」我說。因爲前幾天都和伯納德待在一起，我本來決定中午和傍晚都要爲明早和傑克討論一件出色品項的會議做準備。現在我擔心傑克會想直接開始處理我還未做足準備的公事。「我以爲您明天早上才會來圖書館。」

「大洋郵輪剛靠岸，潔西和我都覺得必須直接來圖書館找你。」他的雙眼在濃密的深色眉毛下閃著光芒。有一瞬間他像極了他父親。我的心因爲這樣的相似緊緊揪著。

我專注在當前的情況。摩根家的人要見我？就在剛下船結束一年一度的倫敦之旅後？這消息要麼很驚人，要麼是個災難。

「您父親也做過同樣的事。」我告訴他，語氣因回憶而帶著甜蜜的苦澀。

「我知道。」他邊說邊輕拍我的手。他明白摩根先生的去世對我的打擊有多大，這種共同的悲傷將我們聯繫在一起。「我猜，這就是我們今天會過來的原因。」

我聽見傑克的妻子邁著輕柔腳步走過大廳。她那甜美的容貌在生了四個孩子且經歷二十多年婚姻後有了歲月的痕跡，但風韻猶存。她看向我的辦公室，同時露出笑容。這對夫妻忠於彼此，儀態和愛好都是徹頭徹尾的親英派，但這不只是因爲他們在倫敦生活多年。摩根先生去世後，傑克成爲圖書館的固定班底，我看見潔西如何參與他生活的各個方面，在他需要時提供堅定而明確的指導和支持。她填補了父親的評判在他心裡留下的空洞。

「噢，貝兒，見到你眞是太棒了。」在國外待上數月後她說話帶了點英式口音，而她身上那件造形搶眼的深藍色休閒服肯定是倫敦的最新時裝。

「很高興見到兩位。三個月不見眞是太久了。」相互擁抱時我這麼說。

「我們不在時，你有沒有覺得耳根發熱呢？」潔西這麼問，那雙柔和的海藍色雙眼閃動著她獨有的光芒。

「跟平常差不多。」

「倫敦所有人都在談論你。」

「談論我？」我很驚訝。我將近三年沒去倫敦了。當然這段時間還發生了更精采的事。

「對啊。」傑克加入。「藝術界和珍本界的人都向我們傳達了對你的高度評價。策展人、經銷商和專家都一致認同你爲我父親在這座圖書館打造了非凡的珍藏。」

「眞高興聽到這消息。您知道執行您父親的願望對我而言意義重大——無論是他在世時還是現在都是如此。」我說道。

「噢貝兒，有一天吃晚餐時查爾斯·雷德甚至半威脅說要把你偷走。我相信他很想把你帶到英國，讓你在大英博物館替他工作。」潔西接著說。

很榮幸英國與中世紀古物部門德高望重的負責人會對我表現出如此的興趣，即使只是晚宴上的閒聊。

「不只是他，貝兒。」傑克語氣嚴肅。他們互看了一眼，彷彿事先排練過這段對話一般，而他正催促潔西講下一句台詞。

潔西的臉色也跟著嚴肅起來。「不能那樣，對吧，傑克？我們必須留住貝兒。」

我來回看著兩人，心想到底發生了什麼事。

「所以我——我們，」他意味深長地看向潔西，「一直在想，你希望完整保存摩根家收藏的意願非常明確，我們理解也很欣賞，因爲這也是我父親的目標。雖然我們仍然覺得我父親將三分之二的家庭經濟資本保存於藝術品，這個做法多少有些令人難以接受且不妥當，但也許我們不必放棄圖書館的收藏。皮爾龐特．摩根圖書館似乎非常重要，尤其是其中稀有的藏書和手稿。」

「眞的嗎？」我忍不住問。當然，我已經爲此懇求好幾個月了，只需要有一屋子地位崇高的英國人說服他我是對的。

「沒錯。我們必須賣出我父親的部分收藏，很多都未曾保存於這座圖書館，有些甚至是你來之前就有的。」

我全身緊繃。儘管我並不實際擁有圖書館、摩根家或是外借給博物館的藏品，但我對它們有種驕傲感及擁有感。我默默祈禱那些我最親愛的收藏——那些共同講述了書面文字的歷史、擁有提升人性之力量的搖籃本和手稿——不會被送上斷頭台。「有哪些是要賣的？」

「在倫敦時我研究了你準備的物品清單，目前在大都會藝術博物館展出的中國瓷器收藏，應該會是第一批。」

我慢慢吐氣，希望這如釋重負的聲音沒有被聽見。這四千件瓷器，包含多個明朝的花瓶確實很精美，但很大一部分是摩根先生自己採購的收藏。雖然我希望傑克能爲了摩根先生完整保存它們，但事實上，對於一個家庭，甚至對於一間博物館來說，這批藏品的數量都太大了。某次參訪博物館，我看到有些藏品不幸被包裹存放在地下室的儲藏室裡，因爲即使是大都會藝術博物館也沒有足夠的空間好好展示所有珍品。「很合理的選擇，先生。我相信它們能賣到三百萬美元。」

他睜大雙眼。「這筆錢足以支付稅務相關費用了。」

「還有其他想法嗎？」如果傑克的目標是對我有特殊意義的任何物品，我得做好準備才行。

「福拉歌那的作品呢？」他問。

一九〇二年，摩根先生買下了尙－歐諾黑．福拉歌那[1]的傑作〈愛的進展〉（*The Progress of Love*）——這是路易十四最後一任情婦委託製作的一系列十一幅彩畫，以慶祝愛情的不同階段——並在倫敦替這些作品打造了一間廳堂。我沒見過它們，也沒有特殊的感情。因此，當我看到出現在出售清單上的是這些作品，而不是我最喜歡的幾件珍寶時，不禁感到鬆了口氣。「也是個很好的選擇。我猜這些可以賺來超過一百萬美元。」

他輕聲吹響口哨，露出大大的笑容說：「你開心嗎，貝兒？」

「我欣喜若狂。」此話不假。因爲皮爾龐特．摩根圖書館的藏品——摩根先生和我一起打造的成就——將會保持原樣。這是創造我與爸爸討論的更大**意義**的關鍵一步。

見到我的反應，傑克和潔西都笑了。他接著說道：「很高興你這麼說。我們會保留這裡的主要收藏，也就是你最珍視的書籍和手稿。」

我笑到臉頰都痛了。雖然將我和摩根先生一同取得的藝術品賣掉會很遺憾，但一想到能保留圖書館的大部分珍藏，我就鬆了一大口氣。「太謝謝您……」

「傑克、潔西！你們人呢？」一道熟悉的聲音大喊，打斷了我的話。

1 Jean-Honoré Fragonard，十八世紀法國洛可可（Rococo）代表畫家，畫風靈巧多變，法王路易十五為其主要贊助者。

「在貝兒的辦公室！」傑克大喊回覆他妹妹。

安妮邁著那不會被認錯、沉重的腳步聲衝進房裡。「我跑到你家迎接你，但聽說你先來這裡了。爲什麼？」她熱情地擁抱她的哥哥和嫂子，懶得跟我打招呼。

「有些好消息要告訴貝兒，實在等不及了。」

安妮轉頭看向我，彷彿這才發現我也在場。雖然她的目光放在我身上，但是是在和她哥哥說話。「不能等到明天嗎？你們才剛結束橫跨大西洋的旅程。」

傑克的笑容堅定不移。他很滿意自己的安排，心裡也正這麼想。出售藝術品可以積累他需要的納稅資金，並讓財產和業務保持流動。讓圖書館維持完整無缺，將使他保有摩根家在稀有珍品收藏界的聲譽。

他向安妮解釋圖書館將繼續存在，而我也會繼續作爲書籍和手稿的管理者。「我們要讓貝兒繼續掌舵。這是致敬父親的好方式。你知道的，閱讀來自過去的言語、收藏書本、觸摸信件和文獻總能爲他帶來最大的樂趣。」

傑克說得沒錯。正是和過往的親密對話建立了摩根先生與我之間的聯繫。圖書館內的每一本書都蘊含著一個充滿特色、故事和歷史的世界。我們共享著永不滿足的好奇心。我們讀得越深入，就越了解我們所生活的這個世界，追索的問題也越來越多。

不知道安妮是不是在盤算讓他哥哥改變心意的方法。但她很清楚遺囑已將決定權完全交給傑克。他父親留給她的遺產是不受任何限制的三百萬美元，但沒有其他權力。然而就算沒有被賦予權力，安妮的行動也從來不受阻撓。

她這麼安靜真是奇怪。這樣的沉默是否代表她憤怒到不敢在哥哥面前表現出來？

潔西察覺到這股醞釀中的尷尬氣氛，便插入談話並引導傑克離開。「親愛的，我們已經把消息帶給貝兒了。要回家吃晚餐了嗎？」

「好的，親愛的。」他回應道，然後轉向他妹妹。「你也一起嗎？」

「我等等過去，我想先和貝兒單獨說幾句話。」

一番擁抱道別與表達感激之情過後，只剩下我和安妮。自葬禮過後我只見過她四次，每一次她都讓我知道她父親的去世改變不了任何事。她依然非常明確地表達不滿。

「我不會假裝喜歡你，貝兒。」她開口道。「你總是輕而易舉就說服了我父親，我不喜歡你把他變成最後幾年那個樣子。」

我的心臟狂跳，但硬擠出一聲笑。「安妮，我想你很清楚**沒有人**能夠掌控你父親。他是天生的領導者，我只是受僱執行任務。」

換安妮笑了。「別以爲我好騙，貝兒。你不知怎麼找到方法讓我父親屈服於你的意志，沒有人能夠如此。」

我突然明白爲什麼安妮這麼討厭我了。不是因爲我占據她父親大部分的時間。事實上，安妮的生活很忙碌，幾乎沒有留什麼空間給他。安妮堅信我有能力影響這位偉大的男人——她一直辦不到這點，無論是在爲女性爭取投票權的運動中，或是三年前在襯衫工廠罷工中支持女工爭取更好的工作條件時。

「但這和我想說的事情無關。」她深呼吸時豐滿的胸部跟著起伏。顯然無論她想說什麼，都承擔著極大的壓力。「我知道你和貝西是朋友。」她的聲音變得柔和。

「我不知道算不算是朋友。」我回答。「我們在一些場合中碰面，貝西一直都很親切。」

「你知道我父親討厭貝西嗎？」她的語調隨著話題倏然轉變，令人大吃一驚。她沒有給我時間回應就接著說下去。「在他去世的前幾年，貝西有望獲得法國榮譽軍團勳章。」安妮解釋，儘管語氣透著悲傷，但我能聽出她很驕傲。「因爲她代理了法國劇作家的作品。這顯然是她應得的獎項，但我父親確保她沒辦法拿到。」

我不知道這件事。

安妮繼續道：「他懷疑我們倆之間的關係，藉此作爲懲罰。他責怪她並且想懲罰我，因爲我不是他想要的女兒。不像朱麗葉或路易莎。」她悲痛欲絕的表情比任何言語更能說明她對貝西的愛。

這個消息著實令我震驚，但也不該如此大驚小怪。雖然行爲上看不出來，但摩根先生的道德標準既嚴格又老派。他絕不容忍他的孩子有這種反常的行爲。這種事情無可想像。

我突然想起差點承認自己的種族的那天，當時我誤以爲摩根先生發現我隱瞞眞相。聽到安妮和貝西的故事令我不禁好奇，他若得知眞相且事實被公諸於世會做出什麼事。他會對我施行怎樣的懲罰？現在我知道自己不可能毫髮無傷地躲過。

我有些新的問題。若摩根先生知道安妮的事，她怎麼還會被我誤以爲是祕密的事情所威脅？

我還未開口，她就回答這個疑問了。「如果你告訴他我和貝西的事——比如告訴他我們住同一間艙房——他可能會覺得有必要採取進一步行動，以阻止有關我的眞相公之於眾。我無法忍受貝西因爲我的罪孽受到更多處罰。」

「很抱歉，安妮。我不知道。」

她沒有接受我的道歉，而是繼續說道：「儘管我跟他意見相左，但我愛我的父親。無論我們有多不合，無論他對我有何看法。」

「他也愛你。」我感覺自己必須這樣說。沒有錯，他用自己的方式愛著她。

沉吟一會兒後，她接著說：「是這樣沒錯。他留給我足夠的金錢，不必結婚也能維持生活並繼續我的事業，我感激不已。」

我點點頭。

「總之，貝西覺得我完全誤解你了。當然了，大多情況下我不同意這點。」此時她對我淺淺一笑。

她是在戲弄我嗎，還是這個笑容有別的含義？

那抹笑容變成一聲嘆息。「我知道一件事，貝兒。由於我和父親的政治和社會觀點明顯有所分歧，就算我願意，也沒有辦法延續我父親的成就。」她頓了一下，「但憑藉專業知識和對我父親遺願的忠誠，你辦得到。」

我瞪大雙眼。

她深吸一口氣才接著說：「所以，希望你能明白，我支持你擔任皮爾龐特．摩根圖書館的圖書館員。」然後她掛著得意的笑容補上一句，「不論你到底是誰。」

雖然不該問，雖然內心的所有聲音都要我到此爲止，但我必須知道。「你怎麼發現的？」我問。「是誰或者什麼事出賣了我？」

她頓了一下，一向嚴肅的臉露出帶著歉意的表情。「我本來只是懷疑，但你剛剛替我確認了。」

我感到喘不過氣。我做了什麼？難道這些話都只是誘餌，只爲了讓我落入圈套並承認自己的血統嗎？這一切只是爲了毀滅我嗎？

她的語調軟化了。「別擔心，貝兒。我知道受到毫無道理的社會標準評判有多麼痛苦，而爲此必須帶著痛苦的祕密過生活也是。我們都無法公開地做眞實的自己，對於之前利用你隱藏身分這點來威脅你，我感到很抱歉。希望從現在起我們能爲彼此守密。」

雖然摩根先生不在了，但我相信安妮希望私生活能夠保密，一如我需要保護自己的祕密免受這個不寬容的世界傷害。儘管我面臨的代價更高，但我還是笑著回應她。「好的，安妮。只有我們倆知道彼此的祕密。」

38

一九一六年十月十四日與十二月二日
英國，倫敦

「格林小姐！格林小姐！」從跳板走向岸上時，記者大聲呼喊我。

利物浦號的護衛揮手驅趕記者，但他們仍窮追不捨。「格林小姐，您來倫敦要買什麼？」「格林小姐，皮爾龐特·摩根圖書館此行的目的是什麼？」「格林小姐，《太陽晚報》剛剛宣布您是世界上最成功的職業女性，對於這個稱號您感覺如何？」「格林小姐，停留的這段期間，您會參與摩根先生爲戰爭所做的努力嗎？」

倫敦的報紙沒有比我的來訪更要緊的事情要報導嗎？他們的國家正面臨有史以來最嚴重的國際衝突，威爾遜總統不知爲何拒絕介入。雖然我很高興大西洋彼端的人注意到我身爲皮爾龐特·摩根圖書館負責人的成就，但記者們肯定有更多跟戰爭有關的事要報導。

一台等候在碼頭邊的汽車將我載往傑克位於市中心的住宅，接著把我的行李送到克拉里奇酒店，儘管幾乎沒有空房，但我還是成功用摩根的名字訂到一間套房。傑克指派我從紐約過來評估可能購入的珍稀典籍，因爲書本在戰爭期間氾濫於這座城市。我很樂意服從指令，不顧去年德國人用魚雷擊沉盧西塔尼亞號後橫跨大西洋的風險，也不理會母親因爲我前往飽受戰爭蹂躪的歐洲地區而近乎歇斯底里。倫敦能讓人沉浸在依舊熱鬧的藝術世界中，而且伯納德也在這裡。他承諾會從巴黎過來——這期間他一直躲在那裡——和我會合。雖然兩年半未見，再次想起他時仍感到溫暖。

我們這次的倫敦相聚將會多麼不同，穿行過擁擠的街道時我不禁這麼想。在紐約時我們達成共識，若我願意的話可以自由追求事業和其他男人，同時他會以值得信賴的建議、歡笑和關愛爲我搭建一座避風港。我相信這是我所擁有過最眞實的連結——尤其因爲他不再擁有能摧毀我的力量。

抵達王子門後車速慢下，來到傑克從摩根先生那裡繼承的透天別墅。這是傑克和潔西在英國擁有的其中一間房子，另一間是位於赫特福德郡的豪華沃霍爾莊園宅邸[1]，用來打獵和舉辦奢華的派對。我對王子門這間別墅所知甚少，但聽說很壯觀。

大門外觀樸素得令人訝異，而我還來不及拉起門環，大門就敞開了。宅邸的正面和門廊令我不知所措，但當我跟隨敏捷俐落的僕人踏入客廳時，不禁對整個空間肅然起敬。福拉歌那的傑作〈愛的進展〉掛滿整面牆，整個房間都經過精心的裝修以彰顯其壯麗。端詳著每一幅畫時，我便明白這件作品爲何如此備受讚譽，其中對愛情最終階段的描繪特別吸引我，以交換情書來代表穩定結合帶來的寧靜喜悅。是不是因爲它如此巧妙地捕捉了我和伯納德現有的關係，所以才特別吸引我？

傑克終於從隔壁的房間探出頭，腳步輕快地踏入客廳，但遠不及以往有活力。去年他在英國遭到一名德國支持者的攻擊，該名支持者得知傑克提供英國和法國財務上的支持，而這完全違背了威爾遜要美國人民維持中立的命令。傑克在恢復良好的同時，也絲毫沒有減損他對戰爭的參與，不過令我感到欣慰的是，他的傷病並未澆熄對圖書館的熱忱。

1 Wall Hall，原名奧登罕莊園（Aldenham Abbey），十八世紀時為英國皇家海軍軍官波爾（Charles Pole）所有。

「過去一個月你不在倫敦，我都不知道該怎麼工作了！」擁抱彼此後，他笑著大聲說。

我也笑了，想到之前在信中對伯納德提起傑克的事：有時候我不禁會想，我是不是太會推銷圖書館和自身的優點了。他在紐約的時候，跟他父親一樣幾乎從不離開圖書館，身為他在藝術與財務領域的夥伴，我幾乎沒時間做別的事。當然了，我從沒告訴過伯納德我跟傑克的關係和跟他父親的關係有何不同。我顯然沒有將傑克當作父親，更重要的是，雖然他和我的年齡更相近，但我們之間沒有任何男女情感。沒有任何潛藏的渴望。很多複雜的層面已經被簡化爲單純的合作協議，而傑克也不需要我替他填補心中的空虛——如同我爲摩根先生所做的那樣——因爲已經有潔西在了。

「沒有您在紐約，我才是不知道怎麼做事呢！」

他對著金碧輝煌的客廳比劃，這裡所有的布料、家具和裝飾品都經過精心挑選，以襯托畫作的光輝。「你覺得福拉歌那怎麼樣？」

「簡直不敢相信這些傑作即將被撤下牆面拍賣。我很難想像它們不久後就要橫渡大西洋，掛在其他大宅裡。它們似乎屬於這裡。」

聽到我語氣中的哀愁，傑克問道：「但我們達成共識，可以在不影響其他重要收藏品的情況下售出這些畫，不是嗎？」這並不是眞的在詢問，而是提醒我之前已得出的結論。事實上，我已經開始與杜文兄弟和其他幾位經銷商就出售事宜進行多次討論。

我點頭。除了各種事務之外，傑克也依言讓我參與了有關摩根先生藝術和手稿收藏未來去向的所有決策。

他示意我坐上淡青色的路易十四座椅，自己則坐上相稱的另一個座位。面對面之後，他那有著深色雙眉和濃密鬍鬚的臉龐顯得好疲憊。是因爲戰爭的緣故嗎？傷勢還未痊癒嗎？還是拆散父親的遺物引起如此沉重的情緒？

「倫敦市場上珍稀手稿和書籍的數量令人驚嘆，貝兒。我還來不及理清各種可能性。」他說。在他的神情中我看見一股急切的渴望，近乎貪婪。戰爭時期人們亟需資金。趁此時大肆收購是機會主義嗎？但我打算和他一起收穫這些戰利品，怎麼能如此批評？

「這就是爲什麼我在這裡。」我這麼說，把那些念頭拋到一邊。

「確實。」他嘆口氣。「令人欣慰。」

傑克遞給我一份手寫清單。「這些是我已經見過的經銷商，還有寫信向我介紹誘人手稿和古書的人。」

我檢視起清單。事實上，上頭的名字很熟悉，過去我曾和其中許多人打過交道。我發現能和傑克待在一起很幸運，他認可我鑑定物品來源和價格的專業知識，對此絲毫不感到尷尬。

「我會立即安排和每個人會面。您放心，我會在這裡處理好事情。」我說。

「我對你有絕對的信心。」

我雙眼沒有離開清單，接著問道：「處理完倫敦的所有藏品後，我是否該去巴黎一趟？那裡可能藏有一些泥金裝飾手抄本。」我心想，若能在傑克的管轄範圍外和伯納德一同欣賞巴黎美景，該是多麼美妙啊。我確定傑克的反猶太主義承襲自他父親，使他自然也對伯納德反感。所以我向傑克隱瞞了和伯納德之間持續存在的關係。

「我不允許，貝兒。」他直截了當地說。

我嚇了一大跳。這種輕微的發火很不像傑克沉穩、可預測的作風。

他注意到我的反應。「貝兒，很抱歉。你很難理解歐洲的情勢有多嚴峻。我們在美國獲得的消息相當保守且自我中心，所以你不明白旅行是多麼危險且不妥當，就算能得到必要的文件和特殊許可也一樣。老天，最近你必須得到當地警方的許可才能從倫敦前往郊外。」

他話還沒說完。「聽著，貝兒，我希望你盡快處理圖書館的事務，一完成就回家。美國不久後也將捲入這場戰爭，我不希望你遇到危險。即使在戰爭期間，旅行也不是不可能，但我認爲你應該不能被容許。你太珍貴了，不能犯險。」

我點點頭。我確信傑克對這個全新現實的看法是正確的。但若我不能去巴黎，那伯納德能來倫敦嗎？這種繁瑣程序和官僚主義會造成什麼影響？爲什麼伯納德沒有事先警告我眼下的危險和延誤？他不應該像傑克一樣擔心我的安危嗎？難道戰爭對巴黎的影響，已經嚴重到伯納德無法事先通知我的程度了嗎？

我累了，但忍著不打呵欠。過去六週來我在外頭度過太多夜晚，品嚐了太多美酒。戰爭非但沒有阻止倫敦的上流生活，似乎還使之變本加厲。基本上我不能以任何方式表現出脆弱，連單純的疲態也不行。杜文兄弟會密切注意我盔甲上的任何裂縫。

爲什麼杜文兄弟比過去六週見過的數十人更令我警惕？爲什麼他們的舉止和討價還價的風格令我緊張？但我別無選擇，只得和這對諂媚的兄弟合作。他們獨占太多令人垂涎的珍品的所有權了——少了他們便無法得到某幾項物品——而且還代理多位擁有大量收藏的重要客戶，使我躲避不了這兩人。儘管他們因極其熱情而聞名，但仍舊令我感到疏離又不安。

我盯著壁爐架上的時鐘，在套房客廳內來回踱步，酒紅色的時髦窄裙不時勒住我的腳踝。爲什麼杜文兄弟遲到了？我心中燃起怒火。但我發現這怒火某種程度上不是針對杜文兄弟，而是伯納德。

過了一週又一週，他爲不能前來倫敦找了一大堆藉口。火車停駛、沿海軍事演習和魚雷威脅著穿越運河的船隻。雖然我知道這些理由可能是眞的，但並不是每個人都和他有同樣的看法。備受尊崇的經銷商雅各．塞利曼上週平安無事從巴黎趕來，試圖說服我離開皮爾龐特．摩根圖書館並加入他的公司。伯納德捉摸不定的行爲令我清晰地回憶起上一次在倫敦那段黑暗、不見他在身旁的日子。我一直愚蠢地以爲能和他建立一種獨特的關係。雖然他不再能夠傷害我，但依舊能夠激起我的憤怒。

一陣盛氣凌人的敲門聲響起。女僕開門後，我定了定神，而後冷靜地問：「你們一向讓客人久候嗎？」

喬瑟夫和亨利立刻如洩了氣的皮球般愣在原地。就算技巧豐富，且據說在有錢人及有競爭關係的經銷商家中安插了多名眼線，但我發現他們很容易躁動。可能是因爲他們太英國作風了，對意外情況毫無準備。

「非常抱歉，貝兒。」兩兄弟中較年長的亨利急忙道歉。「我們盡量不讓客戶等待。」

「那女同事呢？」我用調皮的語氣進一步擾亂他們。

「你肯定是唯一一位女同事，要不是一支軍隊擋在汽車前面行經街道，我們肯定不會遲到。」喬瑟夫鞠躬時，握住我的手輕輕吻了一下。

他以爲誠摯的禮儀就能贏得我的青睞嗎？我該讓他搞清楚狀況。「我好像不能因爲戰爭責怪你們，對吧？」我這麼回嘴，他們倆都笑了，但感覺有點緊張。很好，讓他們緊張就是我想要的效果。

我坐下朝兩兄弟點點頭，示意他們坐在對面的位子。等待女僕將他們的帽子和外套收走並替他們點好飲料時，我喝了一杯雪利酒來緩解緊繃的神經。

兄弟倆坐在我對面的沙發上，接著我提起一個他們意想不到的話題。他們習慣客套的寒暄方式。「前幾天我去看了福拉歌那的作品，親眼見到眞是特別迷人。」

兄弟倆交換了一個以爲沒人注意到的眼神。「我以爲今天來這裡是要討論手稿。」喬瑟夫說。

雖然杜文兄弟有大量的手稿和稀有書籍能賣給我，但我們都知道眞正的大獎是他們能透過販賣福拉歌那和其他我們委託代理的藝術傑作賺取佣金。如果我僱用他們的話。

「別急。」我再喝一口酒，琥珀色的液體溫暖了身軀，令人漸漸放鬆。「我認爲應該從福拉歌那開始，因爲我知道你們眞正的目標是代表摩根家族參加拍賣。也就是說，重點是他們是否決定出售，以及我是否該僱用你們。」他們得知道，我了解他們的策略和眞正目的，而我希望他們提供給我的手稿價格能將這一因素納入考量。

喬瑟夫清清喉嚨說：「既然我們決定不拘程序，先不討論手稿，或許應該也討論一下小摩根先生出售中國瓷器藏品的決定。若有機會，我們會很高興代表摩根家族出售此收藏。」

雖然我大吃一驚，但依舊維持著漠然的表情。杜文兄弟怎麼知道我們接下來要出售瓷器？傑克從來都不喜歡亞洲藝術，且因爲它們並不能完善現有的收藏，所以我們同意等福拉歌那售出後，就替這些瓷器找個買家。但他沒有告訴任何人，除了潔西有可能知道以外。我也沒有跟任何人說過——除了伯納德。

意識到這一點後，我怒火中燒。伯納德怎麼可以？我曾經信任過他。我相信他是我的知己，即使不是我的愛人，也可以安全地與他分享我的憂慮和祕密。在紐約重聚，以及之後長時間的書信往來中，我表達了對傑克可能拆除圖書館並出售書籍的擔憂。當傑克決定圖書館原則上保持不變，並尋求我的幫助來出售某些藝術品時，我也分享了應該出售哪些物品的看法。爲什麼所有人當中，他偏偏要告訴杜文兄弟我的祕密？

但現在不能專心思考那件事。喬瑟夫打斷了我的思緒。「你知道的，貝兒，若你選擇讓杜文兄弟協助出售福拉歌那或中國瓷器，或者是其他想要脫手的物品，都會爲你帶來經濟上的好處。」

他這話一點都不合理。「這話是什麼意思？」我問。

亨利接口：「我們將非常感激能被選爲摩根家族所有重要拍賣的經銷商。感激到樂意和你分享佣金。」

現在輪到我不安了。「爲什麼我要那樣做？」

他聳聳肩，彷彿答案很明顯。「難道你不應該至少賺取經銷商的部分收入嗎？特別是你做了絕大部分的工作，卻沒有任何佣金？身爲摩根家族的員工，你只有工資，沒有分潤。而且你並非眞正的摩根家族一員，出售的價格也不會進到你的金庫裡。」

「這不道德。」我說。杜文兄弟想要和我達成協議，同意透過他們將藝術品出售給他們選擇的客戶，並收取部分銷售佣金。這代表摩根家的藝品不一定能獲取最高價格，因爲它們都會被賣給杜文的客戶，而非最高出價者。要是我答應了，就得忠於杜文兄弟，而不是摩根家族——這是我**永遠**不會考慮的事。

「這比你想像得更普遍，也有其他形式的協議。事實上，你的朋友貝倫森先生就有他自己的得利協定。多年來他一直爲我們鑑定重要的義大利文藝復興畫作，作品售出後他便會獲得一筆佣金。」

「不可能。」我搖頭否認。這怎麼可能?就算他只鑑定眞正有價值的物品，這種方案也有股自利交易[2]的銅臭味。要是被藝術圈知道了，這種協議將毀掉伯納德作爲公正義大利文藝復興專家的聲譽。我甚至想不到他有可能鑑定那些不值得他留意的作品。

「有可能的，格林小姐。我們和貝倫森先生執行這項協議很多年了。」亨利看向他弟弟。「不過合約就快結束，可能得和貝倫森先生斷開關係了。我們都知道義大利文藝復興的生意已經今非昔比——反倒是許多其他種類的藝術品越來越受歡迎——所以我們可能不再需要他的服務了。」

現在我知道伯納德背叛我的原因了。他和這兩人結盟多年，也許比我認識他的整段時間還久。藉由提供他們有關我和摩根家的訊息，他想證明已無用武之地的自己還有價值。要是能提供摩根家的未來計畫，或許他們就不會結束這個有利可圖的協議。

雖然感覺不太舒服，但我還是站起身。我盯著這兩個假扮成英國紳士的騙子說：「我只爲傑克・摩根先生工作。我只忠心於他。現在……」我指向大門，「還請兩位慢走。」

---

2 self-dealing，法律用語，指受託人在交易中著眼於個人利益而非委託人利益，以其職權謀取私利。

我離開客廳進到書房，倒在一張椅子上忍住啜泣，以免杜文兄弟聽到。今天和杜文兄弟的會面明確揭露的不只有我忠誠的天性。我終於看清了——也允許自己承認了——伯納德有多背信棄義。所有人都是表裡不一的嗎？

39

一九一六年十二月十日
英國，倫敦

我看著推車滿載行李滑過克拉里奇酒店大廳，並跟在後頭。下次回到倫敦是什麼時候？屆時，這座英國首都會因戰爭變成什麼模樣？對於曾經非常熱愛的這座城市，我能從回憶裡洗刷掉那些發生在這裡的失望場景嗎？至少我知道，就算不是個人的勝利，我也會帶著職業的成功返回紐約。

眼前的行李箱裝滿了無價的珍稀搖籃本和手稿，這些裝不進我原有行李箱的書本將於幾週後抵達摩根家。這次來倫敦——與經銷商和收藏家會面、搶購未上市的書籍、盡情享受倫敦的頹朽痕跡——收穫滿滿也令人欣喜，因爲寄出最後一封給伯納德的信後，我就拒絕沉迷於對他的思念。我知道上了利物浦號悲傷便會湧上，只有在那裡才能讓傷感自由流淌。回到紐約後，我就必須轉變成我爲自己指定的角色，並完全融入其中。

寄給伯納德的最後一封離別信中，我寫道：

你怎能如此欣然地濫用我與你共享的情感。你在我需要幫助的時候拒絕來倫敦，不只一次，而是兩次，接著還用我的祕密換取你的利益？我們之間的一切有什麼是真實的嗎，伯納德？還是我們的幽會都是為了你的個人利益而安排？我以為我們之間至少有理解和信任。

我很慶幸從未和他分享過眞正的祕密。要是知道貝兒．達科斯塔．格林其實是個黑人女孩，他會做出什麼事？主持一場拍賣？把祕密賣給最高出價者？

兩位身穿制服的行李員急忙跑到我身側。「格林小姐，前往港口的車已經準備好，正在等候您。」

我給他們小費，跟著兩人來到引擎正在空轉的勞斯萊斯旁。我拉妥毛皮披肩，準備踏入那輛閃閃發光的銀色汽車時，身後有人呼喊我。「貝兒！」

我轉身，看到一個人朝我衝過來。是伯納德。

「貝兒，別走！」總是那麼體面的伯納德叫喊得好大聲，我可以從街上馬車、汽車、自行車和公車的喧鬧聲中聽到他的聲音。「拜託跟我談談！」

有必要嗎？對於伯納德，我已經做好決定了，並不擔心會被他的情緒影響。啓程前往歐洲見伯納德時，我並未渴望和他有段轟轟烈烈的愛情，但我確實期待至少能擁有一位值得信賴的朋友。我遭受到的背叛取代了信任，讓我永遠不再心軟。他值得我多花一秒鐘嗎？不。但我決定來場最後的談話。

我請司機稍等，大步走向伯納德，他正孤單地站在克拉里奇酒店門前的人行道上。儘管十二月的冷風刺骨，他的額頭依舊溼漉漉的，且整個人氣喘吁吁。我欣賞著他在大眾面前失態的模樣，希望他其中一位做作的英國同事能走出來見證**這個**伯納德。

「你是來回答我的問題嗎？」我問道，語氣比情緒平靜許多。

「什麼？」他看起來很困惑。

「現在道歉有點晚了，你不覺得嗎？」

「噢，貝兒。」他看起來垂頭喪氣，但那張臉上閃過的每種情緒都使我懷疑。「實在無法用言語表達我有多抱歉。」

「試試看。」無論他付出多少心力都不會改變我的想法，但我想看看他的努力。至少他沒有假裝從未告訴過杜文兄弟我的祕密，因爲我並不想爭論那件事。

他搖搖頭。「我不知道自己爲什麼要告訴杜文兄弟中國瓷器的事。那是個錯誤，是一時的軟弱。但其他的我都沒有說。」他的表情很認眞，但我知道他是故意忘記洩密的理由。他不願承認及承擔自己的罪責。

我忍住不笑出來。「你眞的覺得自己只背叛過我一次嗎？」

他的雙眉揚起。「我發誓沒有告訴他們任何關於摩根家族藝術收藏計畫的其他細節。」

「背叛有很多種，將我的祕密洩露給杜文兄弟肯定是其中之一。無可饒恕的一種。」

他緊皺的雙眉顯示他很困惑，但隨後他睜大眼睛問道：「你是指伊迪絲．華頓嗎？還是娜塔莉．巴尼[1]？」他提到了據說曾和他交往的巴黎文學沙龍外籍主持人。「我們協議不在彼此身邊時可以找其他人，貝兒。」

「噢，我才不在乎她們。」我一手把這些話語和名字揮走。「老實說，你不知道我在講什麼讓我更篤定了自己的抉擇。我指的背叛是拋棄。」

「因爲我、我沒有來倫敦？」他結巴。「若你覺得我沒有來是因爲不在乎你，那就錯了。」

「你是說這次嗎？還是我墮胎後病得很嚴重時，你拒絕過來那次？」

聽到那兩個字他瑟縮了一下，如同這些年來當我想起那件事時的反應。但爲什麼就只有他不受這

1 Natalie Barney，美國詩人、劇作家，僑居於法國巴黎，致力於帶動女性寫作的風氣，並舉辦文學沙龍長達六十年。

個行爲實際上的影響？「拜託別再爲你今年秋天決定不過來找更多空洞的藉口——畢竟，雅各．塞利曼都有辦法過來——也不必爲六年前找理由了。我很清楚爲什麼你躲得遠遠的。」

他想抓住我的手腕，但我抽開了。「我之所以沒有過來——之前和現在皆然——是因爲我太愛你了。你是唯一一個眞正能靠近我的女人，我很怕會爲了你失去一切。你不明白。」

「我非常明白，伯納德。你已經從我身上得到你想要的一切，也就是說，有關摩根家族及其計畫的所有有用資訊。而你太自私、太冷漠，連朋友都做不成，更別說是情人了。」我神情平靜地說。

我轉身離開時，他抓住了我的手臂。「貝兒，求求你聽我說。」他懇求。「你是我生命中的摯愛。」

這些話令我猶疑，全然違背我的決心。儘管伯納德有種種失敗、欺騙和可悲的懇求，但他是第一個、也許也是唯一一個我愛的人，而且還知道如何操縱我的情緒。我提醒自己他的眞面目——他無法爲我的生命帶來意義——然後又找回了決心。我提醒自己，我是自由的。

「請將你的手從我身上移開，伯納德。」我說，但他不肯鬆手。

奮力掙脫他時，克拉里奇酒店的警衛看見了我的掙扎，隨即跑到我身邊。

「放手。」數名警衛站在我身旁兩側說道。他們一起將伯納德的手指拉開，在我跑向勞斯萊斯並鑽進去時制伏住他。我沒有回頭看，而是請司機開車離開現場。

引擎轟隆作響，但我還是聽到了。「貝兒！貝兒！」

那一瞬間司機猶豫了，但我說：「拜託快走。」

他點點頭，將汽車駛離酒店。就算能聽見伯納德的呼喊，我依舊直視著前方的道路。我不會回頭的。

40

一九二二年六月四日
康乃狄克州，哈特福德縣

沿著蜿蜒的漫長小路走向墓地時，腳下的石頭喀啦作響。儘管太陽似乎露出了笑容，但穿過雪松山公墓的長途步行卻引人憂傷。

我看見霍利家族和西摩家族熟悉的墓碑，值得尊敬的名門被允許在這裡設立紀念碑。幾分鐘後，我看到陵墓的頂峰自小路彼端延伸過來。沿著小山坡往下走時，摩根家族的長方形墳墓才映入眼簾。花崗岩上凸出的摩根姓氏和往常一樣清晰。然而，周圍的雜草亂糟糟，陵墓上也沒有任何鮮花。起初我很驚訝，但仔細想想，通常我都是在三月三十一日摩根先生的忌日那天前來，那時墓地會爲遊客的參訪做些準備。

但今天我需要來看看他。因爲這是唯一一個適合哀悼我父親離世的地方。我坐在紀念碑對面的石凳上，眼淚忍不住滾落，而我並不想停止哭泣。我父親於一個多月前的五月二日去世，但我現在才從莫札特舅舅的信中得知他腦溢血身亡的消息。

可憐的爸爸甚至沒有一個孩子去參加他的葬禮。這位一生爲平等奮戰的男人——爲了抗爭犧牲無數，包括第一個家庭——最終我們給予的卻比他所應得到的要少。他的日本家人知道他去世了嗎？

那天在芝加哥分開後，我們約定要再次見面。我曾幻想過和他一起在大都會藝術博物館度過未來的某個午後，但我不敢邀請他來紐約看我，也很確定在接下來的幾年內，他未曾考慮過邀請我。

他祝福我繼續保留白人身分、過有意義的生活後，我猜我們倆都知道再也見不到對方了。貝兒．達科斯塔．格林永遠不能和理查．格林爾見面。我依然承受著那些目光、依然聽到那些傳聞，若被發現我和父親在一起，一定會成爲頭條新聞的。在紐約，只要父親出現在錯誤的人面前，我和手足與母親的身分就會暴露。

「我失去你們兩位了，摩根先生。您和爸爸。」將喪失之痛說出口使我流下更多淚水。畢竟我不能對任何人說這些話。「摩根先生，我知道我們的關係不只是父親和女兒。特別是卡克斯頓拍賣那個晚上之後。」我沒有往下說。跟他在世時一樣，我並未提起那個吻。「但在那之前，您像父親一般鼓勵我、支持我並相信我的能力。因此，我能成爲現在這樣的人，很大部分必須歸功於您。」

我想著接下來要說的話。「但爸爸知道我的另一面，我必須對您隱藏的有色的那一面。」我停頓了一會兒，因爲我覺得摩根先生能聽見我的聲音，若聽見了，他需要一點時間消化這些資訊。他可能不太高興。但我必須假裝他很高興，然後繼續說下去。「爸爸認識那個曾是黑人小女孩的我。他養育我，我對他有同樣多的虧欠，甚至更多。」淚水止住後我吸了吸鼻子，然後我有了一個想法。

我對教堂的最後記憶是在童年時期，當時弗利特一家人會擠進馬車，與羅伯特．強森牧師一起參加大都會浸信會教堂的儀式。搬到紐約後就沒有去教堂的習慣了。但主日學課程的痕跡依舊殘留在我的腦海，我願意相信在經歷了地球上的所有動蕩之後，美好的來世正在等待著我們。

「但是現在，我必須在沒有你們的情況下繼續前行，打造我欠你們倆人的成就。」

我再次停下，尋找正確的用詞和具體的問題。因爲現在我需要摩根先生的幫助和引導。「但若我沒辦法和傑克並肩合作，該如何償還您和爸爸的恩情呢？雖然他非常支持我作爲圖書館館長，並完好無損地保留了我們的手稿和藏書，但他也是眞正做決定的掌權人，而我最終的計畫是——讓圖書館成為一間公共機構。要是圖書館不對外開放，那該如何兌現對爸爸的承諾，如何過著有意義的生活，並爲整個社會帶來長遠的影響呢？」

我安靜地坐著半晌。或許我太貪婪了。我已經是藝術界最有影響力的人之一，且建立了如此宏偉的收藏，難道這樣還不夠嗎？對卡翠娜和她的朋友們來說——她們成功推動了第十九修正案[1]以及女性追求職業生涯的權利——這樣當然夠好了。我所達到的高度在女性當中幾乎無可比擬，對此也非常滿意。

坐在摩根先生墓前時，我知道自己必須用某種方式勸服傑克。直接懇求他是個好策略嗎？先前我又是暗示又是稍稍哄騙，他才同意偶爾讓學者、俱樂部成員或講師過來。然而，這樣的進展距離將圖書館變成**公共**機構還很遙遠，若能實現，一般大眾無須特別許可也能經常進來，大家都可以陶醉於早期書面文字的壯麗和意義之中。就像爸爸教我的一樣。不，沉默寡言的傑克不喜歡有話直說。這不是個好方法，這會讓他想起他父親。

我繞著紀念碑漫步，在陽光底下取暖。自從與爸爸見面以來，我已想過上百次他和摩根先生是否有見過面。去了芝加哥以後，我才眞正開始研究我的父親，讀了更多他的著作，了解他的歷史和旅程。我發現他和摩根先生於一八九〇年代都在格蘭特紀念碑協會工作。爸爸是全職帶薪的祕書，摩根先生是董事會成員，除了募款之外沒有什麼職責。話雖如此，倘若爸爸和摩根先生眞的相遇了，該有多奇怪啊？他們一個是有色人種民權運動家，一個是白人巨擘，生活本該不會有交集。他們在來世可能相遇嗎？

1 *Nineteenth Amendment*，該修正案禁止因性別因素剝奪公民選舉權，於一九二〇年八月由美國國會通過。

父母和孩子的聯繫是牢不可破的，不論他們之間的關係如何。爸爸繼續影響著我的生活方式證實了這一點，傑克一定也是如此。

有了這個想法後，突然間，我知道該怎麼做了。

我一直在用錯誤的方式處理問題，一直努力迎合傑克的藝術感。但這麼做並沒有打動他。我必須做的是用更大的摩根資產引出他的興趣，朱尼厄斯．摩根在銀行業建立的王朝，皮爾龐特將其擴展成主導華爾街和企業界的金融帝國，而現在，傑克已經將其變成一個全球企業。

「皮爾龐特．摩根圖書館作為一個公共機構，」我大聲說著，彷彿面對傑克演說之前，先對著摩根先生和爸爸練習一遍，「將能延續家族傳統，紀念先人。」

沒錯，若非出於情感，傑克也會出於傳統意識而採取行動。藉由紀念父親，傑克實際上也紀念了自己的摩根血統。就像我會紀念父親，以及紀念我的祕密血統一樣。

41

一九二二年六月二十六日
紐約州，長島

「皮爾龐特．摩根圖書館從萊斯特伯爵（Earl of Leicester）手中買下鍍金福音書好像令你很生氣？」我問道，嘴角忍不住上揚。在紐約長島黃金海岸伍爾沃斯[1]莊園的溫菲爾德大宅露台派對上，保羅．田納先生即將踏入我精心布下的陷阱。

「如今，文化瑰寶離開英格蘭的速度似乎比進來更快，這些寶藏自始至終都屬於英格蘭，而現在卻在美國人手裡。」田納先生這麼說，英式口音比平時更鮮明。

「這觀察眞是有趣。」我回應，彷彿我眞的思考了他的荒謬論點一樣。

圍繞在我們周圍的男男女女——其中有菲普斯家、范德比家和弗里克家的人——點點頭，田納先生也跟著點頭，義憤塡膺地交握雙手。正如我的期望。

1 Frank Winfield Woolworth，美國企業家、F. W. 伍爾沃斯公司創辦人，並開創均一價的「五美分與十美分」商店。

「但英國的文化寶藏眞的屬於英國嗎？」我這麼問。「英國人眞的創造了那些你不希望出現在美國人手裡的寶藏嗎？它們是**英國的**遺產嗎？就拿您珍貴的埃爾金石雕（Elgin Marbles）作爲例子吧。如果我沒記錯的話，十八世紀初期，埃爾金勛爵將這些雕像從雅典衛城帶到倫敦，自那時起，希臘就一直要求英國歸還。」

田納先生的嘴張開又闔上，但在他擠出任何一個字之前，我便接著說道：「要是知道你如此在乎的萊斯特伯爵福音書實際上來自比利時，你會感到驚訝嗎？」

田納先生氣沖沖地離開，將我和一群既感驚訝又被逗樂的賓客留在現場。「噢，貝兒，你總是有這麼敏銳的觀察力！」艾米·菲普斯（Amy Phipps）笑著說。

「因爲我有大把資訊啊！」我回應，群眾聽了哄堂大笑。

轉身讓路過的服務員替我倒香檳時，我的黃色紗裙在腳踝處盪成一個圓圈，此時我碰見了傑克。

「太驚喜了！」

儘管傑克占地二百五十英畝的馬蒂科克角島嶼莊園距離長島黃金海岸的伍爾沃斯宅邸僅幾英里，且他們夫婦毫無疑問也收到了邀請，但我沒想到會在這裡遇見他。他只有在圖書館裡或是直系血親的陪同下才會感到舒適——閒聊和派對玩笑不是他的強項——而他也婉拒了大多數的社交活動。至少在美國是這樣。

「伍爾沃斯家有座獲獎的玫瑰園，潔西決心要讓自己種的花和這裡的一較高下。這是場鄰里競爭。」語畢他吸了一口海泡石煙斗。

多年下來，我已經變得很擅長解讀傑克的言行舉止，從他擺弄煙斗的方式可以看出他寧願待在馬蒂科克角閱讀魯德亞德·吉卜林[2]的書籍或玩填字遊戲。

「沒人的玫瑰比得上潔西的，」我說：「鬱金香或水仙花也一樣。」

「我也這樣跟她保證，貝兒，但你也知道我太太是個意志堅定的女人。她不聽我的抗議，所以我們就來了。」

「她的堅韌就是我如此喜歡她的原因。」

他點點頭。「你也一樣，貝兒，或許也是我這麼喜歡**你**的原因之一。要是沒有你這種特質，皮爾龐特．摩根圖書館的書架不會那麼滿。」這是傑克最接近調情的一次了。不像他父親，這種撩撥——如果能算是的話——完全沒有其他含義。

「要去花園找潔西嗎？」我問。

「我不想把你從仰慕者身邊搶走。」他看向一旁的人群，圍起的圓圈裡還保留著一個位子給我。

「胡說。」我擺擺手。「我更想和您與潔西說話。」

他指向花園。「帶路吧。」我們在寬闊的露台上漫步，經過一百多位還在談大說地的賓客。我們聊起溫菲爾德大宅的奢華，這裡是伍爾沃斯莊園宅邸的主樓，而我發現另一棟新落成的建築可能會提供機會，讓我進行這個月初在墓園計畫好的對談。

「據我所知，伍爾沃斯家族在伍德隆公墓內替自己建造了一座令人驚嘆的陵墓。顯然是仿造埃及金字塔建成的，配有人面獅身像、刻著象形文字的柱子和有法老裝飾的青銅大門。這都是爲了致敬家族。」

「不至於吧。」他回應道，聽起來不太感興趣。

「您有想過該如何紀念家人嗎？」我這麼問，傑克顯得很驚訝。要繼續說下去令我不安，但我知道必須堅持這個論點，否則就沒機會了。「您知道的，明年三月就是您父親的十週年忌辰。」

2 Rudyard Kipling，英國作家、記者，曾獲諾貝爾文學獎，著有兒童文學《叢林奇談》（*The Jungle Book*）、長篇小說《基姆》（*Kim*）等作品。

他看向我，但我們沒有放慢腳步，對此我很感激現下流行較短的裙子，穿起來很自在。他終於開口道：「很難相信已經過了這麼久了。」

「我明白。」我嘆口氣。「有時候在圖書館，我總感覺他還在。」令我驚訝的是，即使過了這麼久，淚水依舊在我眼眶裡打轉。尤其我提起這個話題，只是想用來當一個巨大請求的楔子。但也許我是爲自己的父親而哭泣，他離世僅僅六週。

他說道：「我知道你的意思。我也總感覺他在。我猜他一直都不只是個生命個體，所以不該期望死亡能將他從我們的生活中抹去。」

「說得好。」我頓了一下，然後像是尋常閒聊般提出問題，「您有想過如何向您父親致敬嗎？」

他這才第一次放慢步伐。「什麼意思？」

「您父親在沃茲沃斯學會[3]建立摩根紀念碑以紀念他的父親朱尼厄斯。我猜您也有類似的計畫。」我接著問道：「**您**想要以什麼方式被記住呢？」

正如我所預料，這問題嚇到他了。過去幾年死亡也向他伸出了魔爪。兩年前的四月，當傑克和他家人到史岱文森廣場附近的聖喬治教堂參加禮拜時，一名無政府主義者跑進教堂，在引座員收取奉獻時開槍射殺了摩根家族的朋友及家庭醫生詹姆斯·馬科（James Markoe）。後來有報導宣稱他原本的目標是傑克。而就在五個月之後，一輛停在傑克辦公室前的馬車爆炸，半徑半英里內皆遭到波及，導致三十八個人喪命，其中也包含了幾名摩根家族的員工。傑克三十歲的兒子朱尼厄斯在摩根辦公室上班，險些喪命。那天傑克本來會待在辦公室的，但在最後一刻決定要留在圖書館。

他最後開口道：「我還沒想過。」但我不相信。

「我相信您父親有考慮過這點。我想他很清楚自己想要如何被紀念。」

「他沒有留下任何指示，貝兒。」

我停下腳步，雙眼直視傑克。「在他的遺囑中，您父親表示希望他的收藏品能夠『永遠供美國人民學習和消遣』，但『由於缺乏投入其中必需的時間，無法實現這一目標。』當初，您決定將您父親最好的一部分收藏賣給弗里克家族——比如福拉歌那、中國瓷器，以及林布蘭的肖像畫——還有將上千件物品捐贈給大都會藝術博物館和沃茲沃斯學會，並表示這對摩根家族的財富是最好的安排時，我並沒有反對。若我們不將現有的藏品留下——圖書館裡的手稿、書籍和圖畫——並按照他的遺願『永遠供美國人民使用』，那麼您父親遺囑中的條款就不會被實現。他也不會按想要的方式被紀念。」

傑克搖搖頭。「我覺得你對遺囑的理解有誤，而且……」

「是嗎？」我斗膽打斷我的雇主。「還是說，忽略他明確表達的遺願對您而言比較方便，因爲這些條款是有模糊空間的書面文字，而非直截了當的命令呢？」

聽到這些話他漲紅了臉，但這是這段談話必然的結果。我不能容許摩根先生的成就中斷，不只爲了摩根先生，也爲了父親向我提出的挑戰。我不能讓他們任何一個人失望。

「傑克，您知道您父親想要什麼。該是時候放棄私人的摩根圖書館了。是時候將它變成本來該有的樣子——一間向您父親致敬的公共機構。」

---

3 Wadsworth Atheneum，美國最古老的公共藝術博物館，一八四四年起向公眾開放，著名館藏包含巴洛克藝術、古埃及銅器、印象派畫作、現代主義和當代藝術，以及美國早期家具和裝飾藝術。

42

一九二四年三月二十八日
紐約州，紐約市

記者來到辦公室時我正坐在書桌前，手裡拿著鋼筆面對一大疊信件。我希望談話能簡短一些，所以我決定表現出自己有多忙。

我依舊拒絕任何媒體的採訪，包括上個月的《女士家庭雜誌》。但我評估了《紐約時報》對皮爾龐特．摩根圖書館及其女館長進行介紹的提案，認爲這很値得。

這位記者名叫塞謬爾．班奈特（Samuel Bennett），他大步走進房內，顯得既冒失又充滿自信。但後來我發現他不過是個男孩，有著年少時期的粉色肌膚和凌亂的紅色鬍子。我示意他坐在我面前的椅子上。和那位時不時坐在這張客位座椅上的巨人——不論在字面上或比喻上都是——相比，這個男孩顯得矮小又微不足道。

「格林小姐，謝謝您抽空和我碰面。」他握著書寫板上的鉛筆，擺出了記者的典型姿勢。

就算過了這麼多年，我依然不能讓這位記者的光芒太耀眼。世界不斷擴大，同時也越變越小。隨著收音機發明、報章雜誌蓬勃發展，現在我比以往任何時刻都更擔心可能會有人在某處得知眞相。

在這個充斥種族主義的環境中，皮爾龐特．摩根圖書館館長是一名四十歲黑人女性的消息足以毀滅一切。這將會改變我們所有人的世界。很久以前我就承認了，媽媽的顧慮是對的。

雖然戰爭結束替國家帶來了大幅經濟成長與繁榮，但種族主義的威脅卻變本加厲。三K黨的私刑仍在繼續，奧克拉荷馬州塔爾薩市、佛羅里達州羅斯伍德市的種族戰爭和對有色人種的屠殺也仍存在，甚至連我鍾愛的華盛頓特區也不例外，就跟媽媽很久以前預測的一樣。其中最可怕的部分是，聯邦政府和州政府不顧哈定（Warren Harding）總統的支持，駁回了《戴爾法》（*Dyer Act*）等反私刑法案，並通過了維吉尼亞州《種族完整性法案》（*Racial Integrity Act*）等卑劣的法條，禁止跨種族婚姻，並將「白人」定義爲純種高加索人，從而助長了日益高漲的種族主義情緒。不，在這種環境下，我不能冒不必要的風險。

沒有什麼比輝煌的無價藝術品更能分散注意力了。我起身問道：「要參觀一下嗎？」

「那將是我又一次的莫大榮幸。」他跟著起身。我們一起從辦公室漫步到大廳，但在此之前我先指了指閃閃發光的胡桃木牆壁和絢爛多彩的鑲板天花板，以及壁爐架頂部的中世紀半身肖像和斑岩甕。

進入圖書室後，我向他介紹了令人驚嘆的三十英尺高天花板，上頭綴滿了金箔、歷史人物和黃道十二宮圖，接著還有裝滿珍貴書籍、三層樓高的書櫃。我帶領他來到展示櫃前，裡頭展示著圖書館一部分的珍寶——《古騰堡聖經》、卡克斯頓藏書，以及哈穆里科普特手抄本中的重點卷冊——這麼做時，我有股從未有過的奇怪感受，彷彿正帶領這位記者走過我的人生軌跡，而這些軌跡由手稿和我贏得的藝術品所標記。

班奈特先生一路上都適時表示驚嘆，也似乎相當敬畏《古騰堡聖經》。但我看得出來他正在等待最佳時機提出一連串的問題。如果能在瀏覽繪畫和手稿時進行訪談，那我就有機會迴避過於敏感的問題。

「參觀圖書館時，你可以隨時提出問題，班奈特先生。不需要等到最後。」我提議，彷彿這麼說是出於禮貌。

「那眞是太好了，格林小姐。我的截稿期近在眼前。」

我正要開始描述近二十年來的關鍵收購案時，班奈特先生插話道：「您是接受了哪些教育，才能勝任這個如此重要的職位？您在這些不同領域中受過專業訓練嗎？某些方面看來，您更像一位博物館策展人或藝術品經銷商，而非圖書館員。」

這些問題都很有邏輯，也完全適當，卻令我措手不及。這些正是多年前被摩根先生面試的前一天晚上，媽媽爲我準備的問題。

我對他露出一個最能卸除心防的笑容，幾十年來我一直在練習這種轉移焦點的方法。「對於這個絕佳職位，沒有什麼比得上我在普林斯頓大學珍本部門擔任圖書館員時所接受的訓練。」

他在筆記本中記下這些話時，我改變話題，將他的注意力轉到卡克斯頓典籍的展示櫃上。我講述了收購這批作品的精采故事，儘管這些故事在藝術圈中眾所皆知，但對於大眾來說卻很新鮮。這是我多年來開發的新策略，藉由驚豔眾人來轉移注意力，方法包含講些稀奇古怪的話、穿著怪異的服裝，以及講述精采的故事。

「皮爾龐特·摩根圖書館是如何從私人場所變成公共機構的？這是一項巨大的成就，當然也是一份送給全國人民的偉大禮物。」當我們走進曾經是摩根先生的書房、但十多年來一直是傑克的圖書館辦公室時，他補上後面那句。

「沒錯，這座圖書館被形容爲美國歷史上最有意義的文化大禮。」只要一想到圖書館成功轉型爲公共機構，我就會露出微笑——我長久以來的夢想成眞了，一座歷史遺產有了生命。「啊，你或許知道，這個過程始於傑克·摩根先生非常慷慨地將圖書館的所有權和股份捐贈給了董事會。然後，根據紐約立法機關的一個特殊法案，這個非凡的地方成爲了一間可供學術研究使用的公共參考圖書館[1]及藝術畫廊。」我解釋道。我們繼續討論我爲圖書館策畫的一系列計畫，以及即將舉辦的喬治・華盛頓等開國元勛的信件和手稿展覽，所有這些都向公眾開放。

我們接著參觀西室，也就是摩根先生的書房。這裡高聳豎立的窗戶鑲有十五、十六世紀色彩鮮豔的彩繪玻璃，自然值得班奈特先生留意；而嵌飾胡桃木書櫃、雪花石膏吊燈，以及漢斯・梅姆林、馬克里諾・達艾巴[2]、佩魯吉諾和老盧卡斯・克拉納赫[3]等令人驚嘆的文藝復興三聯畫和肖像畫也不例外。

我必須讓他注意到摩根先生的肖像。然而，我故意略過了摩根先生巨大胡桃木書桌附近一幅新買到的畫。

「可以替您拍張照嗎？」問完問題後他有點膽怯地問。

「應該可以。」我這麼回答，不打算掩飾我的猶豫。我對肖像並不陌生。過去幾年保羅・埃勒[4]、勒內・皮奧特[5]、蘿拉・庫姆斯・希爾[6]、威廉・羅森斯坦[7]，甚至亨利・馬諦斯都爲我素描或彩繪過肖像。但那些畫作僅供私人使用，不會出現在大眾的視野之內。

「您有特別喜歡的地方嗎？」他詢問。「這裡不乏華麗的背景。」他欣喜地說，然後留下我在原

1 reference library，藏書僅供館內翻閱、無法外借的圖書館。
2 Macrino d'Alba，義大利文藝復興時期畫家，以祭壇畫、肖像畫聞名。
3 Lucas Cranach，北方文藝復興德國畫家、宮廷畫家，曾為新教領袖馬丁・路德（Martin Luther）繪製多幅肖像畫。
4 Paul Helleu，法國畫家，以繪製「美好年代」（Belle Époque，十九世紀末至一戰前）的上流社會女性肖像聞名。
5 René Piot，法國畫家，曾為象徵主義畫家牟侯（Gustave Moreau）工作室的一員。
6 Laura Coombs Hill，美國畫家，偏好以水彩和粉彩創作，作品以靜物畫、風景畫和肖像畫為主。
7 William Rothenstein，英國畫家，在兩次世界大戰中皆受政府聘任為戰爭藝術家（war artist），曾擔任皇家藝術學院校長。

地思考，去召來在外頭等候的攝影師。

他回到摩根先生的書房時，我想到了一個拍照的絕佳位置。這麼做肯定會帶來風險，但很值得也很適切。甚至是必要的。

攝影師進來後，我在他架設裝備時站定位置。我站在摩根先生的獅腳辦公桌和最近建議傑克購買的一幅畫中間。這幅畫名為〈摩爾人的肖像〉（*Portrait of a Moor*），由多梅尼科．丁托列托[8]的工作室於十六世紀末繪製，描繪一位身著華麗官服的駐威尼斯宮廷摩爾人大使，一旁是個印有封蠟的白色包裹，象徵著他的外交官角色。雖然筆觸精湛，畫面令人讚嘆，但這些並不是我力勸傑克購買這幅畫的原因。〈摩爾人的肖像〉的主角是一位膚色較黑的男人，一個長得和爸爸一模一樣的男人。這是我向兩位支持我登上高峰的人致敬的方式，讓他們的象徵物肩並肩長遠流傳下去。現在，有了這張照片後，我的官方肖像也納含他們兩位的象徵——摩根先生的獅腳書桌和〈摩爾人的肖像〉。

經過三十分鐘的拍攝後，攝影師結束工作並開始收拾笨重的大相機。班奈特先生將我拉到一旁，說道：「格林小姐，希望您不介意我問個私人的問題。」在我同意或拒絕前，他就繼續說道：「外頭有些謠言，要是不問的話我就稱不上一名優秀的記者了。您和摩根先生有過更親密的關係嗎？」

他的臉頰因尷尬而漲紅，我想應該是他的上司堅持要他問這個問題。身為一名女士，我應該感到惱怒或被冒犯，但事實上，我挺開心的。

「很抱歉這麼問。我知道這不太恰當……」

我打斷這位結巴的年輕人，笑著回答說：「若我是個普通的圖書館員，應該會覺得被冒犯，但我從來都不是普通的人。」

「所以……」他等著我的答案。

「可以說我們有試過。」我笑著這麼說。摩根先生一定會很喜歡我這個下流的回答。

他既慌亂又困惑，看得出來他不確定我的答案是有還是沒有。「噢，好的。」但他很快恢復冷靜，接著問道：「如果可以的話，還有最後一個問題，格林小姐。」

我點點頭表示同意，希望也顯露出我意興闌珊。最後一個問題應該要是這段訪問的終章了，在整個過程中我已經盡我所能回答。

「可以和我們分享您的個人計畫嗎？」

終於，他第一次提出了我樂於回答的問題。

「接下來的日子裡，我將非常樂意且深感榮幸地擔任皮爾龐特．摩根圖書館的女館長。」

8 Domenico Tintoretto，義大利文藝復興晚期畫家，與提香（Tizian）、威羅內塞（Paolo Veronese）並列「威尼斯畫派三傑」。

尾聲

一九四八年一月十四日
紐約州，紐約市

信紙燒焦的一角從火舌中飛進了壁爐裡。雖然知道燒焦的邊緣很燙，但我還是抓住信紙，努力將它從火焰中拯救出來。但在指尖觸及之前，我就停下了動作。爲什麼我不繼續銷毀所有努力的紀錄？保留這些信件並不能讓其中紀念的人們起死回生。不能讓任何事情玷汙了我的成就。

如果把媽媽的訊息從火焰中取出來，她是否就能回到我身邊，回到這個她度過一輩子的地方？大約十年前她去世後，我這一生才頭一回眞正獨自一人。雖然早些年我們之間遭遇難題，但一九一三年自芝加哥回來後，我便消除了先前的敵意，此後我和母親的關係也變得更加親密。當爸爸懷抱著讓所有人平等的美好夢想時，是媽媽將我和手足從美國的種族隔離和種族主義中解救出來，讓我能夠實現早年爸爸在我身上看見的未來。

保存唯一一封爸爸寄來的信，能不能讓已經過世超過二十五年的他，伴隨著實現眞正自由的夢想重現？我眞的希望這位給予我如此之多的人回到這個世界嗎？這個世界已經遠離了他年輕時在重建時期所經歷到的平等。儘管全國都市聯盟[1]、黑人婦女全國理事會[2]和種族平等會議[3]等團體都針對種族隔離和不平等法律提出抗議，但我所居住的美國和他追求的社會截然相反，要是他看見種族隔離制度繼續存在，我們之間也依然瀰漫著毫不掩飾的白人至上主義，他的心將會破碎。儘管有色人種和白人士兵在戰爭中並肩作戰，黑人士兵卻回到了實行種族隔離法的家鄉，這些法律導致有色人種長期處於社會和經濟的劣勢之中。私刑依然很普遍，種族隔離也成了常規，歧視使有色人種無法獲得更好的教育、更好的工作和更好的家庭。這種絕望會令爸爸難以承受。

保存伯納德多年來從歐洲寄給我的綿長又優雅的信件，是否能重燃我們對彼此的愛？曾經的那個女孩和被我揭穿眞面目的那個男人，再也無法重聚並再現那轉瞬即逝的激情。不論這些年我們之間有多麼獨特的聯繫，我們都變化太大，都太支離破碎了，回不去那單純的時光。總之，我需要斷開那段有缺陷的愛的束縛，才能展翅翱翔。

最後，我想到了改變我人生最多的人。若從熊熊火焰中抽回摩根先生的私人信件，他會再次出現嗎？儘管我渴望能再次與他一同歡笑、爭吵或是打一場刺激的比齊克牌，但他留下的商業王國已經有了天翻地覆的變化，監管權也徹底改變了，這位金融大亨再也無法在沒有任何監督或問責的情況下隨心所欲地統治一切。該怎麼做，他才能在這番改變中倖存下來？我內心的恐懼又該如何解釋？如果摩根先生回來了，他對有色人種的觀感是不是和對猶太人的感覺一樣？

不，保存這些信件無法帶回他們，也無法激起有關他們的回憶。保留這些紀錄只會讓世界上的種族主義份子有理由摧毀我耗費畢生心血、犧牲無數打造出的成就——比我的生命更長久的貢獻——皮

1 National Urban League，美國民權團體，以非裔美國人的社經議題為核心關懷。

2 National Council of Negro Women，美國非營利組織，致力於促進非裔美國婦女的公共參與並提高其生活品質。

3 Congress of Racial Equality，美國民權團體，提倡以非暴力行動示威，在平權運動中發揮了巨大影響力。

爾龐特．摩根圖書館，我送給這世界所有人民的禮物。

我用黃銅撥火棍把那張迷途信紙推回火裡，然後再次點燃烈火。但這麼做的同時，爸爸的話浮現腦海，一個調皮的願望在我心中燃起火花。若爸爸的願望成眞了呢？若我們的社會能夠按照他希望的方式發展和運轉呢？會不會有那麼一天，我們擁有了新的政府領導人和新的法律，賦予這個國家所有公民平等的權利？我們的社會能否改變，讓我們能夠並肩行走、共同生活，甚至可能彼此相愛，無論膚色為何？如果那一天眞的到來了，是否有個人會在某一天回顧過往並發現我的故事，然後驕傲地公開眞正的我，J. P. 摩根的黑人私人圖書館員，名字叫做貝兒．達科斯塔．格林？

歷史筆記

儘管我們在《私人圖書館員》中撰寫的貝兒和她的世界是虛構的版本，但我們還是盡最大努力準確呈現貝兒．達科斯塔．格林的生活和成就。我們努力將她的故事建立在現有的事實之上。鑑於她是一位相當出名的人物——J. P.摩根也是如此，而貝兒的父親理查．格林爾較小程度上也算是——所以有豐富的素材可以參考。

因此，貝兒本人、理查．格林爾（Richard Greener）、吉妮維芙．弗利特（Genevieve Fleet）、J. P.摩根、傑克．摩根（Jack Morgan）、伯納德．貝倫森，以及更多基於現實生活中的小人物的描述，都盡可能貼近已知的細節。我們也盡力捕捉了貝兒生活的歷史背景：她的成長經歷、她作爲摩根圖書館私人館員和館長的職業生涯，她在鍍金時代上流社會中的社交生活、她涉足波西米亞和婦女參政主義世界邊緣的痕跡——最重要的是，我們試圖想像並描繪她身爲白人，在敵視非裔美國人的種族主義社會中所付出的犧牲和面臨的壓力。

有時，因應故事節奏或敘事弧（narrative arc）的需要，我們會任意更動歷史事件發生的時間和細節。例如，我們在一九〇六年一月的其中一章中提到了著名建築公司麥金、米德與懷特建築師事務所的槍殺醜聞，但謀殺的確切日期事實上是在幾個月之後。同樣地，一九〇八年三月的篇章中提到了紐約上流人士瑪喬麗．古爾德和安東尼．德雷塞爾的婚禮，但婚禮實際舉行於一九一〇年。軍械庫展覽會於一九一三年二至三月在紐約市舉行，但我們在文中讓展覽持續到一九一三年十二月。關於二九一畫廊的展覽，我們將羅丹和馬諦斯的展覽結合成於一九〇八年五月舉行的同一場展覽，而事實上，一九〇八年有好幾場畫展。此外，我們還想像了某些鍍金時代的派對，比如在伍爾沃斯黃金海岸豪宅舉辦的夏季晚會，雖然是虛構的，但都是以類似的奢華宴會爲藍本。關於尚－歐諾黑．福拉歌那名爲〈愛的進展〉的著名系列畫作，我們讓傑克．摩根考慮在一九一三年出售這些畫作，但事實上，亨利．克萊．弗里克是在一九一五年買下它們。皮爾龐特．摩根圖書館是在一九二九年購買掛在摩根先生書房中的〈摩爾人的肖像〉，而不是一九二四年，至於促成收購的原因是畫中人物和貝兒父親很相像，只是我們的推測。

有時候，我們會發現某些關係存在著微妙的空白，這在處理女性歷史和紀錄時並不罕見。許多資料都是到了最近才被認爲有保存的價值。此外，探索貝兒的故事頗有挑戰性，因爲她決心隱藏生活中更私密的部分。在這樣的情況下，我們根據研究建構出故事，並就空白的部分進行合理的推斷。

舉例來說，貝兒與伯納德．貝倫森的情感關係是有跡可循的。然而，這種關係的具體細節尚不清楚。我們必須針對關鍵事件做出重要的推論，例如他們在美國和歐洲相戀和相伴的細節，以及他們作爲局外人的身分如何將他們聯繫在一起。有些信件和時間紀錄顯示貝兒曾經墮胎，而且此事對她產生了長遠的影響，但細節沒有被記錄。貝兒的精采傳記《光明人生：貝兒．達科斯塔．格林從偏見走向特權的旅程》（*An Illuminated Life: Belle da Costa Greene's Journey from Prejudice to Privilege*）的作者海蒂．阿爾迪佐內（Heidi Ardizzone）以及一位歷史學家研究了她的生活，他們都認爲這件事確實發生過，賦予了我們更多虛構情節的自由。此外，伯納德一直與杜文兄弟長期保持合夥關係，最近的研究揭露了一些貝兒可能反感的做法，因此我們想像這會對貝兒及其業務往來產生影響。我們承認，關於貝兒與伯納德情感關係那激動人心的結局，我們發揮了大量的創意。在現實生活中，他們的聯繫持續了幾十年，但我們希望貝兒結束這段關係，所以選擇這麼撰寫——希望她會認可我們戲劇化的想像。

對於貝兒生活中其他深刻的人際關係，我們根據對背景和人物的理解做出了相去不遠的假設。例如，關於J. P.摩根，許多與這位著名金融家有所往來的人都爲他和貝兒在一起度過大把時間留下紀錄，同時也記錄下他們共同參與的各種社交場合，以及整體上親密的程度。但我們並不完全知道他們之間的關係——無論是關係最好還是最壞的時候——雖然確實有很多關於他們的謠言，且事實上貝兒本人也以「我們試過！」（We tried!）回答關於成爲摩根情婦的問題。因此，我們編造出一種層次豐富的複雜關係，其中充滿了我們想像中的性張力，因爲考慮到兩人的個性，他們之間**一定**存在這種張力。

同樣地，在貝兒與她父親的關係中，雖然一些文章提到他們對彼此的感情和共同的興趣，但我們並不知道年輕時她與父親的關係爲何，所以我們設想了可能的情況。理查離開貝兒和家人去到國外，且有了另一個家庭之後，我們也沒有任何關於他們其後關係的線索。然而，當我們在海蒂·阿爾迪佐內精采的貝兒傳記中讀到她在奇怪的時間點去芝加哥旅行時——這次旅行並非出於商業目的——便確信她一定去見了當時住在芝加哥的父親。因此我構想了與父親的團聚場面，這是貝兒理應得到的。

在追尋線索的途中，當我們得知安妮·摩根（Anne Morgan）從未像傑克·摩根和姊姊們那樣喜歡貝兒時，便考慮在安妮和貝兒之間建立一種具有挑戰性的關係，在這種關係中，她們都隱藏著有關自己身分的祕密。關於安妮性取向的猜測甚至在她生前就已經存在——她和著名女同志艾西·德沃夫及貝西·馬布里的關係、拒絕結婚再加上她的政治觀點——推動了此一猜測，也讓我們有機會探討安妮和貝兒所承受的社會壓力如何迫使她們不能做眞實的自己。

我們還必須考量二十世紀初人們都如何稱呼非裔人士，以及貝兒會如何看待自己。我們發現，在故事時間線的早期階段，「有色人種」（colored，尤指混血者）和「黑人」（black）兩個詞都被大量使用，而隨著美國法律和觀念的改變，這些詞語逐漸演變成諸如「尼格羅」（Negro）之類的用法。隨著貝兒在小說中的年齡增長，我們最初使用了更符合時代的「尼格羅」一詞，但幾經考慮後，我們認爲貝兒在想到自己時應該不會使用這個詞。此外，雖然這種文化爭議在社會層面已經得到解決並且有了改變，但貝兒並非這些變化的參與者，我們認爲她大概不會用其他的詞形容自己和跟她一樣的人，因爲她從小到大都是使用「有色人種」這個詞彙。

若想要深入了解這些主題或歷史人物，我們推薦下列非小說類書籍和著作，包括但不限於：海蒂．阿爾迪佐內的《光明人生：貝兒．達科斯塔．格林從偏見走向特權的旅程》、羅恩．切爾諾夫（Ron Chernow）的《摩根家族：美國一代銀行王朝和現代金融業的崛起》（*The House of Morgan: An American Banking Dynasty and the Rise of Modern Finance*）、瑞秋．寇恩（Rachel Cohen）的《伯納德．貝倫森：圖畫交易中的生活》（*Bernard Berenson: A Life in the Picture Trade*）、凱瑟琳．雷諾茲．查杜克（Katherine Reynolds Chaddock）的《不妥協的社運分子：理查．格林爾》（*Uncompromising Activist: Richard Greener*）、理查．格林爾自己的文章〈白人問題〉，以及亨利．路易斯．蓋茨（Henry Louis Gates Jr.）的《崎嶇之路：重建時期、白人至上和吉姆．克勞法的崛起》（*Stony the Road: Reconstruction, White Supremacy, and the Rise of Jim Crow*）。我們也建議你看看摩根圖書館的優秀出版品，並參觀一下這個令人驚嘆的機構。

雖然我們樂於描寫貝兒在上流社會中的風采——她機智的俏皮話和引人注目的時尚品味，以及有時令人吃驚的舉動——但有時也面臨極大的挑戰。有鑑於貝兒刻意銷毀了她的信件——只留下商務信件和寫給伯納德的信（他答應銷毀但沒有做到，裡頭沒有討論到貝兒的種族）——關於她生活在種族主義世界中的感受，以及因之產生的對話，我們所能參考的紀錄非常有限。更不用說，出於同樣的原因，她從未公開談論過自己的血統。顯然貝兒不希望自己的眞實身分被發現，考慮到她所處時代的種族主義及其他合理的擔憂，如果她的背景廣爲人知，毫無疑問，她在皮爾龐特．摩根圖書館的成就將被抹去。

因此，當我們開始描寫貝兒的內心生活，特別是她對白人生活的感受時，我們進入了瑪莉經常形容的建築梁柱之間的空間，這些梁柱由事實所組成，在其間我們結合了研究、個人經歷、虛構和邏輯推斷來理解貝兒的內在自我。我們還參考了維多利亞及其家人身爲非裔美國人的經歷，其中她的祖母膚色白皙，必要時經常使用白人身分。借用這樣的家族經驗，並將之與書籍中記錄的歷史冒充案例相結合，如艾莉森．霍布斯（Allyson Hobbs）的《被迫流亡：美國生活中種族冒充的歷史》（*A Chosen Exile: A History of Racial Passing in American Life*），我們希望能夠公正地對待貝兒的掙扎，並呈現出種族主義和種族隔離爲個人和整個美國帶來的可怕不公和痛苦。

在內戰後的幾年裡，我們的國家有機會實現種族平等——理查．格林爾和他的家人曾短暫經歷過這種平等，他一生都在倡導這種平等——但這樣的努力也引發了白人至上主義和種族隔離政策。我們希望《私人圖書館員》探討的不只是貝兒．達科斯塔．格林驚奇的一生和成就，還有非裔美國人因爲渴望平等而遭受的可怕對待、所承受的犧牲和苦痛——無論是當時還是現在皆是如此。

最重要的是，我們期望《私人圖書館員》能夠鼓勵人們討論這些重要的議題，期望這樣的對話將能帶來同理、同情和行動，最終帶來改變。

瑪莉・班尼狄克的作者後記

這篇作者後記並不是我平時的風格。但《私人圖書館員》也並不是我一貫的小說。沒想到寫一本關於貝兒・達科斯塔・格林的書會像這樣改變我，她是J. P.摩根的私人圖書館員、皮爾龐特・摩根圖書館著名手稿收藏的創建者，也是懷藏足以改變人生的祕密的女人。在這個讓貝兒活過來的過程中，我自己也有了覺醒，並在這個過程中得到一個姊妹。

多年前我還是另一個人，過著截然不同的生活，就在那時我發現了貝兒。我當時是紐約市的一名商業訴訟律師，為世界上最大的律師事務所之一工作，而且非常不開心。我知道自己並沒有實現人生目標，而皮爾龐特・摩根圖書館成為我在那段黑暗時光的避難所之一。漫步在如珠寶盒內部的空間裡，我假裝自己是個歷史學家、考古學家或作家，正在挖掘隱藏的過往——我渴望的人生，而不是正在過的生活。

在其中一個午後，我找到貝兒了。我並不是透過皮爾龐特・摩根圖書館內的簡介立牌發現她，也不是從有關她的貢獻的展覽，或者她的其中一幅肖像發現的，當時館內並沒有特別強調這些資訊。不，是一位路過的講解員讓我了解到貝兒這個人，她從繁忙的講解行程中抽出一些時間來介紹這位令人驚嘆的女性，並以此為我提供了一個看待皮爾龐特・摩根圖書館、其中的藏品、創建的時間，以及更多內容的新視角。

幾十年來貝兒一直在我腦海中縈繞，特別是當我開始深入探討她的背景之後。我得知她的父親理查．格林爾是哈佛大學第一位非裔美國人畢業生，在內戰後的幾十年間一直是位傑出的平等倡導者，也是一八七五年《民權法案》的提倡者。該法案確保人人平等，並公平提供每個人公共交通和住宿方面的資源。一八八三年最高法院推翻了這項法案，同時也破壞了第十三、十四修正案的大部分內容，這兩條修正案禁止奴隸制並確保平等的法律保護。因此，理查．格林爾的女兒被迫隱藏自己的眞實身分。爲了成爲當時最成功的職業女性，她以白人女性的身分生活。我忍不住好奇，成爲貝兒．達科斯塔．格林會是什麼情景？我忍不住想知道，並開始考慮寫一本關於她的小說。

然而，我發現自己無法獨自寫出這個故事。在以往的寫作中，我能夠想像出許多擁有不同出身和經歷的女性的生活樣貌，但我知道我無法獨自想像貝兒的。我怎麼想像得到在內戰結束後的幾年裡，作爲一名非裔美國女性會是什麼景況？當時奴隸制照說已經廢除，但白人至上主義、種族隔離法和私刑實際上正越加猖狂。我又該如何進一步想像，當這位非裔女子冒充白人時會是什麼樣的感覺，尤其是當她父親的夢想是打造一個所有人都能自由生活並公開讚揚自身血統的世界時？單純的想像不僅自以爲是，且貝兒的故事本就值得由一位非裔美國作家來講述。

多年過去了，有時我幾乎能聽見貝兒頓足的聲音，她不耐煩地等著我離開法律界，開始寫其他歷史女性的故事。接著有一天，我開始閱讀維多利亞．克里斯多弗．莫瑞的《堅守陣地》（*Stand Your Ground*）。這部引人入勝且極其重要的獲獎小說講述了一名黑人男孩被白人警察槍殺的故事——從男孩母親和警察之妻的角度敘述——而我希望她就是我在找的夥伴。

我等不及想見到這位傑出的作者，她從兩個截然不同的角度對種族議題進行了如此細緻入微且至關重要的檢視。但我也有點害怕。維多利亞是什麼樣子？她眞的願意和我一起撰寫這本書嗎？畢竟她已有一系列的研究計畫，還有永不停歇的工作行程，我擔心她會覺得我想講述貝兒故事的念頭太厚臉皮。我以爲我是誰啊？

然而，從第一次談話開始，我就與這位熱情且才華橫溢的女性有了共鳴。我們發現彼此在某些方面非常相似，都是努力奮鬥的長女，想要用傳統意義上的成功來取悅父母，但又渴望走另一條路。就和貝兒一樣。希望我們能夠一起從過去的遺跡中挖掘出貝兒的樣貌，並分享這位傑出女性的驚人貢獻及內戰後的歷史，在那個時代美國試圖走向平等，但白人至上主義隨之興起。我很幸運，維多利亞願意成爲我的寫作夥伴，我們便開始了這項任務。

在夢想了這麼多年後，能和維多利亞一起寫下貝兒的故事是莫大的享受，我總是想著自己有多幸運能與她合作並迅速成爲朋友。終於完成初稿並按下送出鍵寄給我們出色的編輯時，我以爲我們已經讓貝兒復活了，隨之重現的還有不公義的種族主義世界。我以爲在這個過程中我已經完全了解維多利亞了。殊不知這只是個開始。

編輯過的初稿、新冠病毒和隔離政策同時抵達。維多利亞和我幾乎每天都能撥出時間並運用科技（感謝Zoom！）面對面交談，有時一談就是好幾個小時。雖然長時間的討論起初集中在修改《私人圖書館員》的艱苦工作上，但話題很快就變成分享我們的個人經歷，包括疫情相關的事情和書中探討的歧視問題。種族主義一直都潛伏在我們的社會中——早在我們撰寫本書之前便是如此——並在此時引燃了喬治·佛洛伊德[1]及克里斯蒂安·庫珀事件[2]，人們不顧疫情走上街頭抗議，我們的討論隨之變得緊張又親密，友誼也跟著加深。

很榮幸能受到維多利亞信任，她與我分享了在種族主義方面的經歷、她每天遭受的羞辱，以及所

1 二〇二〇年五月二十五日，非裔美國人喬治·佛洛伊德（George Floyd）因涉嫌使用假鈔在明尼蘇達州被逮捕，遭白人警察單膝跪壓脖頸長達八分鐘，送醫不治而亡。

2 二〇二〇年五月二十五日，在紐約中央公園賞鳥的克里斯蒂安·庫珀（Christian Cooper）要求遛狗的白人女性將狗繫上牽繩，兩人因此發生衝突，其後白人女性報警，謊稱該名男子正在威脅自己，引發社會關注。

經歷過更嚴重、更過分的惡意行爲。聽到她描述她的父母想藉由參與二十世紀六〇、七〇年代的民權遊行來改變種族主義，以及她的祖父母在吉姆・克勞法實行時期所面臨的種族隔離政策，使她皮膚白皙的祖母有時必須冒充白人的故事時，我的心緊緊揪了起來。當維多利亞和我親眼目睹可怕的白人至上主義橫行於社會時，我感到十分痛心——和進行研究時所發現並寫在書中的事件非常相似——我發現自己爲了維多利亞和貝兒心懷憤恨。

不僅僅是我們的書在編輯過程中有了變化，我也變了。維多利亞溫柔地提供我另一個觀看世界的角度，它改變了我，直至今日。我一直相信自己是人人平等的支持者，但和維多利亞的談話清楚顯示我對這場鬥爭和對我自身都所知甚少。聽著維多利亞侃侃而談，我眞切地感覺到自己多麼被排除在外，多麼被白人特權保護著。此外，我也意識到自己還有多少事情要學習，又有多少仍待付諸實行。爲了維多利亞——我的夥伴、我的朋友和我的姊妹——以及我們共享的人性。也爲了貝兒。

維多利亞・克里斯多弗・莫瑞的作者後記

麗莎在想什麼啊？

當我的文學經紀人（她很優秀）寄給我與另一位作者合作的企劃時，這是我的第一個想法。我曾經和他人合作過，和瑞尙・達泰特・畢林斯利（ReShonda Tate Billingsley）一起寫了六本小說，且比起單獨寫作，我更喜愛和她合作。所以我一直對這樣的機會持開放態度。

但這個企劃之所以不尋常，是因爲作者的關係。瑪莉・班尼狄克是《紐約時報》暢銷書作者，爲名字已消失在歷史長河中的堅強女性寫下多部精采故事。我很感興趣，但不明白爲什麼歷史小說作家會想與像我這樣的現代故事作家合作。

因爲實在想不通，所以我拖了一陣子才開始閱讀這份企劃案。我總覺得不太合理、不太合適。

而這正是閱讀爲一切基礎的原因。

一旦我終於開始閱讀《私人圖書館員》的提案，並認識了貝兒這個人，我便發現這份企劃有諸多令我深深著迷之處。一位非裔美國女性幫助J. P.摩根建立了龐大的藝術和手稿收藏，但卻沒有人知道她是黑人？在我進一步研究之前，她的人生看起來就跟我多位朋友的祖父母和曾祖父母的生活一樣，他們較淺的膚色是奴隸制最令人髮指之行爲的標誌。在我的家族中，我的祖母（膚色非常淺，所以有次我妹妹瑟西爾指著壁爐架上面的照片問：「那個白人女士是誰？」）曾分享過她有時必須冒充白人以讓生活容易些的故事。

我從自己的家族經驗中認識了貝兒。我知道背棄原生血統這個決定帶來的痛苦，以及隨之而來、害怕被揭發的恐懼。我可以想像她每天一走出家門，就必須拿出足以獲獎的精湛演出，但晚上回到家脫下「戲服」上床睡覺時，自己仍然是個黑人。

我想加入——我想成爲這個提案的一部分，讓貝兒．達科斯塔．格林再次復活。

不過這項提案只是第一個步驟。接下來我必須會見瑪莉。展開這樣的提案代表我們得待在一起好幾個小時。我已經做好準備了，但瑪莉呢？我們是否能產生足夠的化學反應來承受所有付出的時間、所有的努力、所有擺在我們面前的工作？

我們的經紀人替我們安排了通話。我說「哈囉」，瑪莉也說「哈囉」……就這樣。我想開始通話後兩分鐘、或者三分鐘後，我們就不再是將來的夥伴了。我們已經是朋友。第三或第四次通話時，我們就能夠接著說完對方想說的話。到了實際見面時，我們已經是姊妹了。

接下來幾個月的時間，我們孜孜不倦地工作，花好幾個小時在電話上規劃每一章節，讓貝兒重新活過來。最後，我們寫完了初稿，只能說這整個過程眞是太棒了。我很享受和瑪莉一起工作，她教會我許多關於書寫歷史的知識。當我不斷尋找並發掘一個又一個有關貝兒的隱藏事實時，我成爲了一名優秀的研究員。其中最大的挑戰是二十世紀初期詞藻華麗的對白。有時候我只想讓其中一個角色說：「兄弟，你是在開玩笑嗎？」

這麼做顯然行不通，但沒有關係。因爲當我放棄並寫出這樣的內容時，瑪莉就會用我們稱爲神奇歷史畫筆的東西做修正。我會寫出這樣的句子：「『事情就是這樣，貝兒。』J. P.摩根說。」然後瑪莉會改成「我們應該用紙帶遊行宣告你的歸來，貝兒。」（好吧，其實我可能也沒寫得那麼糟，但就不太好。）

交出初稿後，我知道自己多了個終生摯友。我不知道我和瑪莉接下來會如何。我不知道一場疫情會將我們困在家中修改稿子。我不知道我們會比以前花更多時間，幾乎每天都在寫我們的故事。我不知道我們會聽聞一名男子在明尼亞波里斯街頭被謀殺，並在此後繼續努力下去。我不知道當疾病威脅我們的身體、社會動盪挑戰我們的靈魂時，瑪莉和我的聯繫遠遠不只是一起寫作的夥伴。

當我們——一個白人女性和一個黑人女性，真情流露地談論我們的國家在周圍分崩離析的感覺時，背景音樂是家園的混亂之聲。瑪莉每天都會聯繫我，爲我內心燃燒的憤怒提供一個發洩的出口，但很多時候我也必須成爲她的出口。當我們討論美國黑人的歷史、美國白人的歷史，以及希望有一天這兩個不同的美國能夠合而爲一時，我們在彼此之間創造了一個安全的空間。

所有這些想法和情感，都融進了貝兒的故事中，因爲我們正在經歷的社會動盪，和一百多年前貝兒藉由冒充白人來避免的事件有太多相似之處。她不想讓自己的膚色成爲別人對付她的武器，成爲只能從事最低級工作、住在最糟糕社區、幾乎沒有機會過上更好的生活的藉口。

撰寫《私人圖書館員》對我來說是一個改變人生的經歷，我非常感激能有這個機會。沒有比這更美好的時光，沒有比這更好的提案，且最重要的是，沒有比瑪莉·班尼狄克更好的人來陪伴我度過這一切。我不知道未來的寫作之路會是什麼模樣，但我知道我的餘生多了一個新姊妹。我希望、我渴望每個讀到這個故事的人都能感受到我們努力傾注在這些紙頁上的情感和經歷，你會像我們一樣愛上貝兒·達科斯塔·格林。

瑪莉・班尼狄克的謝詞

貝兒・達科斯塔・格林幾年前就俘獲了我的想像力和我的心，但她重要且切合時局的故事——即維多利亞和我一同發現並在《私人圖書館員》中展開的故事——如果沒有得到這麼多支持和擁護，就會像貝兒的眞實身分一樣被隱藏起來。一如既往，我必須從我的私人擁護者、我才華橫溢且大方的經紀人蘿拉・戴爾開始，沒有她，這本書就不可能出版。非常感謝出色的編輯凱特・西弗，她從一開始就明確表達了分享貝兒故事的渴望和熱情，並且以絕佳的方式引導了這本書的成形。在此也向企鵝藍燈書屋的傑出夥伴表達無限的感激，謝謝伊文・海爾德、克莉絲丁・波爾、克萊兒・席恩、珍妮－瑪莉・哈德遜、克雷格・伯爾克、安東尼・拉蒙多、尤琴、蘿倫・波恩斯坦、達凱・羅傑斯、娜塔麗・席樂絲、蜜雪兒・卡斯柏和瑪麗・格倫。

然而，如果沒有我的孩子們——吉姆、傑克和班——從不間斷且堅定不移的愛和支持，這一切都不可能實現。如果沒有我才華橫溢又傑出的合作夥伴、朋友和姊妹維多利亞・克里斯多弗・莫瑞，《私人圖書館員》根本不會誕生。

維多利亞・克里斯多弗・莫瑞的謝詞

這個計畫甚至早在我加入之前就開始了。眞的很感謝我傑出的經紀人麗莎・道森，她看見了這個機會，並知道這對我來說將會多麼令人驚嘆。而這一切只是開始。從偕同瑪莉一起與凱特・西弗交談的那一刻起，我們就知道她是擔任本書編輯的最佳人選。凱特，謝謝你和我們一樣相信貝兒並與我們一起踏上這段旅程。至於企鵝藍燈書屋的團隊，只能用「哇」一個字來形容。當這本小說還只是個想法時，每個人都看見了我們的願景並同享這份興奮之情。謝謝你們所有人：伊文・海爾德、克莉絲丁・波爾、克萊兒・席恩、珍妮－瑪莉・哈德遜、克雷格・伯爾克、安東尼・拉蒙多、尤琴、蘿倫・波恩斯坦、達凱・羅傑斯、娜塔麗・席樂絲、蜜雪兒・卡斯柏和瑪麗・格倫。

如果沒有職涯中最重要的人們——在這二十多年的旅途中與我同行的數千名讀者——這一切就無法完成。感謝你們爲《私人圖書館員》的出版感到興奮期待，也希望你們像我一樣喜歡貝兒。

最後，獻給瑪莉。該對你說什麼呢？我以爲自己遇到了一個新的寫作夥伴，但事實上卻是另一個姊妹。爲此，我將永遠感激貝兒・達科斯塔・格林。